Für alle,

die die Wunder hinter dem Beton gesehen haben

1. Auflage 2020

ISBN 978-3-7641-5165-2

Lektorat: Judith Schumacher
Umschlaggestaltung: Helge Vogt
Druck und Bindung: Finidr s. r. o., Český Těšín
Gedruckt auf Papier aus geprüfter nachhaltiger Forstwirtschaft.
www.ueberreuter.de

Hendrik Lambertus

SCHWARZES GLAS

DIE REISE IN DIE ZWISCHENWELT

ueberreuter

(K)ein Haus in der Dämmerung

Kann man ein Foto von etwas machen, das es gar nicht gibt?

Elias hatte vor, genau das herauszufinden.

Er hockte im Schneidersitz auf einem kiesbedeckten Flachdach, von dem aus er gut über die Hinterhöfe des Viertels schauen konnte. Hier war sein Lieblingsplatz, der perfekte Ort, um allein zu sein und in die Dämmerung zu starren. Elias war stolz darauf, ihn entdeckt zu haben.

Das war nicht einfach gewesen. Man musste sich auf eine Garage hochziehen und anschließend eine rostige Feuerleiter hinaufklettern, die in einem dunklen Winkel verborgen lag. Der Weg war umständlich, aber dafür hatte er hier oben auf dem Dach garantiert seine Ruhe. Und die konnte er gerade wirklich gebrauchen.

Elias zog seine Knie enger an den Körper, holte sein Handy aus der Tasche und öffnete die Kamera-App. In den Häusern ringsum gingen die ersten Lichter an. Ein bisschen würde er noch warten müssen. Er ließ seinen Blick über den Hof direkt unter sich schweifen. Dieser war von

Balkonen umgeben, die nicht besonders ordentlich aussahen. Klar, sie schauten ja auch nicht zur Straße, wo die Leute gucken konnten. Auf manchen Balkonen wurden Kisten und Gerümpel gelagert, Kinderwagen und ein alter Katzen-Kratzbaum, daneben übervolle Wäscheständer. Andere sollten offenbar ein kleines Naturparadies imitieren, zugewuchert von Topfpflanzen und vollgestellt mit Gartenzwergen und Plastik-Störchen. Elias war sich nicht sicher, was er hässlicher fand.

Er schaute lieber wieder hoch, dorthin, wo der Herbsthimmel hellgrau über den Häusern hing. Elias nahm sein Handy quer zwischen die Hände und fokussierte den Bereich im Display, wo die Dachkanten an den Himmel stießen. Dann drückte er ab. Zur Sicherheit gleich dreimal.

Anschließend betrachtete er seine Fotos in Ruhe. Sie sahen alle gleich aus: graue Flächen, bei denen ganz unten die Dächer als rot-brauner Rand zu erahnen waren. Nichts Interessantes. Nicht einmal ein Vogel. Aber Elias wusste, was er tat. Diese Fotos waren nur als Vergleich gedacht. Das eigentliche Motiv kam erst noch.

Elias streckte die Beine aus und wartete. Die Dunkelheit kam schnell in dieser Jahreszeit. Unten gingen immer mehr Lichter an. Es war kalt, aber er trug eine gut gefütterte Jacke. Außerdem fror er nicht so leicht. Und hier oben, in der Dämmerung auf dem Dach, war es immer noch gemütlicher als zu Hause. Dort packte jetzt sein Vater vielleicht schon seinen Kram zusammen. Oder er stritt mit seiner Mutter herum. Oder sie schwiegen sich an. Nein danke. Hier oben war es besser.

Langsam wurde es richtig dunkel. In den Straßen leuchteten die Laternen. Elias beugte sich gespannt vor und machte sein Handy bereit. Jetzt konnte es nicht mehr lange dauern.

Da! Drüben, jenseits der Dachkanten, gingen weitere Lichter an. Es war eine Reihe von mattleuchtenden Quadraten, sauber übereinandergestapelt. Wie die Fenster im Treppenhaus eines Hochhauses. Links und rechts davon leuchteten jetzt kleinere Rechtecke auf. Die Fenster der Wohnungen, zu denen das zentrale Treppenhaus führte.

Ganz oben, über dem höchsten Quadrat, erschien leicht verzögert noch eine leuchtende Linie. Sie war blau und seltsam geformt: wie ein umgedrehtes Hufeisen, vielleicht auch ein Torbogen. Vermutlich war es eine Art Schild oder Leuchtreklame.

Dann wurde es wirklich abgedreht: Rund um die Fenster begannen leuchtende Nebel durch die Dunkelheit zu tanzen. Manche schimmerten grünlich, andere blassblau oder rot. Elias hatte keine Ahnung, was das sein sollte. Die schimmernden Nebel sahen unwirklich aus. »Nordlichter« war das Wort, das ihm dafür am ehesten einfiel. Natürlich war das Quatsch. Er war mitten in der Stadt und nicht am Nordpol.

Mit zitternden Fingern hielt Elias sein Handy hoch und machte eines der Fotos von eben auf. Darauf war nichts als grauer Himmel zu sehen. Kein Hochhaus, kein Turm, kein Funkmast. Schon gar keine Lichterscheinungen.

»Das gibt es nicht!«, murmelte er. Die beleuchteten Fenster dort drüben stammten von einem Haus, das nicht da war. Jedenfalls nicht im Hellen.

»Und jetzt kommt der Beweis!«, flüsterte Elias aufgeregt und stellte wieder die Aufnahmefunktion ein. Er achtete darauf, dass er die Hände genauso hielt, wie er es eben bei den ersten Fotos gemacht hatte. Vielleicht sollte er das nächste Mal ein Stativ mitbringen. Papa hatte eines bei seinen Foto-Sachen. Ob die schon verpackt waren? Egal.

Elias konzentrierte sich auf das Handy-Display, das jetzt die Lichter jenseits der Dächer anzeigte. Dann drückte er ab, wieder dreimal. Neugierig tippte er auf dem Handy herum, um sich die Bilder möglichst rasch anzusehen. Enttäuscht ließ er die Hand sinken. Sie waren nicht gelungen: einfach nur schwarz. Erst dachte er, dass diese Schwärze reiner Datenmüll war. Dann entdeckte er unten, in der Bild-Ecke, den Schimmer einer Straßenlaterne.

Elias bekam ein flaues Gefühl im Bauch. Die Bilder waren doch etwas geworden – aber sie bildeten einfach nur den schwarzen Abendhimmel ab. Ohne das Haus in der Ferne. Weder die Rechtecke der Fenster waren zu sehen noch die tanzenden Leuchtnebel.

»Das glaub ich jetzt wirklich nicht«, flüsterte er.

Elias richtete das Handy auf eines der anderen Häuser im Viertel. Wieder drei Fotos. Dann prüfte er die Aufnahmen. Sie waren nicht gerade scharf und zeigten verwaschene Vierecke aus Licht. Aber es war auf jeden Fall etwas darauf zu erkennen! Am Handy lag es nicht.

Dann wandte er sich wieder den merkwürdigen Lichtern zu und zoomte sie ganz dicht heran. Als er zum dritten Mal abdrückte, flatterte irgendetwas quer über sein Display. Elias zuckte zurück. Er senkte das Handy und schaute sich misstrauisch um. Nichts. Wahrscheinlich nur ein verspäteter Vogel. Mit gerunzelter Stirn sah er sich die Fotos an. Das Display zeigte ausschließlich Schwärze. Kein vorbeiflatterndes Tier. Keine Lichter.

»Und was nun?«, fragte Elias sich selbst. Was machte man mit einem von tanzenden Lichtern umschwirrten Haus, das gar nicht da war? Zur Polizei gehen und ein paar schwarze und graue Handy-Fotos vorzeigen, damit sie das Haus verhaften konnten? Oder die Story ins Internet stellen und darauf warten, dass ihm irgendein Spinner erklärte, er hätte da einen Ufo-Landeplatz gefunden? Hmm. Er könnte natürlich auch seine Eltern darauf ansprechen. Aber das war die absurdeste Idee von allen.

Elias sprang auf die Füße und tigerte rastlos auf dem Kiesdach herum. Morgen in der Schule hatte er Shaka davon erzählen wollen. Aber ohne Beweis konnte er sich schon denken, welche liebevollen Kommentare über seine geistige Gesundheit sie ablassen würde. Vielleicht hätte sie damit sogar recht? Nee. Er musste einfach herausfinden, was hier los war!

Elias checkte die Uhrzeit. Eigentlich sollte er sich jetzt Richtung U-Bahn aufmachen, um rechtzeitig wieder zu Hause zu sein. Uneigentlich würde es eh niemandem auffallen, wenn er etwas später kam, und mit 13 konnte man seine Zeit ja wohl auch langsam selber so planen, dass es passte!

Er steckte das Handy ein und stieg die Feuerleiter vorsichtig hinunter. Als er gerade über das Flachdach der Garage lief, flatterte etwas über ihn hinweg. Elias schaute auf. Er sah nur noch, wie ein grauer Schemen hinter einer Ecke des Hauses verschwand. Dann war alles wieder ruhig.

Hinter seiner Stirn kribbelte es seltsam. Unwillig schüttelte Elias den Kopf. Wahrscheinlich war er irgendwie überreizt. Das war bestimmt nur eine Taube. Oder eine Fledermaus?

Vom Garagendach sprang er einfach hinunter. Er war nicht gerade der Größte und auch eher schmal gebaut, aber dafür flink und beweglich.

Elias ließ die Garagen rasch hinter sich und schaute sich suchend um, während er die Haare aus seinem Gesicht strich. Er trug sie halblang, und da sie ziemlich widerborstig waren, fiel ihm eigentlich immer eine Strähne irgendwie vor die Augen.

Von oben sah das Viertel einigermaßen überschaubar aus, doch hier unten begrenzten überall hohe Häuserfronten die Sicht. Die Lichter waren so nicht zu erkennen. Aber Elias war sich ziemlich sicher, dass er sie weiter hinten gesehen hatte, wo die Bahnlinie die Stadt zerteilte. Er folgte den Straßen in diese Richtung, so gut es eben ging.

Heute früh hatte es geregnet und überall klebte nasses, matschbraunes Laub auf dem Asphalt. Die Leute hatten ihre Jacken und Mäntel hoch zugeknöpft und beeilten sich, um rasch ins Warme zu kommen. Elias kam sich komisch dabei vor, dass er entgegengesetzt unterwegs war, weg von zu Hause.

Er durchquerte ein Viertel mit Altbauten aus Backsteinen, zwischen denen sich hin und wieder neuere Beton-Gebäude drängten. In den Häusern gab es gelegentlich kleine Läden, die jetzt schon geschlossen hatten, an den Ecken auch Kneipen mit beleuchteter Bierwerbung. Ansonsten war die Gegend ein reines Wohngebiet ohne Ziele für jemanden, der hier niemanden kannte.

Ihm kam ein klapperndes Geräusch entgegen. Eine verwahrlost wirkende Frau schob einen Einkaufswagen voller Zeug vor sich her. Sie bewegte sich seltsam, roch seltsam, summte eine seltsame Melodie vor sich hin. Aus kleinen, wachen Augen schaute sie Elias von der Seite an. Er machte einen Bogen um sie und eilte weiter, ehe sie ihn ansprechen konnte. Dieser eindringliche Blick war ihm irgendwie unheimlich …

Am Ende der Straße stieß er auf den Bahndamm. Nach seiner Schätzung lag das Haus, das es nicht gab, irgendwo dahinter. Allerdings sah er nirgends einen Übergang. Er ging an der Betonwand des Bahndamms entlang, der nun auch noch einen weiten Bogen machte. Elias musste aufpassen, dass er die Richtung nicht endgültig verlor. Schließlich stieß er auf eine Treppe, die zu einem schmalen Fußgängertunnel hinabführte. Mindestens die Hälfte der Leuchtstoff-Röhren, die hier für Licht sorgen sollten, war kaputt. An die Wände hatte jemand Tags aus verzerrten Buchstaben gesprayt. Unbehaglich zog Elias sich die Jacke fester um die Schultern. Dann atmete er tief durch und stieg in die Unterführung hinab. Rasch, aber nicht ängstlich. Genau die richtige Geschwindigkeit für manche Gegenden der Stadt.

Als er den Tunnel etwa zur Hälfte durchquert hatte, war da wieder dieses kribbelnde Gefühl hinter seiner Stirn. Plötzlich war er sich ganz sicher, dass jemand dicht hinter ihm war! Aber er konnte nichts hören, nur seine eigenen Schritte. Ruckartig wandte er sich um. Die Unterführung war leer. Er war allein mit dem flackernden Neonlicht. Oder? Die letzten Tunnelmeter rannte er fast.

Auf der anderen Seite des Bahndamms lag ein Gewerbegebiet. Hier gab es keine Wohnhäuser mehr, sondern Lagerhallen, Autohäuser und Betriebe, die Sanitäranlagen oder Fassadendämmungen verkauften. Auf den Gehsteigen war niemand unterwegs, nur Autos rauschten gelegentlich vorbei.

Elias schaute sich prüfend um. Alle Gebäude ringsum waren vergleichsweise niedrig. Wenn es hier wirklich ein Hochhaus gab, müsste es eigentlich irgendwo über ihnen aufragen. Aber da war nichts. Nur der dunkle Abendhimmel und ganz weit oben der zögerliche Lichtpunkt eines Flugzeugs.

Jetzt hatte er doch die Orientierung verloren! Oder das Haus war wirklich gar nicht da und er hatte sich alles nur eingebildet. Er ging ein paar

Schritte eine Straße hinunter, die grob in die Richtung führte, in der er das Haus vermutete. Dann wurde er langsamer und kehrte schließlich um. Das machte so keinen Sinn. Vielleicht sollte er noch mal bei Tageslicht wiederkommen. Aber er hatte das dumpfe Gefühl, dass dann erst recht kein Haus zu sehen sein würde. Ärgerlich kickte Elias ein Steinchen weg.

Etwas Ähnliches war ihm vor einiger Zeit schon einmal passiert. Damals hatte er seinen Lieblingsplatz auf dem Dach noch nicht gefunden. Er war einfach so durch die Stadt gestreift, wenn es sich zu Hause mal wieder nicht wie zu Hause angefühlt hatte. Er hatte sich in die U-Bahn gesetzt, war irgendwo ausgestiegen und in der Gegend herumgelaufen. Dabei hatte er von einem Parkdeck aus Baumwipfel zwischen den Dächern eines Viertels mit stolzen Villen aufragen sehen. Die Bäume hatten weit ausladende Kronen und mussten uralt sein. Elias war losgelaufen und in die Straßen eingetaucht, um den Park zu erkunden. Doch er hatte ihn nicht finden können. Obwohl er kreuz und quer durch alle umliegenden Straßenzüge geirrt war, hatte er lediglich einen winzigen Kinderspielplatz zwischen Hagebuttenhecken entdeckt. Keinen Park, keine weit ausladenden Bäume. Damals hatte er es darauf geschoben, dass offenbar sein Orientierungssinn versagt hatte, und war schulterzuckend nach Hause gefahren. Doch heute fragte er sich, ob irgendein Muster dahintersteckte.

Gab es in der Stadt Orte, die man zwar sehen, aber nicht erreichen konnte? Oder war er einfach nur zu blöd, sie zu finden?

Elias schlurfte zurück zur Unterführung. Das Neonlicht leuchtete ihm kalt entgegen. Er hatte keine Lust, noch einmal durch den Tunnel zu gehen. Aber es gab keinen anderen Weg. Er atmete tief durch. Und hinein.

Seine Schritte halten vom nackten Beton wider. Nach zwei, drei Metern war da plötzlich wieder dieses kribbelige Gefühl. Elias wandte sich um und rannte zum Eingang zurück. Er sah gerade noch, wie ein kleiner, grauer Umriss ins Gebüsch huschte. Ohne nachzudenken stürmte Elias weiter und wühlte in den Büschen. Nichts. Nur eine alte Getränkedose und eine zerfetzte Plastiktüte. Keine graue Gestalt. Was hatte er auch erwartet? Wahrscheinlich war bloß irgendein Tier aufgeschreckt. Und doch kam es ihm so vor, als wäre es genau derselbe Schemen, der ihm schon oben auf dem Dach vor die Linse geflattert war. Missmutig suchte er noch ein wenig in den Büschen herum und gab es schließlich auf.

Elias beeilte sich, durch die Unterführung zu kommen, und ging mit schnellen Schritten der U-Bahn-Station entgegen. Jetzt wollte er wirklich nach Hause. Während er das Wohnviertel durchquerte, zog er sein Handy hervor und scrollte noch einmal durch die Fotos, die er vorhin gemacht hatte. Schwarz, schwarz, schwarz. Grau, grau, grau. Nichts. Er überlegte, ob er die Bilder gleich an Shaka schicken sollte. Ganz ohne Kommentar, sie einfach fragen, was sie darauf erkennen konnte. Vielleicht fiel ihr ja etwas Sinnvolles auf.

Er entschied sich dagegen. Das würde mehr als seltsam wirken. So wie die verwaschenen Fotos in dem Forum über Verschwörungstheorien, die Shaka ihm letztens lachend gezeigt hatte – graubraunes Pixel-Wirrwarr, das angeblich Außerirdische zeigte. Nur dass Elias jetzt nicht wirklich nach Lachen zumute war. Die Sache war spannend, aber einfach zu schräg.

»Das gibt es nicht«, murmelte er noch einmal, als er sich der U-Bahn-Station näherte, und meinte es aus vollem Herzen. Er würde Shaka die

Bilder morgen in der Schule persönlich zeigen. Dinge, die man nicht erklären konnte, klärte man am besten selbst.

Elias eilte die Rolltreppe zur U-Bahn hinab. Er bemerkte nicht, dass grellgrüne Augen ihm aufmerksam hinterherschauten, bis er unten verschwunden war. Eine kleine, graue Gestalt löste sich aus dem Schatten einer Mülltonne. Dünne Finger mit langen Krallen kritzelten ein paar Zeilen in ein Notizheft und klappten es schließlich zu. Die Gestalt entfaltete ein Paar ledriger Fledermaus-Schwingen an ihren Schultern. Mit flatternden Flügelschlägen verschwand sie in der Dunkelheit über den Dächern.

In-Between

»… und dann bin ich immer weiter in die Richtung gegangen, in der das Hochhaus erschienen ist. Bis hinter den Bahndamm. Da war kein Hochhaus! Nichts. Von dort aus hätte ich es sehen müssen! Aber alles war schwarz wie die Fotos hier.«

Elias scrollte seine Aufnahmen noch einmal durch. Erst ein grauer Horizont, dann schwarze Flächen. Natürlich kein Haus.

»Ich denke, es gibt zwei mögliche Erklärungen«, erwiderte Shaka, während sie das Display betrachtete. Dabei lächelte sie auf eine Art, die Elias nicht gefiel. Wenn sie die Lippen so kräuselte, kam selten ein Kompliment heraus.

»Entweder ist das Haus im Boden versenkbar und sie haben es heruntergefahren, bis du da warst«, fuhr sie fort, »oder du hast einen miesen Orientierungssinn und das Haus steht nicht dort, wo du geguckt hast.«

»Schönen Dank auch«, murmelte Elias säuerlich. »Genau das brauche ich jetzt.«

Es war ihm schwer genug gefallen, von der Sache zu erzählen. Den grauen Schemen hatte er sogar ganz ausgelassen.

»Na, hör mal«, sagte Shaka ernst und schaute Elias mit ihren dunkelbraunen Augen an. »Was ist denn wohl wahrscheinlicher: Dass ein Haus einfach so auftaucht und verschwindet oder dass du dich geirrt hast?«

Sie konnte sehr eindringlich schauen, das war ihre Spezialität. Man hatte dann das Gefühl, etwas Kluges sagen zu müssen, um diesen Blick zufriedenzustellen. Hinzu kam, dass sie ziemlich groß war und gerne streng auf Elias herunterblickte. Ihre Haut hatte einen dunklen Teint, das tiefschwarze Haar trug sie immer zu einem dicken, praktischen Zopf gebunden.

Ihre Augen musterten Elias unverwandt, bis er schließlich blinzeln musste. »Ich irre mich aber nicht!«, sagte er. »Ich habe mich nicht von der Stelle bewegt und alle Fotos in die gleiche Richtung gemacht! Die Lichter haben sich nur geweigert, aufs Bild zu kommen.«

Unwillig zog er die Knie an den Körper, um es sich auf seinem Betonsockel bequemer zu machen. Sie saßen in der schmalen Gasse, die vom Hof zu den Fahrradständern auf der anderen Seite des Schulzentrums führte, dicht vorbei an den Werkräumen. Hier war der beste Ort, um die große Pause ungestört von irgendwelchen Deppen zu verbringen, was die Pausenaufsicht mit einschloss. Dafür gab es keine vernünftigen Bänke, nur merkwürdige Beton-Poller. Man konnte eben nicht alles haben.

»Und welche Erklärung hast du dafür?«, fragte Shaka und spielte mit ihrem Zopf herum. Das tat sie immer, wenn sie nachdachte. Ein gutes Zeichen. Shaka hielt nicht jedes Problem für würdig, von ihr beachtet zu werden.

»Ich weiß es nicht«, gab Elias zu. »Keine Ahnung. Aber irgendetwas ist da merkwürdig. Das spüre ich.«

»Stimmen in deinem Kopf?«, entgegnete Shaka belustigt.

»Nein. Ge-füh-le«, sagte Elias langsam und überbetont. »Da drin.« Er zeigte auf die Stelle, wo er unter seiner Jacke sein Herz vermutete. »Das, was dein Rechner immer noch nicht kann, Shaka.«

»Oh, der kann ganz schön viel«, sagte sie und streifte ihren Zopf zurück. »Habe ich dir erzählt …«

Plötzlich brüllte ein Raubtier. Ein dumpfes Knurren hallte durch den Durchgang, mächtig und blutgierig. Elias fuhr zusammen und schaute sich hektisch um. Halb erwartete er, einen großen, grauen Schemen um die Ecke biegen zu sehen, die säbellangen Zähne gefletscht. Dann bemerkte er Shakas kopfschüttelndes Grinsen. Sie zog ihr Handy aus der Tasche. Das Ding brüllte immer noch.

»Bengalischer Königstiger«, kommentierte sie, während sie das Gerät entsperrte. Elias atmete auf. Vielleicht war er wirklich überspannt. Shakas Handy war berüchtigt dafür, die merkwürdigsten Geräusche von sich zu geben.

»Neue Nachricht?«, fragte er so lässig wie möglich.

»Nee.« Shaka starrte mit gerunzelter Stirn auf das Display. »Angeblich ist mein Download fertig. Ich habe doch gar nichts runtergeladen.« Sie tippte auf dem Handy herum. »Aber irgendetwas ist gerade angekommen.«

»Hast du dir einen Virus eingefangen?«

»Quatsch«, schnaubte Shaka, sichtlich empört darüber, dass man ihr solch einen dämlichen Fehler zutraute. »Aber ich habe eine neue App und keine Ahnung, was das sein soll. Hier, guck mal.«

Sie reichte ihm das Gerät. Elias nahm es vorsichtig entgegen. Er wusste, dass es mindestens dreimal teurer war als alles, was seine Eltern ihm erlauben konnten. Auf dem Display waren Reihen von bunten Symbolen angeordnet. Unten links in der Ecke befand sich der Neuzugang.

Kleine, weiße Buchstaben zeigten den Namen der App an: »In-Between«. Darüber war ein neonblaues Zeichen zu erkennen, das wie ein umgedrehtes Hufeisen aussah.

Elias spürte, wie seine Knie weich wurden.

»Das kenne ich«, flüsterte er.

»Was?«

»Dieses Icon. Der Bogen. Der war gestern auf dem Haus, das es nicht gibt. Ganz oben, über den Fenstern. Wie eine große Werbefläche aus Neonröhren.«

Shakas Stirnrunzeln vertiefte sich.

»Na klar«, sagte sie spitz. »Und jetzt hat es sich von deinem Geisterhaus auf mein Handy gebeamt. Das Ding kommt ganz schön viel rum.«

»Shaka, ich meine es ernst!«

Sie schaute ihn misstrauisch an. »Hast du mir diese App geschickt, Elias?«

»Sehe ich so aus, als hätte ich nichts Besseres zu tun?«, erwiderte er gereizt und reichte ihr das Handy zurück.

»Sorry. War nicht böse gemeint. Trotzdem verstehe ich nicht, was das soll.«

»Ich doch auch nicht! Aus diesem Grund erzähle ich es dir schließlich. Und jetzt hast du plötzlich dieses Icon auf deinem Handy.«

»Wir können ja mal schauen, was die App eigentlich macht«, murmelte Shaka mit dem halb-abwesenden Tonfall, den sie immer hatte, wenn sie sich auf ihr Handy oder ihren Rechner konzentrierte.

Noch ehe Elias etwas erwidern konnte, näherten sich schnelle Schritte aus der Richtung der Fahrradständer. Er schaute auf.

Da kam Niniane, die Neue aus ihrer Klasse. Sie schien sich zu beeilen, während sie gleichzeitig bemüht war, es nicht so aussehen zu lassen. Trotzdem stolperte sie so hastig vorwärts, dass sie für Elias wie auf der Flucht wirkte.

Niniane war ziemlich klein und zierlich. Ihr rotblondes Haar fiel ihr offen über den Rücken und verdeckte auch ihr schmales, blasses Gesicht. Nur hin und wieder blitzten große, wässrig-blaue Augen hinter den Strähnen auf.

»Hey! Warte mal!«, brüllte jemand hinter ihr her. Eine massige Gestalt schob sich in die Gasse. Ein Junge mit kurzem, blondem Stoppelhaar, kräftig und fast doppelt so breit wie Elias. Torben Westermann. Elias verdrehte innerlich die Augen.

»Hey! Willste auch 'nen Schluck?«, fragte Torben und schloss mit großen Schritten zu Niniane auf. Dann schwenkte er eine Dose Cola vor ihrem Gesicht herum, während Niniane versuchte, ihn zu ignorieren.

»Komm, trink mal! Ich geb dir doch gern was ab! Wir sind doch Freunde, nech?«

Jetzt schob er sich Niniane direkt in den Weg. Natürlich wollte Torben ihr nicht wirklich irgendetwas abgeben, da war sich Elias ziemlich sicher. Er wollte nerven, warum auch immer. Dafür fand er stets irgendeinen blöden Anlass. Mal fragte er tausendmal, wie spät es war, mal rülpste er einem einfach ins Ohr oder stellte einem beiläufig ein Bein, während er irgendeinen Schwachsinn redete. Hauptsache stören, aber immer hintenrum, sodass er empört »Ich mach doch gar nichts!« rufen konnte, wenn ihn doch mal ein Lehrer darauf ansprach.

»Prost!«, sagte Torben und setzte die Dose mit Gewalt an Ninianes Lippen. Sie schob seinen Arm unwillig beiseite. Die Dose kippte nach vorne und ergoss ihren braunen, klebrigen Inhalt als hässlichen Fleck über Ninianes Pullover.

»Uups«, grinste Torben. »Brauchste ein Lätzchen?«

Niniane drehte sich weg, den Mund zusammengekniffen.

»Was hast du eigentlich für ein Problem, Westermann?!« Shaka war wütend aufgesprungen und schob sich zwischen Torben und Niniane. Elias stellte sich neben sie.

»Kein Problem«, grinste Torben. »*Ich* kann nämlich trinken. Und wir üben das jetzt noch mal, was?«

Er griff nach Ninianes Arm.

»Lass den Scheiß!«, sagte Elias so fest wie möglich und versuchte zu ignorieren, dass Torben ihn mit seinen Schaufelhänden wahrscheinlich zu einem netten, kleinen Päckchen zusammenfalten konnte.

»Sonst *was*?«, fragte Torben und baute sich grinsend vor ihm auf. Elias hatte das Gefühl, direkt vor einem dicken Lastwagen zu stehen, der drohend auf ihn zurollte. Er straffte sich, um sich groß zu machen, doch Torben hatte immer noch mindestens einen Kopf Vorsprung.

»Sonst *das*!«, zischte Shaka. Ihr Bein schnellte vor, die Fußspitze traf zielsicher Torbens Schienbein. Mit einem überraschten Grunzen sackte Torben zusammen. Shakas Schienbein-Kicks waren auf dem Schulhof gefürchtet.

»Du ...!«, bellte Torben wütend und richtete sich wieder auf. Für einen Moment sah es so aus, als wollte er auf Shaka losgehen, die ihn streitlustig anfunkelte. Dann grinste er plötzlich abfällig und wandte sich von ihnen ab.

»Du bist die Mühe nicht wert, Steffi«, murmelte er beim Gehen.

Shakas Augen verengten sich gefährlich. Sie hasste den Namen Stephanie, den ihre Eltern ihr verpasst hatten. Schlimmer war nur Steffi. Der Spitzname war vorprogrammierter Ärger – und niemand wollte Ärger mit Shaka. Sie hatte durchgesetzt, dass alle Lehrer sie bei ihrem indischen Zweitnamen Shakuntala nannten. Unter Freunden wurde daraus ein kurzes Shaka.

»Idiot«, brummte sie, während Torbens breiter Rücken um die Ecke verschwand.

Elias schaute nach Niniane, die verlegen ins Gebüsch starrte. Der Cola-Fleck zeichnete sich als hässlicher Umriss auf ihrem türkisfarbenen Pulli ab. »Alles okay?«, fragte er vorsichtig.

»Geht schon«, erwiderte Niniane, ohne ihn anzusehen. Ihre Stimme klang eigentümlich hell, so als würde jemand den Rand eines Glases anschlagen. Elias bemerkte, dass er zum ersten Mal bewusst mitbekam, wie Niniane sich anhörte. In der Klasse sagte sie praktisch nie etwas.

»Mach dir nichts draus«, schnaubte Shaka. »Westermann zählt nicht. Jede Türklinke hat mehr Grips als der.«

»Ich ... ich muss jetzt los«, sagte Niniane. Sie wandte sich ab und eilte auf das Schulhaus zu. Diesmal gab sie sich keine Mühe mehr, zu verbergen, dass sie rannte. Elias und Shaka schauten ihr nachdenklich hinterher.

»Es muss sich blöd anfühlen, die Neue zu sein«, murmelte Elias. Er hasste Veränderungen. »Sie hat keine Freunde, oder?«

»Glaube nicht.« Shaka zuckte mit den Schultern. »Ich habe nicht viel mit ihr zu tun. Sie scheint ein bisschen Angst vor mir zu haben.«

»Wie kommt das nur?«, fragte Elias trocken.

»Geht's deinem Schienbein zu gut?«

»Nö, alles bestens. Schau lieber nach, was diese In-Between-App macht.«

»Stimmt, da war ja noch was.«

Shaka warf ihren Zopf zurück und konzentrierte sich wieder auf ihr Handy. Sie runzelte verwundert die Stirn.

»Da, guck mal. Die App öffnet die Kamera-Funktion. Das ist alles.«

Elias schaute auf das Display. Tatsächlich. Es zeigte ein Bild der Umgebung, sonst nichts.

»Mach mal ein Foto«, schlug er vor.

»Okay. Bitte recht freundlich!«

Sie richtete das Handy auf Elias. Er zog theatralisch eine Grimasse. Gab es wirklich Menschen, die gerne fotografiert wurden?

»Hihi«, kicherte Shaka. »Du hast gebogene Hörner auf der Stirn. Sieht voll echt aus. Warte mal.«

Sie drückte ab. Dann schüttelte sie enttäuscht den Kopf.

»Aber auf dem Foto sind sie nicht zu sehen. Da.«

Sie zeigte Elias das Bild von seiner entzückenden Grimasse. Natürlich sah er bescheuert aus. Das war so gewollt. Lieber mit Absicht bescheuert aussehen als einfach so. Von Hörnern war jedenfalls keine Spur zu erkennen.

»Das verstehe ich nicht«, murmelte Shaka. »Wenn ich dich durchs Display anschaue, bist du gehörnt wie ein Steinbock. Das scheint so eine Witzfoto-App zu sein, die dir ein Hundegesicht macht oder dich Regenbogen kotzen lässt. Mit verdammt cooler Grafik. Aber sie funktioniert nicht richtig. Auf den Fotos erscheint nichts davon.«

»Gib mal her.« Elias schnappte sich das Handy und betrachtete nun Shaka durch das Display. Sie sah so aus wie immer, einmal abgesehen davon, dass sie mit ausgebreiteten Armen als eine Art sterbender Schwan vor ihm posierte.

»Du siehst ganz normal aus, wenn man das bei dir so sagen kann. Keine Hörner«, stellte Elias fest und machte ebenfalls ein Foto. Auch darauf sah Shaka einfach nur aus wie Shaka.

»Komisch«, meinte sie, ohne auf seine Spitze einzugehen. »Bei dir sind immer die Hörner zu sehen, wenn ich durchs Display schaue.«

»Aber wie kann …«

Die Pausenklingel schallte über das Schulgelände. Drinnen, im F-Trakt, wartete eine Doppelstunde Chemie auf sie. Seufzend ließen Elias und Shaka sich von ihren Beton-Pollern gleiten und schlurften in Richtung Eingang. Schon nach ein paar Schritten bewegten sie sich im Strom der anderen Schüler. Wie Fischschwärme im Ozean strebten alle vom Pausenhof und ihren wenig erfreulichen Zielen entgegen. Shaka hatte ihr Handy angelassen und schwenkte es unauffällig, halb verdeckt von ihrer Jacke, über ihre Umgebung. Sie runzelte konzentriert die Stirn.

»So viele Leute auf dem Display, aber du bist der Einzige, dem das Ding Hörner macht«, sagte sie leise.

»Ist halt meine Ausstrahlung«, erwiderte Elias lustlos. Ihm gefiel das nicht.

»Warte mal! Guck doch!« Shaka hielt das Handy etwas höher, damit Elias hindurchschauen konnte. Das Display zeigte Niniane, die gerade aus der Mädchentoilette kam. Offenbar hatte sie mehr schlecht als recht versucht, den Cola-Fleck auf ihrem Pullover mit Papierhandtüchern abzulöschen. Aber das war es nicht, was Shaka meinte. Niniane hatte sich verändert. Auf dem Display trug sie einen Umhang aus funkelnden Schleiern, die in allen Regenbogenfarben schimmerten. Mit jeder Bewegung wechselten sie ihr Farbe: von Korallenrot zu Aquamarinblau, von Smaragdgrün zu Bernstein-Orange, von Perlmutt-Weiß zu Amethyst-Lila.

»Wow«, murmelte Elias. Er blickte vom Display auf. So sah Niniane ganz normal aus, blass und etwas verhuscht. Er schaute wieder auf das Handy. Bunt schillernde Schleier umgaben sie. Nun bemerkte Elias, dass das gar keine Kleidung war. Sie hatte auch auf dem Display Jeans und Pulli an, ihre gewöhnlichen Klamotten. Die bunten Schleier wuchsen aus ihren Ärmeln, ihren Hosenbeinen und ihrem Ausschnitt hervor, um sich dann rund um sie zu ergießen. Sie bewegten sich zum Rhythmus ihrer Schritte. Wie ein Schleierfisch im Aquarium, dachte Elias.

Plötzlich blieb Niniane abrupt stehen und wandte sich um. Sie warf Elias einen ernsten, fragenden Blick zu. Dann ging sie schnell weiter. Shaka klickte ihr aufgeregt einige Fotos hinterher.

»So ein Bockmist!«, raunte sie. »Das Ding funktioniert nicht. Keine Hörner, keine Schleier.«

Frustriert zeigte sie Elias mehrere banale Bilder von Ninianes Rücken.

»Achtung!«, zischte Elias plötzlich, als er eine Gestalt mit dicker Hornbrille im Getümmel ausmachte. »Die Meyer-Greinbaum!«

Shaka ließ ihr Handy rasch verschwinden, ehe es von der Pausenaufsicht konfisziert werden konnte. Unschuldig schlenderten die beiden in Richtung F-Trakt. Als ob Elias jetzt den Kopf frei für Säuren und Basen gehabt hätte! In seinen Gedanken purzelten Häuser und Hörner durcheinander. Und eine App, die sich »In-Between« nannte.

»Ich werde mal schauen, was sich im Web darüber finden lässt«, murmelte Shaka. »So ein abstruses Teil ist bestimmt irgendwo beschrieben. Vielleicht gibt es sogar einen Patch, damit es richtig funktioniert.«

Elias nickte halb überzeugt. »Mach das. Aber am liebsten wäre mir, wenn du dir auch mal das Haus mit den tanzenden Lichtern ansiehst. Hast du heute Abend schon was vor?«

»Du meinst, etwas anderes, als über irgendwelche Dächer zu kriechen?«, erwiderte Shaka. »Da fällt mir bestimmt etwas ein. Mein Zimmer aufräumen, Staubflusen ordnen, die Wand anstarren ...«

»Als ob du jemals etwas aufräumst, was nicht deine Festplatte ist«, meinte Elias ungeduldig. »Du musst dir diese Lichter anschauen, Shaka! Wenn du sie nicht selber siehst, glaubst du mir doch eh kein Wort.«

»Falsche Reihenfolge«, versetzte sie. »Ich müsste dir jetzt schon glauben, wenn ich die Mühe auf mich nehmen soll, auf irgendein Dach zu kraxeln. Aber warum sollte ich?«

»Warum sollte ich glauben, dass deine App mir Hörner macht?«

»Das ist nicht meine App«, entgegnete sie. Und seufzte in sich hinein. »Aber es stimmt schon. Das ist beides irgendwie gleich merkwürdig. Vielleicht hängt es ja wirklich zusammen.«

»Also?«, fragte Elias erwartungsvoll.

»Also komme ich mit dir auf dieses Dach und du zeigst mir deine Lichter«, seufzte Shaka wenig begeistert.

»Brave Shaka.« Elias grinste erleichtert.

»Ich kann immer noch Nein sagen«, drohte sie.

»Nee, kannste nicht. Die Sache hat dich neugierig gemacht.«

Sie schüttelte den Kopf. »Da hast du wohl recht. Aber gewöhn dich besser nicht dran.«

Elias nickte zufrieden. Zu zweit würden sie bestimmt etwas herausfinden. Es gab irgendeine naheliegende Erklärung. Er konnte nur keine finden.

Im Labyrinth

Irgendwie war es eigentümlich, zusammen mit Shaka auf dem Dach zu sein. Eigentlich hatte Elias diesen Ort nur für sich selbst entdeckt. Um seine Ruhe zu haben und den Kopf klarzukriegen. Aber nun waren sie zu zweit hier oben und dadurch fühlte sich alles anders an. Als würde das Dach ihm nicht mehr wirklich gehören. Egal. Heute war er ja auch nicht zum Nachdenken hier heraufgekommen.

»Das nennst du einfach«, hatte Shaka sich beschwert, als sie sich die Feuerleiter hinaufgezogen hatte. Er hatte es verwundert zur Kenntnis genommen.

Nun rutschte seine Freundin nervös auf dem Kies hin und her, der das Flachdach bedeckte. Erst jetzt fiel Elias auf, wie hoch es hier war. Und Höhe war offenbar nicht Shakas Ding.

»Du hast wirklich nichts gefunden?«, fragte er, während er darauf wartete, dass es endlich dunkel wurde.

»Nicht das Geringste«, brummte Shaka missmutig. »Niemand scheint diese App zu kennen! Man kann sie nirgendwo herunterladen, sie wird in keinem Forum besprochen, es gibt keine Fotos im Netz, die damit erstellt wurden.«

»Vielleicht hast du nicht gründlich genug gesucht?«

Sie warf ihm einen giftigen Seitenblick zu und verzichtete auf eine Antwort.

»Na ja, jedenfalls wird das Haus bald auftauchen. Du musst dann da rüber schauen, links von diesem Schornstein, und ...«

Elias' Handy gab einen leisen Glockenton von sich. Das war ihm lieber als Shakas extravagante Tiergeräusche, nach denen sich immer die halbe U-Bahn umdrehte. Er zog das Gerät aus der Tasche und checkte kurz, was los war.

»Ein Download«, murmelte er mit einem flauen Gefühl im Bauch. »Aber ich habe doch gar nichts ...«

Tatsächlich. Eine neue App war auf dem Display erschienen. Ein neonblauer Bogen. In-Between.

»Jetzt habe ich sie auch«, sagte er matt. »Die App, meine ich.«

»Das wird echt langsam komisch«, erwiderte Shaka. »Wenn das irgendein Massen-Spam wäre, den alle kriegen, müsste man doch etwas davon mitbekommen!«

»Ja, allerdings.« Elias tippte das neonblaue Icon an, und das Kamera-Display öffnete sich. Alles genau wie bei Shakas Handy. Er richtete das Gerät auf sie. Shaka winkte gelangweilt in die Kamera. Sie sah aus wie immer – keine Hörner oder sonstigen Veränderungen.

»Hmm ... Mal sehen.«

Elias schwenkte das Handy entschlossen herum und fixierte den Horizont jenseits der Dächer, die Stelle, wo abends immer die Lichter erschienen waren. Ein Hochhaus war im Display zu sehen. Es stand weit hinten, auf der anderen Seite des Bahndammes, und sah heruntergekommen aus. Seine Außenwände bestanden aus grauem Beton. Die oberen drei Stockwerke hatte man mit dunkelbraunen Platten verkleidet, die fast noch hässlicher waren als die nackte Wand. Ganz oben, auf seinem flachen Dach, erhob sich ein Sendemast. Es gab offenbar ein zentrales Treppenhaus in der Mitte, von dem aus in beide Richtungen Balkone abgingen, die zu den einzelnen Wohnungen führten. Genau wie Elias aufgrund der Lichter vermutet hatte. Über dem obersten Treppenhaus-Fenster war ein blauer Torbogen aus Neonröhren an der Fassade angebracht. Sie leuchteten noch nicht, waren aber klar zu erkennen. Nun war sich Elias endgültig sicher: Das Zeichen sah exakt so aus wie das Icon der In-Between-App.

Am Haus tat sich etwas. Ein schimmernder Umriss flatterte von einem der Balkone auf, umkreiste einmal den Sendemast, wobei er rötliche Lichtschleier hinter sich herzog, und verschwand durch ein Fenster nach drinnen. Elias zoomte das Ding näher heran – und blinzelte perplex. Hatte er gerade wirklich eine kleine, menschenähnliche Gestalt mit schwirrenden Flügeln gesehen?

»Da. Schau selbst«, sagte er betreten und reichte das Handy an Shaka.

»Ich glaub's ja nicht«, flüsterte diese. Ihr Blick wanderte immer wieder hin und her: vom Handy, auf dem eindeutig ein Haus zu sehen war, zum Horizont, wo es ebenso eindeutig kein Haus gab, und wieder zurück. Normalerweise hätte Elias jetzt triumphierend gegrinst und irgendeinen coolen Spruch abgelassen. Aber er war viel zu aufgeregt dafür.

»Das ist das Haus«, sagte er. »Ganz sicher. Die Fenster liegen genauso wie die Lichter. Das wirst du ja gleich sehen, wenn es dunkel wird.«

»Es ist da und gleichzeitig auch nicht da«, murmelte Shaka fasziniert. »Und da fliegt … eine verdammte Fee?!« Jetzt hatte sie ausgesprochen, was Elias nicht zu denken gewagt hatte. Shaka drückte den Foto-Auslöser. Erwartungsvoll öffnete sie das Bild. Es war nichts darauf zu sehen. Kein Haus und kein Flügelwesen.

»Genau wie bei dir und Niniane«, seufzte sie. Elias sprang auf und ging einige Schritte über den knirschenden Kies auf und ab. Er konnte jetzt nicht ruhig sitzen bleiben! Nicht mit diesem Gedanken …

»Das ist keine Witzfoto-App«, sprach er es schließlich aus. »Das ist eine App, die Dinge zeigt, die gar nicht da sind. Und die irgendwie doch da sind. Wie dieses Haus. Oder das Flügelding. Oder wie Ninianes Schleierflossen.«

Oder wie meine Hörner, dachte er, sagte es aber nicht. Die Vorstellung war einfach zu absurd. Er hatte keine Hörner, hatte nie welche besessen und wollte auch keine haben! Elias ertappte sich dabei, dass er mit der Hand misstrauisch über seine Stirn fuhr. Nichts, nicht mal der kleinste Huckel. Was denn auch sonst.

Shaka schaute ihn ernst an.

»Ich glaube dir, dass dich das stresst«, sagte sie. »Und ich weiß langsam auch nicht mehr weiter. Falls das irgendein Hoax ist, dann ist er jedenfalls verdammt gut gemacht.«

»Wenn man wenigstens Fotos davon haben könnte«, erwiderte Elias hilflos.

»Warte mal!« Shaka sprang plötzlich auf und zog ihr Handy aus der Tasche. Sie öffnete die »In-Between«-App und richtete das Gerät auf das nicht vorhandene Haus. Es erschien brav auf dem Display.

»Und jetzt machst du ein Foto von mir, wie ich das Handy da draufhalte!«, rief sie. »Und pass auf, dass das Display gut zu erkennen ist! Wir haben leider kaum noch Licht.«

Elias verstand. Er öffnete seine Kamera-App, zoomte Shakas Hand mit dem Handy heran und drückte ab. Dann öffnete er das Foto. Hand und Handy waren darauf zu sehen. Das Haus nicht. Das Handy-Display auf dem Foto zeigte einfach nur ein dunkelgraues Stück Abendhimmel.

Wortlos reichte Elias das Gerät an Shaka. Sie schüttelte entgeistert den Kopf.

»Das Ding erscheint noch nicht mal auf dem Foto von einem Foto!«, schimpfte sie dann empört, als sei das Haus nur verschwunden, um sie persönlich zu ärgern. »Wie haben die den Mist bloß programmiert?«

»Keine Ahnung«, brummte Elias. Ihm war plötzlich kalt, trotz seiner gefütterten Jacke. »Gleich kommen übrigens die Lichter, es ist schon fast dunkel.«

»Eigentlich habe ich für heute genug gesehen«, meinte Shaka müde.

Sie standen stumm nebeneinander, während die herbstliche Abenddämmerung immer grauer und schließlich schwarz wurde. Dann flammten jenseits der Dächer die Lichter auf. Ein Stapel aus hellen Quadraten für das Treppenhaus in der Mitte, nach und nach auch kleinere Umrisse für die Fenster der Wohnungen ringsum. Ganz oben erschien als Letztes der neonblaue Leuchtbogen. Bunte Leuchtnebel tanzten durch die Dunkelheit. Die schimmernden Lichter erinnerten Elias verdächtig an das

Flattergeschöpf, das er auf dem Display gesehen hatte. Leuchtende Flügelwesen? Echt jetzt?

»Da«, sagte Elias leise.

»Was?«, fragte Shaka und sah ihn irritiert an.

»Na, die Lichter«, gab Elias zurück. »Dafür sind wir doch hier.«

»Wann kommen die denn endlich? Ich muss langsam nach Hause. Mein Vater ist heute früher daheim.«

»Die sind doch schon lange an! Guck doch!« Elias zeigte direkt darauf. Shaka kniff konzentriert die Augen zusammen und starrte ins Dunkel hinaus. Dann schaute sie Elias an.

»Da sind keine Lichter, Elias.«

»Natürlich sind da welche! Ich sehe sie doch!«

»Ich nicht.«

»Ja, aber …«

Shaka hob ihr Handy hoch und richtete es mit der »In-Between«-App auf das Haus. »Meinst du diese Lichter? Hier auf dem Display?«

»Natürlich! Das Ding zeigt sie auch an. Aber ohne Handy …«

»… kann ich sie nicht erkennen, Elias. Offenbar siehst du mehr als ich.«

Für einen Moment wusste Elias nicht, was er sagen sollte. Andere konnten die Lichter nicht sehen? Er war plötzlich sehr dankbar, dass sie die »In-Between«-App hatten. Nicht auszudenken, wenn er Shaka ohne das Teil hier raufgeführt und ihr irgendwelche Lichter gezeigt hätte, die nur er sehen konnte!

»Das liegt wahrscheinlich an meinen Hörnern«, schnaubte er, um witzig zu sein. Zu allem Überfluss kitzelte es nun auch noch hinter seiner Stirn.

»Ja, vielleicht«, erwiderte Shaka, ohne zu lächeln. Die beiden schwiegen unbehaglich.

»Langsam macht mich das nervös«, gab Elias schließlich zu. Er musste an den grauen Schemen denken, den er gestern aus dem Augenwinkel gesehen hatte.

»Und mich macht es neugierig!«, erwiderte Shaka entschlossen. »Solche Sachen passieren nicht einfach so. Da steckt irgendetwas dahinter. Und wir werden herausfinden, was das ist!«

»Ja, das sollten wir wohl«, erwiderte Elias, der versuchte, sich von Shaka anstecken zu lassen. »Forschen wir gleich morgen weiter?«

»Jupp. Wir durchforsten das ganze Web danach. Auch zweimal, wenn es sein muss. Aber jetzt muss ich langsam los. Du weißt ja, mein Vater.«

Er nickte. Shakas Vater arbeitete bei einer großen Software-Firma und kam meist erst spät nach Hause. Wenn er es doch mal früher schaffte, legte er Wert darauf, die ganze Familie Thapar einträchtig um sich versammelt zu sehen. Elias war ein bisschen neidisch, auch wenn Shaka nicht allzu begeistert wirkte.

Gemeinsam stiegen sie über die Feuerleiter vom Dach. Elias sprang wieder direkt von den Garagen und wartete dann einen Moment, während seine Freundin sich fluchend bäuchlings vom Garagendach rutschen ließ.

An der nächsten Straßenecke trennten sie sich. Shaka musste mit dem Bus in eine andere Richtung. Elias ging nachdenklich die Treppe zur U-Bahn-Station hinunter, die Hände in den Jackentaschen vergraben.

Unten erwartete ihn ein gewölbter, weiß gekachelter Gang mit stechend-greller Beleuchtung. Grüne und blaue Streifen auf den Kacheln sollten das Ganze wohl auflockern. Elias schenkte ihnen keinen zweiten Blick und trottete in Gedanken versunken weiter in Richtung Bahnsteig. Erst als er an eine Abzweigung kam, blieb er stehen. Der Gang teilte sich hier auf. Man konnte nach links oder rechts weitergehen. Auf beiden Seiten gab es weiße Kacheln und grelles Licht. Elias schaute sich irritiert um. Seit er seine Zuflucht auf dem Dach gefunden hatte, stieg er fast jeden Tag hier in die Bahn. Es war nur eine kleine Station mit direktem Weg zu den Bahnsteigen – ohne Abzweigungen. War er gedankenverloren zu einer falschen Station gestiefelt? Elias trat einen Schritt zurück und schaute hoch. An den größeren Umsteige-Bahnhöfen hingen für gewöhnlich Hinweisschilder an den Abzweigungen, die den Weg zu den einzelnen Bahnlinien zeigten. Hier hing gar nichts. Über ihm war nur die nackte Kacheldecke. Er blickte in beide Richtungen. Auf der linken Seite beschrieb der Gang nach einigen Metern einen Bogen nach rechts. Blaue Streifen liefen als Muster über seine Kachelwände. Auf der rechten Seite kam schon bald eine Treppe, die noch tiefer in die Erde hinabführte. Hier waren die Zierstreifen rot. Vom Bahnsteig war nichts zu sehen.

Erst jetzt wurde Elias bewusst, dass er allein war. Kein Mensch war mit ihm hier unten, um die Bahn zu erwischen, kein einziger von den Pendlern, die sich am Abend sonst immer in die überfüllten Züge drückten. Nicht einmal Schritte oder Stimmen waren zu hören. Um ihn herum war es völlig still.

Elias' Herz klopfte. Hier war etwas ganz und gar nicht in Ordnung. Abrupt drehte er sich um und lief wieder zurück, in Richtung der Treppe. Schon nach wenigen Schritten merkte er, dass der Gang zu lang war. Er müsste die Treppe zum Ausgang längst sehen können! Doch der weiße Kachelgang ging weiter und weiter. Schließlich stieß der Gang auf eine weitere Abzweigung. Gleich drei Gänge taten sich hier vor Elias auf: rechts, links oder geradeaus. Wieder gab es kein Hinweisschild. Nur ein Werbeplakat hing an der Wand. Es zeigte auf einer schwarzen Fläche einen neonblauen Torbogen, den Elias inzwischen ziemlich gut kannte.

Er stolperte zurück, als wäre der Bogen ein wildes Tier, das jeden Moment aus dem Plakat springen und ihn zerreißen könnte. Natürlich tat er nichts dergleichen. Er hing einfach nur da, als wollte er Elias durch seine bloße Anwesenheit verhöhnen.

»Okay … Ganz ruhig bleiben«, murmelte er zu sich selbst. Es gab eine Erklärung für das alles. Irgendwo musste die Treppe sein, auf der er eben noch hier heruntergekommen war. Wenn er reingekommen war, gab es auch einen Ausweg. Er konnte sich wohl kaum in einer U-Bahn-Station verlaufen! War er vielleicht in irgendwelche Wartungsgänge für Bahn-Arbeiter geraten?

Vorsichtig schaute er in den linken Gang. Er schien lange geradeaus zu führen und in der Ferne in eine weitere Abzweigung zu münden. Rotgrüne Streifen zierten seine Wände. Kopfschüttelnd wandte er sich dem Mittelgang zu. Schon nach einigen Metern stieß dieser auf eine Treppe nach unten. Hier war die Streifenfarbe blau. Als er sich gerade den rechten Gang anschauen wollte, hörte er ein Geräusch. Schwere Schritte näherten sich ihm, mächtig und zielstrebig. Ein behäbiges KA-LONK, KA-LONK, KA-LONK, das weit durch die Gänge hallte. Es kam von vorne, wo der Gang nach einigen Metern eine Biegung beschrieb.

Elias hatte den Drang, einfach abzuhauen. Er zwang sich, trotzdem stehen zu bleiben. Vielleicht näherte sich da gerade ein Bahn-Mitarbeiter, der ihm hier heraushelfen konnte. Es ergab keinen Sinn, einfach blindlings durch die Gegend zu stürmen. Also wartete er. Die Schritte kamen näher und näher. KA-LONK, KA-LONK, KA-LONK. Ein Schatten fiel ins grelle Licht. Die Person musste jetzt unmittelbar hinter der Gangbiegung sein. Elias konnte einen massigen, breitschultrigen Umriss ausmachen. Einen Umriss mit einem Paar mächtiger Hörner am Kopf!

Das war zu viel. Elias rannte los. Egal wohin, nur weg von diesem gehörnten Ungetüm! Er stürzte in den nächstbesten Gang und hetzte ihn entlang, bis er an eine Abzweigung kam. Hektisch warf er einen Blick über die Schulter. Eine große Gestalt schob sich hinter ihm um die Ecke. KA-LONK, KA-LONK, KA-LONK.

Elias rannte weiter, bog willkürlich nach rechts ab, nahm am Rande einen pinkfarbenen Streifen wahr, stieß schließlich auf eine Rolltreppe nach unten, die leise vor sich hin brummte. Er zögerte kurz, dann hetzte er die Stufen hinab. Er konnte es sich nicht leisten, wählerisch mit seinem Weg zu sein. Elias rannte weiter, vorbei an Abzweigungen und Kreuzungen. Blaue Streifen, pinke Streifen, gelb-braune Streifen. Hin und wieder mal ein Plakat mit einem neonblauen Bogen. Und Gänge, noch mehr Gänge, zuweilen auch Rolltreppen. Das absurde Gangsystem schien unvorstellbar groß zu sein.

Schließlich blieb er erschöpft stehen, direkt an einer Dreier-Abzweigung. Nach einigen gehechelten Atemzügen lauschte er ängstlich auf seine Umgebung. Es waren keine Schritte zu hören. Offenbar hatte er den Gehörnten abgehängt.

»Und was jetzt?«, fragte er sich leise, während seine Knie immer noch zitterten. Natürlich hatte er nicht darauf geachtet, wohin er gerannt war.

Der Ort, an dem er hereingekommen war, lag viele Gänge und Treppen hinter ihm. Überall sah es gleich aus, wenn man einmal von dem Durcheinander der Streifenmuster absah. Er war gefangen.

»Geh systematisch vor, du Trottel!«, schoss es ihm durch den Kopf. Das hätte Shaka jetzt zu ihm gesagt. Und sie hätte recht damit. Elias griff in seinen Rucksack und kramte einen Filzstift heraus. Rasch malte er ein Kreuz auf eine Kachel an der rechten Gangmündung. Er würde einfach nacheinander alle Wege abarbeiten und dort Zeichen setzen, wo er schon gewesen war. Dann würde früher oder später schließlich der Ausweg übrig bleiben. Er hatte das Kreuz noch nicht zu Ende gemalt, als schwere Schritte durch den Gang hallten. Sehr laut. Sehr nah. KA-LONK, KA-LONK, KA-LONK.

Und der hünenhafte Körper des Gehörnten schob sich aus einer Gangöffnung direkt neben ihm. Er überragte Elias um drei Köpfe, war größer als jeder erwachsene Mann, den er kannte – und dabei so breit, dass er den Gang fast ganz ausfüllte. Bekleidet war er mit einem abgewetzten Blaumann, auf den ein Namensschild genäht war: M. Taurus. Verschiedene Werkzeuge und ein dicker Schlüsselbund blitzten an seinem Gürtel. Seine nackten, muskelbepackten Arme wurden von schwarzem Fell bedeckt, sein Kopf sah aus wie das Haupt eines Stiers mit stolz geschwungenen Hörnern und großen, trüben Augen. Ein dicker Goldring zierte seine Nase.

Der Stiermann stieß ein wütendes Schnauben aus und hob drohend seine Faust. Elias ließ den Filzstift mitten in der Bewegung fallen und rannte. Er stürmte in den Gang hinein, den er gerade markiert hatte, bog an der nächsten Kreuzung scharf ab, folgte einem weiteren Gang. Die

Schritte des Gehörnten hinter ihm wurden leiser. Schließlich erreichte er wieder eine Rolltreppe nach unten. Auf den Stufen erlaubte Elias sich, durchzuatmen.

Entlang der Treppe waren viele kleine Rahmen mit Plakaten an der Wand befestigt. In der Stadt fand sich dort meist Werbung für irgendwelche Musicals oder Restaurants, manchmal auch Fahrpläne oder Karten des U-Bahn-Netzes. Hier jedoch hing überall das gleiche Motiv: ein neonblauer Bogen auf schwarzem Grund. Das musste doch irgendeinen Sinn haben!

Er zog spontan sein Handy aus der Tasche. Mit einigen raschen Klicks öffnete er die »In-Between«-App und schaute angespannt auf das Display. Die Umgebung hatte sich nicht verändert. Aber die Plakate sahen plötzlich anders aus. Er richtete sein Handy auf eines von ihnen. Vor dem Hintergrund des neonblauen Torbogens zogen sich nun mehrere Zeilen mit Schrift über seine Fläche:

»Verbotener Park – Grüne Linie

Gesichtslose Gassen – Gelb-rote Linie

Vier-Winde-Haus – Blaue Linie

Schwarzer Spiegelturm – Schwarze Linie

U-Bahn, Festwelt – Grün-blaue Linie«

Es folgten noch einige Zeilen, aber Elias las nicht weiter. Zur U-Bahn, mehr wollte er ja gar nicht. Er rannte wieder los. Nach einigen Metern stieß er auf eine Abzweigung. Der Gang links wurde von einem grünen Streifen verziert, rechts war der Streifen rot-gelb. Keine Spur von Grün-blau. Mist! Egal. Elias folgte aus dem Bauch heraus dem rechten Gang und lief weiter. Schon bald traf er auf eine Kreuzung. Rechts ein gelber Streifen, mittig Rot-gelb, links Grün-blau. Na also! Hier bog er ein.

Dann kam eine weitere Dreier-Abzweigung. Die grün-blaue Markierung führte geradeaus. Er folgte ihr. Rechts und links, wieder geradeaus, zweimal rechts … Stets gaben die grün-blauen Streifen einen der Wege vor. Elias hielt sich jedes Mal daran. Was hätte er anderes tun sollen?

KA-LONK, KA-LONK, KA-LONK. Aus der Ferne stampften plötzlich wieder die Schritte des Gehörnten heran. Elias beeilte sich. Von vorne hörte er nun auch ein Geräusch. Es war ein Rumpeln und Rauschen, als würde irgendetwas Großes, Schweres ächzend durch die Gänge klappern. Rasch kam es näher. Panik stieg in Elias auf. War er nun zwischen zwei Ungeheuern eingekesselt? Dann wurde ihm bewusst, dass er dieses Rumpeln gut kannte. Er rannte umso schneller.

Elias stolperte auf den Bahnsteig hinaus, als gerade quietschend die Linie 5 einfuhr. Seine Bahn. Eine Handvoll Leute standen herum und warteten. Die Türen öffneten sich klappernd. Fahrgäste stiegen aus, andere drängten hinein. Elias stürmte vor und warf sich in die Bahn.

»He!«, beschwerte sich eine ältere Dame. »Immer mit der Ruhe, junger Mann!«

Er murmelte atemlos eine Entschuldigung und quetschte sich tiefer in den Wagen. Um ihn herum standen die Fahrgäste dicht an dicht. Es roch nach Parfüm und nassen Mänteln. Ein Kind quengelte irgendwo. Für gewöhnlich fand Elias solche Fahrten stressig. Gerade war er einfach nur dankbar, nicht mehr in diesem Labyrinth festzustecken.

Die Bahn fuhr los. Durch das Fenster warf Elias einen Blick zurück auf den sich leerenden Bahnsteig. Dort stand eine große, gehörnte Gestalt und schwenkte einen Gegenstand in ihrer behaarten Faust. Es war ein Filzstift. Dann fuhr die Bahn auch schon in den Tunnel ein und hinter dem Fenster war nur noch Schwärze zu sehen.

Elias schaute sich verstohlen um. Alle anderen Fahrgäste starrten glasig vor sich hin oder tippten auf ihren Handys herum. Niemand sah so aus, als hätte er gerade ein Ungetüm auf dem Bahnsteig gesehen.

Er schloss die Augen und atmete durch. Morgen würde er Shaka viel zu erzählen haben. Und mit sehr viel Glück würde sie ihm sogar das eine oder andere Wort davon glauben.

koenigin@threshold.iz

Auf dem gesamten Nachhauseweg blieb ein flaues Gefühl in Elias' Bauch zurück. Bei jeder Haltestelle, in deren Licht die U-Bahn einfuhr, rechnete er halb damit, dass auf dem Bahnsteig schon ein gehörntes Ungeheuer auf ihn wartete. Auf dem Weg von der U-Bahn-Station nach Hause schaute er sich mehrmals nervös um, ob irgendwo ein grauer Flügelschatten über die Dächer glitt. Nichts. Die Welt schien plötzlich wieder normal zu sein. Und doch hatte Elias noch immer weiche Knie, als er schließlich die Wohnungstür hinter sich schloss.

Der Flur lag im Halbdunkeln, zugestellt von den Umzugskartons, in denen sein Vater die Sachen für seinen Auszug sammelte. Im Wohnzimmer brannte Licht. Plötzlich stieg wieder Panik in Elias auf. War das vielleicht eine von diesen Gruselgeschichten, in denen das Grauen zu Hause auf einen wartete? Würde gleich das gehörnte Monster aus der U-Bahn am Esstisch sitzen und ihn breit angrinsen?

Elias schluckte und öffnete die Tür. Im Wohnzimmer saß kein Monster, sondern seine Mutter. Doch das war fast noch schlimmer, denn er kannte diesen speziellen Blick, mit dem sie ihn sofort bedachte. Es war nicht der übliche »Ich bin sauer«-Blick. Sondern die weitaus bedrückendere Variante »Ich bin sehr enttäuscht von dir«.

Das sagten jedenfalls Mamas Augen, als sie von ihrem Tablet aufschaute und ihn ansah. Ihr Mund hingegen sagte: »Elias! Gott sei Dank kommst du endlich nach Hause. Wo warst du bloß so lange?«

Unwillkürlich schaute Elias zu der alten Uhr von Oma Sabine, die über dem Sofa hing. Es war schon nach neun?! Er war doch gar nicht so lange unterwegs gewesen …

»Ich … ich muss irgendwie die Zeit vergessen haben«, stammelte er verwirrt.

»Warum hast du nicht wenigstens angerufen?«, fragte Mama. Sie sah noch ein wenig grauer aus als sonst. Eine zierliche, zerbrechliche Gestalt mit blondierten Strähnen im Haar, inzwischen eine Handbreite kleiner als Elias. »Ich habe versucht, dich zu erreichen«, fuhr sie fort, »aber bei deinem Handy ging nicht einmal die Mailbox ran.«

»Echt?« Überrascht zog er sein Gerät aus der Tasche. Es war angestellt und empfangsbereit, der Akku noch halb voll. Hatte sein Handy im U-Bahn-Labyrinth nicht funktioniert, weil dieser Ort tief unter der Erde lag – oder auf unnatürliche Weise noch viel weiter weg? Und war er womöglich weitaus länger durch die Gänge geirrt, als ihm bewusst war?

»Sorry, wird nicht wieder vorkommen«, murmelte er hilflos, weil er keine Ahnung hatte, wie er das Ganze erklären sollte.

Seine Mutter legte das Tablet beiseite und stand auf. Sie umrundete den Couchtisch, bis sie direkt vor ihm stand. »Elias«, sagte sie leise. »Ich weiß, das ist gerade alles ein bisschen viel für dich … Aber wir müssen uns aufeinander verlassen können! Ich mache mir Sorgen, wenn du abends so lange wegbleibst …« Sanft wuschelte sie ihm durchs Haar, wie sie es schon früher immer gemacht hatte – nur, dass sie jetzt den Arm dafür ausstrecken musste. »Wir sind doch ein Team, oder nicht?«

Elias zog den Kopf weg. Die Geste war etwas harscher, als er beabsichtigt hatte. Doch jetzt gab es kein Zurück. Er spürte, wie Ärger in ihm aufstieg. Das mit dem Team hatte sie früher schon gesagt – aber da hatte sein Vater noch dazugehört.

»Ich kann auf mich aufpassen, Mama«, erwiderte er trotzig. »Ich bin kein kleiner Junge mehr!« Auch das kam ruppiger rüber, als er gewollt hatte – und leider auch kindischer.

Seine Mutter zog ihren Arm zurück. »Wenn du kein kleiner Junge mehr bist, dann benimm dich auch so«, seufzte sie. »Und ruf an, wenn es bei dir später wird!«

Irgendwie hatte sie recht, was die Angelegenheit noch ärgerlicher machte. Aber wie hätte er bitte schön anrufen sollen, wenn er gerade von einem gehörnten Monstrum durch ein Labyrinth gejagt wurde?

»Das verstehst du nicht«, erwiderte er deshalb entnervt.

»Dann erklär es mir doch.« Seine Mutter konnte so furchtbar vernünftig sein. Seine Erlebnisse erklären. Ja, klar. Als wenn er das gekonnt hätte!

Elias winkte ab. Seine Mutter setzte dazu an, noch etwas zu sagen – da hörte er den Schlüssel im Schloss der Wohnungstür. Papa kam nach Hause. Falls man das denn so nennen konnte, wenn man nur noch für wenige Wochen irgendwo wohnte. In letzter Zeit arbeitete er immer lange – oder war bei »ihr«, wie Mama es bezeichnete. Sofort verspannte sie sich.

»Ich bin dann mal weg«, brummte Elias, der keinerlei Lust hatte, den nächsten Akt der Streitereien seiner Eltern mitzubekommen. Er lief in die Richtung seines Zimmers. Auf dem Flur entschied er sich um, murmelte Papa einen Gruß zu, den er selber nicht verstand, und schlüpfte durch die Küche raus auf den Balkon. Er brauchte jetzt frische Luft. Seufzend ließ er sich auf einen Gartenstuhl aus Plastik fallen.

An der Wand hinter ihm hing das Wagenrad, das sein Vater mal aufgehängt hatte, damit der Balkon wie die Terrasse eines alten Gutshofs aussah. Es hatte nicht viel genutzt, und hier erinnerte gar nichts an einen alten Gutshof. Elias starrte in den Abend hinaus. Ringsum schimmerten die Lichter von Gebäuden, die genauso aussahen wie das Haus, in dem er aufgewachsen war: Mehrfamilienhäuser mit vier Stockwerken und flachen Satteldächern. Früher waren sie spinatgrün gestrichen gewesen. Dann hatte man das alles renoviert, und seitdem erstrahlten sie bonbonfarben in Zartrosa und Zitronenfaltergelb. Elias schaute lieber auf die schwarzen Baumwipfel der Grünanlangen ringsum. Der Ärger in seinem Bauch verschwand langsam und machte einem seltsamen Nicht-Gefühl Platz. Kalt und leer war es in ihm, während die gedämpften Stimmen seiner Eltern durch die Balkontür nach draußen drangen.

Als er schließlich einen grauen, geflügelten Schatten durch die Bäume huschen sah, zuckte er nur leicht zusammen. Die Welt war ein absurder Ort, an dem man sich auf nichts verlassen konnte. Was machten da schon Flügelschatten und gehörnte U-Bahn-Monster aus?

»Elias!« Shaka lief hinter ihm her, als er am nächsten Tag nach dem Unterricht aus der Schule schlurfte. »Ey, nun wart doch mal!«

Seufzend wurde Elias langsamer.

Seine miese Laune hatte sich seit gestern Abend gehalten. Elias hatte furchtbar schlecht geschlafen und von endlosen Labyrinthen voller Ungeheuer geträumt. Vom Unterricht hatte er kaum etwas mitbekommen, in den Pausen Shaka gemieden und ihre Kurznachrichten einsilbig beantwortet. Denn er hatte keine Ahnung, wie er ihr von dem Gehörnten erzählen sollte. Ein Haus zu sehen, das es gar nicht gab, war eine Sache – ein leibhaftiges Monster etwas völlig anderes.

»So«, sagte Shaka, nachdem sie zu ihm aufgeschlossen hatte. »Und jetzt verrätst du mir, was los ist!«

»Was soll schon sein?«, knurrte Elias. »Die ganzen komischen Sachen in letzter Zeit stressen mich halt.«

»Du meinst die In-Between-App und das Haus? Nachvollziehbar.«

»Mrrm«, erwiderte er unbestimmt.

»Aber da ist noch mehr, oder?«, bohrte Shaka nach. »Gestern hast du mich auf dieses Dach gezerrt – und heute willst du nicht mal mehr darüber sprechen? Du hast doch was.«

Elias seufzte. Shakas Scharfsinn wurde nur von ihrer Dickköpfigkeit übertroffen. »Es ist ziemlich schwer zu erklären«, rückte er unwillig heraus. Shaka warf unternehmungslustig ihren schwarzen Zopf zurück.

»Okay, wir machen Folgendes«, sagte sie. »Wir fahren rüber ins Ulmen-Center und holen uns einen Milchshake. Das ist gut für deine Seele. Und dann erklärst du mir das, was so schwer zu erklären ist. Das ist gut für dein Schienbein.«

Sie hob angriffslustig eine Fußspitze. Elias musste gegen seinen Willen grinsen. »Na schön. Aber sag nicht, ich hätte dich nicht gewarnt!«

Shaka erwiderte sein Grinsen. »Vor dir kann man gar nicht genug gewarnt werden …«

Die beiden nahmen die Straßenbahn, die in dieser Gegend glücklicherweise oberirdisch fuhr. Elias hatte keinerlei Lust auf weitere Begegnungen in U-Bahn-Stationen. Das Ulmen-Center lag einige Stationen entfernt, nahe dem Wohngebiet, in dem die Familie Thapar ihr Reihenhäuschen hatte. Wenn Elias Shaka besuchte, dann hingen sie oft irgendwo in diesem Einkaufszentrum ab.

Hier war alles hell gekachelt und grell ausgeleuchtet. Zahllose Menschen eilten auf drei Ebenen an Boutiquen und Schuhgeschäften vorbei, drängten sich auf den Rolltreppen und quetschten sich an winzige Café-Tischchen, während im Hintergrund nichtssagende Musik dudelte. Alles war so banal und alltäglich, dass Elias das Gefühl hatte, die letzten Tage einfach geträumt zu haben.

Sie holten sich einen Shake im Eiscafé. Elias nahm Pistazie, wie er es eigentlich immer tat. Auch Shaka blieb ihren Gewohnheiten treu: Sie probierte jedes Mal etwas Neues aus, diesmal war es eine violette Eissorte namens »Heidelbeer-Cheesecake«. Schließlich setzten sie sich mit ihren Shakes an einen der Brunnen im Erdgeschoss des Centers.

Einige Tropenpflanzen mit mächtigen Palmwedel-Blättern sollten hier eine Art Mini-Dschungel simulieren. Jauchzende Kinder versuchten, die aufspritzenden Wasserfontänen zu fangen, während ihre Eltern sich verzweifelt bemühten, durchnässte Klamotten zu vermeiden.

»Also?«, fragte Shaka schließlich, nachdem sie die Showeinlage eine Weile verfolgt hatten.

Elias stellte unbehaglich seinen Milchshake zur Seite.

»Gestern, nachdem wir auf dem Dach waren, ist mir noch etwas Seltsames passiert. Ich konnte in der U-Bahn-Station den Weg zum Bahnsteig nicht finden und …«

»Du hast dich in der U-Bahn verlaufen?« Shaka warf belustigt ihren Zopf zurück.

»Soll ich's dir jetzt erzählen oder nicht?«

»'tschuldigung.«

Er fuhr seufzend fort und beobachtete, wie Shakas Gesichtsausdruck im Verlauf seines Berichts immer mehr entgleiste. Und das, obwohl er sich größte Mühe gab, seine Erzählung so sachlich und unaufgeregt wie möglich klingen zu lassen …

»So«, beendete Elias schließlich seine Ausführungen. »Nun kannst du die Zwangsjacke aus dem Rucksack ziehen.«

»Das würde ich ja gerne tun«, erwiderte Shaka und spielte unbehaglich mit ihrem Zopf. »Allerdings könnte ich mir die dann auch gleich selbst anziehen. Ich habe nämlich inzwischen ebenfalls etwas Merkwürdiges erlebt.«

»Ach nee?« Elias beugte sich aufgeregt zu ihr vor. »Warum hast du das nicht gleich gesagt?«

»Ich wollte deinen Bericht nicht beeinflussen«, erwiderte Shaka ungerührt. »Außerdem ist meine Entdeckung nicht so spektakulär wie dein Monster.«

»Was ist es denn nun?«, fragte Elias ungeduldig.

»Gestern Abend habe ich noch ein bisschen herumgesurft und nach diesem seltsamen Haus und der App gesucht«, begann Shaka.

»Und?«

»Ich habe etwas gefunden. Auch wenn ich keine Ahnung habe, was das sein soll …«

Sie zog ihr Handy hervor und öffnete mit dem Browser eine Webseite. Auf dem Display erschien ein bläulich leuchtender Halbbogen vor schwarzem Hintergrund. Wie ein Tor aus Leuchtröhren.

»Das ist das Zeichen von dem Haus!«, rief Elias.

»Und von der App«, bestätigte Shaka.

»Was macht diese Webseite?«

Shaka sah plötzlich etwas missmutig aus. »Keine Ahnung. Einfach nur da sein, schätze ich.«

»Wie meinst du das?«

»Man kann nichts damit anfangen!«, empörte sich Shaka. »Es gibt keine Texte, keine Videos, keine Links auf weitere Seiten. Einfach nur dieses Symbol als Startseite. Sonst nichts. Nicht einmal ein Impressum oder sonst eine Kontaktmöglichkeit.«

»Wie heißt die Seite denn?«, fragte Elias.

»Das ist sogar noch verrückter. Schau!« Shaka öffnete die Adresszeile. Dort war zu lesen: »www.threshold.iz«.

»Threshold?«, wunderte sich Elias.

»Ja. Englisch für *Türschwelle*.«

»Und was ist *.iz* für ein Länderkürzel? Izland? Izenburg?«

Matt ließ Shaka ihr Handy sinken. »Wenn ich das nur wüsste! Dieses Kürzel dürfte es eigentlich gar nicht geben.«

»Nirgendwo? Nicht mal für irgendeine kleine Südsee-Insel?«

»Nein. Ich habe weiter nachgeforscht – und nicht das Geringste dazu gefunden.«

»Verstehe.« Elias strich sich das widerspenstige Haar zurück. »Das ist auch ziemlich schräg.«

»Das Beste kommt ja noch.« Shaka tippte wieder auf dem Gerät herum. »Ich habe mir dann mal den Quellcode der Seite angeschaut. Hier ist er.«

Sie zeigte ihm das Display. Es war mit merkwürdigen Schriftzeichen bedeckt, wie Elias sie noch nie zuvor gesehen hatte. Manche sahen ein wenig so aus, als hätte man kleine Menschen oder Tiere als Buchstaben gezeichnet, andere waren ein Chaos aus verschlungenen Strichen.

»Wie Hieroglyphen«, murmelte Elias.

»Ja«, bestätigte Shaka. »Jedenfalls nicht so, wie ein vernünftiger Quellcode aussehen sollte. Das ist keine Programmiersprache, von der ich je etwas gehört habe.«

Ratlos ließ Elias die Schultern sinken. »Eigenartig«, murmelte er. »Kannst du nicht deinen Vater danach fragen? Der macht das doch beruflich.«

Shaka rutschte unzufrieden auf dem Brunnenrand herum. »Wenn er denn mal Zeit hat«, sagte sie. »Heute ist er gerade erst zu irgendeiner Konferenz gefahren.«

»Mmh«, brummte Elias enttäuscht. »Wie hast du diese Webseite überhaupt gefunden?«

»Mit ganz banalen Suchbegriffen«, erwiderte Shaka. »*Haus im Dunkeln, schwebende Lichter* oder so ähnlich. Hätte nie erwartet, dass da etwas Brauchbares kommt. Und doch war es gleich der erste Treffer.« Sie stockte kurz. »Es war fast so, als hätte die Webseite *mich* gefunden.«

Elias schaute Shaka von der Seite an. Sie sah ungewöhnlich ernst aus und hatte die Lippen zusammengepresst. Shaka hatte es noch nie leiden können, wenn sich etwas ihrem rationalen Verstand entzog.

Für einen Moment schwiegen die beiden, während um sie herum die Leute flanierten und in ihrem Rücken der Brunnen vor sich hin plätscherte. Dann ertönte plötzlich ein keckerndes Lachen, das in ein kehliges Knurren überging. Es kam von Shakas Handy.

»Wieder der bengalische Königstiger?«, fragte Elias zweifelnd.

»Quatsch«, erwiderte Shaka mit einem tadelnden Blick. »Eine Tüpfelhyäne. Die meldet sich bei eingehenden Mails.«

Shaka öffnete ihr E-Mail-Programm – und stutzte.

»Guck doch, was gerade gekommen ist«, sagte sie.

Elias schaute auf die Nachricht, die sie geöffnet hatte. Der Absender lautete »koenigin@threshold.iz«. Der Text war so kurz wie merkwürdig: »Hilfe erwünscht.« Darunter folgte eine Reihe von Zahlen. Sonst nichts weiter.

»Langsam reicht es mir mit diesen Seltsamkeiten«, knurrte Shaka. Dann begann sie, eifrig auf ihrem Handy herumzutippen.

»Was tust du?«

»Eine Antwort schreiben und weitere Infos anfordern.«

Sie schickte die Mail mit einem energischen Klick ab. Kurz darauf verzog sie das Gesicht.

»Na toll«, murmelte sie. »Ich komme nicht zum Absender durch. Muss irgendeine No reply-Variante sein …«

Für einen Moment schwiegen beide ratlos.

Dann bemerkte Elias plötzlich eine Bewegung. Sie ging fast im allgemeinen Gewusel ringsum unter – und stach doch heraus. Weil sie aus der falschen Richtung kam: aus dem Mini-Dschungel neben dem Brunnen. Dort hatte gerade einer der Palmwedel verdächtig gewackelt. War das ein Kind?

Auf einmal spürte Elias wieder dieses seltsame Kribbeln hinter seiner Stirn. Und war sich sicher, dass das kein Kind war. Er wandte den Kopf, so langsam und unauffällig wie möglich. Zwischen den Grünpflanzen war nichts zu sehen. Er griff beiläufig in seine Tasche, zog sein Handy hervor und öffnete die In-Between-App. Dann richtete er die Kamera ruckartig auf den Topfpflanzen-Dschungel. Tatsächlich! Hinter dem Stamm einer Pflanze mit hellgrünen Riesenblättern hockte eine kleine, graue Gestalt – mit einem Paar ledriger Flügel auf dem Rücken.

Für einen Moment starrte er das Flügelding fassungslos an. Es starrte aus kleinen, klugen Augen zurück. Dann breitete die graue Gestalt ihre Flügel aus und huschte davon.

»Oh nein!«, rief Elias spontan und ignorierte Shakas seltsamen Blick. »Du bleibst hier!« Er schwenkte das Handy, um die Kreatur vor der Linse zu behalten.

»Was ist denn los?«, fragte Shaka verwirrt. Elias zeigte ihr das Display. Darauf war zu sehen, wie eine kleine, geflügelte Gestalt durch das Center huschte. Gerade bog sie in einen Seitengang ein, vorbei an Toiletten und Wickelraum – und schlüpfte durch eine angelehnte Metalltür mit der Aufschrift »Nur für Mitarbeitende«.

Shaka schaltete sofort. »Los, hinterher!«

Die beiden ließen ihre Milchshakes stehen und rannten zur Tür hinüber, vorbei an überraschten Passanten. Noch ehe Elias darüber nachdenken konnte, dass sie eigentlich keine Mitarbeitenden waren, hatten sie sich schon durch den Türspalt gequetscht. Dahinter lag ein kahler Gang, auf dem sich einige Pappkartons und Paletten stapelten. Von dem Flügelding war nichts zu sehen. Hektisch schwenkte Elias sein Handy herum. Die Kreatur musste hier doch irgendwo sein!

»Hörst du das auch?«, fragte Shaka plötzlich. Elias hielt inne und lauschte. Stimmt, irgendwo ächzte und schnaufte es! Es kam von oben, wo ein schmales Fenster knapp unter der Decke ein wenig Tageslicht einließ. Es war gekippt.

Elias hob sein Handy und fokussierte das Fenster mit der Kamera. Im Display sah er das graue Flügel-Wesen, das gerade verzweifelt versuchte, sich durch den Fensterschlitz nach draußen zu schieben. Allerdings waren seine Lederschwingen zu breit dafür. Es steckte fest.

»He!«, rief Elias dem Wesen zu, ohne nachzudenken. »Wir können dich sehen.«

Das Schnaufen hörte auf. Dann flimmerte die Luft im Fensterschlitz, und ein grauer Umriss erschien aus dem Nichts. Jetzt konnte Elias die Kreatur auch mit bloßem Auge erkennen. Shakas ungläubiges Keuchen verriet ihm, dass es ihr genauso ging.

Das Wesen hatte zwei Arme und zwei Beine wie ein Mensch, war aber viel kleiner und gedrungener. Graue, rissige Haut bedeckte seinen Körper, zwei kleine Hörnchen saßen auf seinem Kopf, der an den eines Ziegenbocks erinnerte. Aus seinen Schultern wuchsen ledrige Fledermausflügel. Einer von ihnen hatte einen breiten Riss, den man mit groben Nadelstichen zusammengenäht hatte. Elias musste bei dem Anblick an die Wasserspeier denken, die manchmal auf den Dächern von alten Kirchen hockten.

»Wenn ihr mich sehen könnt«, sagte eine krächzende Stimme, »dann helft mir doch auch bitte schön hier raus, ihr Glotzköpfe!«

Elias und Shaka tauschten einen verwirrten Blick.

»Starren kann jeder – machen ist gefragt!«, fuhr die kleine Kreatur fort. »Falls ihr das noch nicht verlernt habt, bei eurer ewigen Handy-Glotzerei … Pff, diese Jugend! Als ich in eurem Alter war, bin ich nächtelang um die Kirchtürme geflogen, bei Regen, Schnee und Hagelgewitter!«

Elias trat zögerlich einen Schritt auf das Wesen zu. Shaka hielt ihn zurück.

»Erst sagst du uns, was du hier machst und was du von uns willst«, befahl sie streng.

Der kleine, graue Kerl seufzte. »Was soll ich hier schon machen?«, knurrte er. »Wonach sieht es denn aus? Pilze sammeln? Den Schiefen Turm von Pisa aus Streichhölzern nachbauen? Ich bin dabei, euch zu beschatten, ihr Alles-Checker! Das mache ich.«

»Aber warum?«, fragte Elias ratlos.

»Weil ich ein Lästerspeier bin. Das ist meine Aufgabe.«

»Leute beschatten?«, entgegnete Elias empört.

»*Dich* beschatten, Elias Karpinski, um genau zu sein«, präzisierte das Geschöpf.

»Mich?« Das wurde ja immer besser!

»Ja. Dich. Soll ich es dir auf eine Postkarte schreiben? Oder weißt du schon gar nicht mehr, was das ist?«

Shaka räusperte sich streng. »Mein Freund hat dich etwas gefragt«, sagte sie. »Warum beschattest du ihn?«

»Weil er schon seit Tagen das Vier-Winde-Haus anglotzt und gestern auch noch durch das U-Bahn-Labyrinth gestolpert ist wie ein betrunkenes Mammut«, erwiderte das graue Ding – der Lästerspeier, wie es sich genannt hatte. »Das passiert normalerweise nicht. Menschen verirren sich nicht dorthin. Das ist auffällig. Genau das Richtige für die Lästerspeier.«

»Inwiefern?«, bohrte Shaka nach. »Details, bitte!«

Der Lästerspeier stöhnte genervt. »Mit eurer Unwissenheit könnte man eine Turnhalle bis unter die Decke füllen!«

»Dann erlöse uns bitte davon«, rief Elias, dem das beständige Gekeife langsam auf die Nerven ging. »Im Gegenzug befreien wir dich auch aus diesem Fenster.«

»Na schön«, knurrte der graue Kerl. »Wir Lästerspeier gleiten als Schatten über die Straßen und hocken unbemerkt auf den Dächern. Wir beobachten alles. Und erzählen es weiter. Wir verbreiten Lästereien und Gerüchte, Tratsch und Klatsch, was eben so passiert in der Stadt. Das ist unsere Aufgabe. Hättet ihr jetzt wohl die Güte, mich freizulassen?«

»Wenn du dich so gut auskennst«, überlegte Shaka, »kannst du uns dann auch sagen, was das hier sein soll?«

Sie hielt ihr Handy hoch und deutete auf das seltsame Torbogen-Icon auf dem Display.

»Vielleicht«, knurrte der Lästerspeier. »Holt mich endlich hier raus, dann kann ich einen Blick darauf werfen.«

»Und du fliegst nicht einfach so davon?«, fragte Elias skeptisch.

»Ihr habt mein Ehrenwort.«

»Und keine Ahnung, was das wert ist.«

»Jetzt wäre ich fast beleidigt!«, schimpfte der Lästerspeier. »Wenn ihr keine dummen, unwissenden Festwelt-Menschen wärt …«

»Und jetzt wären *wir* fast beleidigt«, erwiderte Elias.

Er schaute zu Shaka, die mit den Schultern zuckte. Sie konnten den geflügelten Kerl wohl kaum da oben hängen lassen. Also stieg er auf eine Palette und griff nach dem feststeckenden Wesen. Er erwischte einen der krallenbewehrten Füße. Die graue Haut fühlte sich rau wie Stein an. Mit einem kräftigen Ruck zog er den Lästerspeier nach innen.

»Autsch!«, meckerte dieser, als er auf dem Boden aufkam. »Das geht auch sanfter, du grobpatschiger Mensch!«

Keifend richtete er sich auf und sortierte seine Flügel. Er reichte Elias bis knapp über das Knie.

»Also?« Shaka hielt dem Lästerspeier das Handy mit dem Icon ungerührt unter die Nase. Dieser sog schnüffelnd die Luft ein – und bekam plötzlich große Augen.

»Das riecht nach der Königin auf der Schwelle«, flüsterte er. »Gefährliches Zeug! Am besten vergesst ihr es sofort wieder.«

Shaka roch mit gerunzelter Stirn an ihrem Handy und schüttelte mit ihrem schönsten Der-spinnt-wohl-Blick den Kopf.

»Wieso?«, fragte Elias unterdessen. »Welche Königin?«

Der Lästerspeier senkte seine Stimme. »Der Herr der Spiegel hat gerade Streit mit ihr«, sagte er. »Darum mag er niemanden, der sich mit ihr abgibt. Nehmt euch vor ihm in Acht!«

Er beugte sich verschwörerisch vor. »Die anderen Lästerspeier sind schon bei ihm«, flüsterte er. »Sie verkaufen ihm frische Gerüchte, unsere Spezialität. Die frischesten sind über dich, Elias Karpinski. Schon bald wird der Spiegelherr wissen, dass es dich gibt. Am besten hältst du den Kopf unten.«

Elias stöhnte überfordert. Herr der Spiegel? Gefahr? Was sollte das?

Der Lästerspeier aber fuhr ungerührt fort: »Ich rate dir das in Freundschaft. Weil du mir geholfen hast – wenn man diese Grobheit so nennen kann. Ich muss jetzt los, meine Gerüchte abliefern. Dass ihr mit der Königin zu tun habt, wird den Herrn der Spiegel sehr interessieren ...«

»Sagtest du denn nicht, der sei gefährlich?«, rief Elias.

Der Lästerspeier zuckte mit den Flügeln. »Ist er. Aber Geschäft ist Geschäft. Und wer kommt schon gegen seine Natur an? Tut mir leid ...«

Er breitete die Schwingen aus und flatterte an ihnen vorbei, zurück in die Einkaufspassage. Elias starrte ihm verdattert hinterher. In seinem Bauch breitete sich ein mulmiges Gefühl aus.

»Wirst du irgendwie schlau aus dem Ganzen?«, fragte er leise.

Shaka schüttelte den Kopf. »Nee«, sagte sie und klang irgendwie müde. »Aber eines weiß ich ganz sicher: Ich werde dir ab jetzt alles glauben, was du mir erzählst. Und wenn du mit geflügelten Elefanten im rosa Tutu ankommst.«

Elias hätte gerne etwas Witziges erwidert. Doch danach war ihm nicht zumute.

»Ich hoffe nur, wir haben da keinen Fehler gemacht«, sagte er und deutete auf Shakas Handy.

»Das hoffe ich auch«, erwiderte Shaka. Beklommen schauten sie sich an. Beide wussten sie es besser.

Augen wie Spiegel

Wie der gähnende Schlund eines Ungeheuers öffnete sich der Eingang zur U-Bahn-Station vor Elias. Er war ja in der Tat beim letzten Mal dort unten einem Ungeheuer begegnet – und hatte keinerlei Lust, das noch einmal zu tun. Trotzdem würde er heute bestimmt nicht den ganzen Weg nach Hause zu Fuß gehen! Und von Shaka aus war es nun mal am einfachsten, wenn man erst für einige Haltestellen den Bus nahm und dann in die U-Bahn wechselte. Er zögerte kurz, ehe er einen ersten Schritt auf die Treppe setzte. Stufe für Stufe zwang er sich, in die Tiefe hinabzusteigen, und ignorierte dabei seinen Widerwillen.

Die beiden hatten noch eine Weile bei Shaka zusammengesessen und versucht, sich einen Reim auf die ganze Sache zu machen. Doch sie hatten nichts Sinnvolles mehr herausgefunden. Die Zahlenkolonne in der geheimnisvollen E-Mail mit dem Hilferuf blieb ebenso rätselhaft wie die Erzählungen des Lästerspeiers über Königinnen und Spiegelherrn.

Elias konnte noch immer nicht glauben, dass sie wirklich mit dem geflügelten Geschöpf gesprochen hatten. In dem Moment hatte sich das ganz natürlich angefühlt – was hätte er auch anderes tun sollen? Doch jetzt, im Nachhinein, wirkte es so unwirklich wie ein wirrer Traum. Gut, dass Shaka dabei gewesen war. Elias hätte sonst endgültig an seinem eigenen Verstand gezweifelt.

Inzwischen hatte er den Fuß der Treppe erreicht. Der Tunnel zum Bahnsteig lag leer und neonbeleuchtet vor ihm. Elias zögerte erneut. Würde er gleich wieder in das endlose Labyrinth des Gehörnten geraten? Doch dort vorne konnte er schon den Bahnsteig erkennen. Keine Abzweigung lag dazwischen. Er atmete durch. Offensichtlich spielte die Welt hier unten diesmal nicht verrückt. Mit raschen Schritten ging Elias bis zum Bahnsteig durch.

Dort bemerkte er, dass er allein war. Beklommen schaute er sich um. Tatsächlich – außer ihm wartete niemand hier. Er wollte gerade anfangen, sich Sorgen zu machen, da hörte er, wie die Bahn durch den Tunnel herangerumpelt kam. Dann fuhr sie auch schon in die Station ein. Elias strebte erleichtert in Richtung Bahnsteigkante – und erstarrte. Das war nicht seine Linie!

Auf der Anzeige über der Fahrerkabine stand nicht die gewohnte Ziffer »5« in altmodischer, gelber Leuchtschrift. Stattdessen war dort eine Reihe von seltsamen Zeichen zu lesen. Einige von ihnen sahen ein wenig so aus, als hätte man kleine Menschen oder Tiere als Buchstaben gezeichnet. Hieroglyphen – wie im Quellcode der Webseite, die Shaka entdeckt hatte.

Elias hatte kaum Gelegenheit, sie sich näher anzuschauen, da war die Anzeige auch schon außer Sicht. Die Bahn hielt direkt vor ihm, und ihre

Türen sprangen klappernd auf. Der Wagon war gerammelt voll. Viele Leute standen sogar auf dem Gang zwischen den Sitzen. Aber niemand von ihnen war ein Mensch – jedenfalls keiner, wie Elias ihn kannte.

Die Fahrgäste trugen weite Gewänder in satten, leuchtenden Farben: Smaragdgrün und Meerblau, Kirschrot und Sonnengelb. Und sie alle hatten keine Gesichter. Nur glatte, blasse Haut, wo eigentlich Augen, Nase und Mund ihren Platz hatten. Doch sie waren lebendig, schienen sich sogar gestenreich miteinander zu unterhalten. Wenn auch alles vollkommen still war ...

Elias betrachtete die Bahn und ihre seltsamen Fahrgäste mit schreckgeweiteten Augen. Der Anblick war noch grotesker als alles, was er in den letzten Tagen erlebt hatte!

Eines der Wesen im Zug senkte die Zeitung voller Hieroglyphen, in die es gerade vertieft war. Dahinter kam ein weiteres glattes Gesicht zum Vorschein. Ihm fehlten ebenfalls Nase und Mund – doch es hatte Augen. Sie leuchteten rubinrot wie zwei Edelsteine und blickten Elias unverwandt an.

Erschrocken stolperte er zurück. Er wollte schreien, doch es kam nur ein ersticktes Keuchen heraus. Dann klappten die Türen auch schon geräuschvoll zu, und die U-Bahn setzte sich wieder in Bewegung. Rumpelnd und schleifend verschwand sie im Tunnel. Zurück blieben nur die leeren Gleise und ein leichter Luftzug, der nach Gummi roch. Der Geisterzug mit den Gesichtslosen aber war verschwunden, als hätte es ihn nie gegeben.

Elias atmete schwer durch. Er hätte wissen müssen, dass irgendetwas Merkwürdiges passieren würde! Musste er sich ab jetzt an so etwas gewöhnen?

Erschaudernd wandte er sich ab – und bemerkte, dass der Bahnsteig doch nicht ganz leer war. Direkt neben ihm stand ein großer, breitschultriger Mann. War er aus der U-Bahn ausgestiegen? Doch er trug kein farbenfrohes Gewand, sondern einen dunklen Anzug. Und er hatte ein Gesicht mit einer kräftigen Nase und einem grauen, lockigen Vollbart. Viel mehr war von seinen Zügen nicht zu erkennen, denn der Fremde trug eine schwarzglänzende Sonnenbrille.

Unwillkürlich trat Elias einen Schritt zur Seite. Der Mann aber lächelte ihn an.

»Hat dich die U-Bahn erschreckt?«, fragte er mit einer tiefen, wohltönenden Stimme. »Du bist ja blass wie ein Gespenst! Aber natürlich glaubt man in deinem Alter nicht mehr an Gespenster … Nicht wahr, Elias?«

Elias zuckte zusammen. »Woher kennen Sie meinen Namen?«, fragte er. Es sollte selbstbewusst klingen, doch zu seinem Ärger hörte es sich eher wie ein ängstliches Krächzen an. Das Lächeln des Fremden wurde noch ein wenig breiter. Er streckte den Arm aus – und gab Elias die Hand, ehe dieser sie wegziehen konnte. Sein Händedruck war kalt, aber überaus verbindlich. Elias' Finger wurden schmerzhaft zusammengequetscht.

»Ich weiß das, weil ich viele Augen habe und vieles sehe«, sagte der Mann. »Man nennt mich den Herrn der Spiegel. Ich freue mich, deine Bekanntschaft zu machen. Du brauchst dich nicht vorzustellen, denn ich kenne dich sehr gut.«

Hastig zog Elias seine Hand weg – oder versuchte es zumindest. Denn der Griff des Mannes war fest wie ein Schraubstock! Der Typ lächelte noch immer, die Augen hinter der Sonnenbrille verborgen, während

Elias vergeblich an seinem Arm rüttelte. Dann öffnete er seine mächtige Hand so plötzlich, dass Elias fast hintenübergefallen wäre.

»Was wollen Sie von mir?«, rief Elias, und er gab sich nicht länger Mühe, die Angst in seiner Stimme zu verbergen. Der Herr der Spiegel … Vor dem hatte der Lästerspeier ihn vorhin noch gewarnt!

»Ich möchte mich mit dir unterhalten, Elias«, sagte der Mann. »Man hat mir so einiges über dich erzählt.«

»Ich habe auch von Ihnen gehört«, erwiderte Elias und hielt sich die schmerzenden Finger. In seine Angst mischte sich langsam Wut. Er hatte keine Lust mehr, von einer Merkwürdigkeit zur nächsten zu stolpern! »Genug, um vor Ihnen gewarnt zu sein. Lassen Sie mich bitte in Ruhe.«

»Aber darum bin ich doch hier«, sprach der Fremde und hob beide Prankenhände, als wollte er zeigen, dass er nichts Bedrohliches dabeihatte. »Damit du wieder deine Ruhe hast. Ich weiß, dass du in der letzten Zeit auf einige … Dinge gestoßen bist. Dinge, die vermutlich verstörend waren. Jedenfalls für jemanden wie dich. Das kommt gelegentlich vor und ist völlig normal.«

»Was wissen Sie darüber?«, fragte Elias misstrauisch. Sein Herz klopfte, und seine Nackenhaare hatten sich alarmiert aufgestellt. Und doch blieb er stehen und starrte den Fremden an, aus dessen Lächeln nun ein zufriedenes Grinsen wurde.

»Ich weiß«, sprach der Fremde bedächtig, »dass es gewisse Dämmerzeiten und Schwellenorte gibt. Zu solchen Zeiten und an solchen Orten ist es wahrscheinlicher, *Dinge* zu sehen. Genau das passiert dir im Moment, Elias. Ständig siehst du Dinge. Dinge, die dir Angst machen, nicht wahr? So wie diese U-Bahn.«

Elias räusperte sich. »Gerade machen vor allem *Sie* mir Angst«, sagte er rau.

Der Fremde nickte, noch immer lächelnd. »Auch das ist normal. Doch dir kann geholfen werden. Bald wirst du keine Dinge mehr sehen, und alles wird wieder sein wie vorher. Du musst es nur wollen.«

Erwartungsvoll schaute er Elias an. Jedenfalls glaubte Elias, dass er erwartungsvoll guckte – mit dieser Sonnenbrille war das nur schwer zu sagen.

»Was sind diese *Dinge* genau, von denen Sie reden?«, fragte er.

Der Fremde hob einen Zeigefinger und schüttelte sanft den Kopf. »Das ist die falsche Frage, Elias. Je mehr du darüber weißt, umso weniger wirst du sie los. Kümmere dich einfach nicht mehr darum!« Seine Stimme wurde lauter, gebieterischer. »Unterlasse es, ziellos durch die Stadt zu streifen, und beschäftige dich lieber mit etwas Vernünftigem. Geh zur Schule. Hör Musik. Spiel Fußball. Tu das, was deinesgleichen eben so tut. Und schau nicht zu genau hin. Dann werden die Dinge, die dich ängstigen, bald verschwunden sein. Wenn du dann irgendwann mal einen grauen Schatten mit Flügeln aus dem Augenwinkel siehst – dann wird es wohl eine Taube gewesen sein. Schließlich weißt du, dass es so etwas wie geflügelte Lästerspeier gar nicht gibt, nicht wahr?«

Sein Lächeln wurde unwahrscheinlich breit, es schien seinen grauen Bart regelrecht zu zerteilen wie eine Schlucht ein zerfurchtes Gebirge.

Elias schaute den Fremden stumm an. Das Angebot klang verlockend. Keine unliebsamen Begegnungen mit gehörnten U-Bahn-Monstern und Flügelviechern mehr …

Aber gingen Dinge wirklich weg, wenn man einfach nicht hinschaute?

Die Streitereien seiner Eltern hörten auch nicht auf, wenn er die Tür seines Zimmers hinter sich zuwarf! Und dann war da noch diese seltsame Mail … *Hilfe erwünscht*. Bedächtig schüttelte er den Kopf.

Der Fremde seufzte, und sein Lächeln verschwand.

»Ich erzähle dir das alles nicht zum Spaß, Elias«, sprach er. »Immerhin bin ich ein vielbeschäftigter Mann und habe mir extra Zeit für dich genommen. Für dich! Um dich zu beschützen. Denn schon bald wird es hier gefährlich werden. Glaube mir – es ist besser, wenn du dich aus allem heraushältst.«

Elias spürte, wie Trotz in ihm aufstieg. »Ich habe nicht damit angefangen, mich irgendwo einzumischen!«, rief er. »Aber jetzt, wo ich drinstecke, will ich auch wissen, was los ist! Sie sind also der Herr der Spiegel, ja? Was genau tun Sie? Und was hat es mit der Türschwellen-Königin auf sich? Und wer …«

Der Fremde unterbrach ihn, indem er abrupt die Hand hob. »Ich habe es wirklich versucht«, sagte er. »Doch offenbar bist du für Worte nicht zugänglich, Elias. Dann schau also hin!«

Er griff nach seiner Sonnenbrille und setzte sie ab. Nun konnte Elias zum ersten Mal seine Augen erkennen. Es waren nicht die Augen eines Menschen. Sie hatten keine Pupillen und sahen aus wie zwei blanke, schimmernde Spiegel aus poliertem Silber.

Entsetzt wollte er davonlaufen. Doch seine Beine gehorchten ihm nicht mehr. Die kalten Spiegelaugen des Fremden hatten noch weit größere Kraft als seine schweren Prankenhände.

Er sah sein eigenes Spiegelbild in den Augen, sah es gleich doppelt: zwei Eliasse, die ihm von links und rechts entgegenstarrten. Zweimal

Angst und Verwirrung in einem schmalen, blassen Gesicht. Die Spiegelbilder schienen immer größer zu werden, bis er sie in voller Breite vor sich sah, als stünde er sich selbst gegenüber und nicht dem Fremden, der sich der Herr der Spiegel nannte. Dann traten sie einen Schritt vor – und verschmolzen mit Elias.

Plötzlich war *er selbst* im Spiegel, er schwebte in einer Welt, die nur aus gleißender Helligkeit und spiegelnden Flächen bestand, endlos in alle Richtungen ausgedehnt. Er sah sich selbst, vielhundertfach zurückgeworfen. Und was er sah, gefiel ihm nicht.

Dort sah er den Elias, der manchmal immer noch Angst hatte, wenn die Nacht alles in tiefes Dunkel tauchte und draußen ein heulender Sturm um das Haus schlich. Und dort war der Elias, der nichts machen konnte, wenn Deppen wie Torben Westermann in der Schule auftrumpften – weil er zu schwach war, sich durchzusetzen. Und dort drüben der Elias, der allein durch die Stadt streifte und selbst nicht wusste, wohin er eigentlich wollte, ganz viele Male, an ganz vielen Tagen. Der nach einem Ort suchte, den es nicht gab, mit einem Zuhause im Rücken, das sich nicht mehr anfühlte wie ein Zuhause …

Elias spürte, wie er fiel, während alles um ihn herum sich auflöste. Panisch griff er um sich. Doch da war nichts, woran er sich festhalten konnte. Nichts, was Halt gab. Keine Sicherheit. Nur die gnadenlose, endlos weite Spiegelödnis. Nur er selbst, mit all seinen Schwächen, all seiner Angst …

»Halte dich fern von mir und meinen Angelegenheiten«, dröhnte die Stimme des Spiegelherrn. »So einer wie du kann sowieso nichts ausrichten.«

Aberhunderte von Eliassen blickten ihn aus allen Richtungen an, mit großen Augen und verängstigt.

Dann war es plötzlich vorbei. Elias spürte wieder die festen, kalten Steinkacheln des Bahnsteigs unter sich. Er spürte sie mit Händen und Füßen, denn er kniete auf allen vieren auf dem Boden. Etwas fühlte sich feucht auf seinen Wangen an. Es waren Tränen, die über sein Gesicht liefen.

Mit zitternden Beinen richtete er sich auf. Der Herr der Spiegel – oh ja, das war er! – war verschwunden. Elias war allein.

Alles in ihm fühlte sich eng und beklommen an, als würde der Herr der Spiegel ihn noch immer in seinem Prankengriff halten. Natürlich hatte der Typ recht. Elias durfte sich nicht in Dinge einmischen, die zu groß für ihn waren. Wo er doch kaum mit sich selber klarkam ...

Plötzlich ertönten schwere Schritte hinter ihm: KA-LONK, KA-LONK, KA-LONK!

Unheil ahnend drehte Elias sich um. Aus einem Seitengang, der eben ganz sicher noch nicht da gewesen war, trat der Gehörnte auf den Bahnsteig. Er sah genauso aus wie gestern: eine kleiderschrankbreite Gestalt mit dem Kopf eines Stieres auf den Schultern und mächtigen, ausladenden Hörnern.

Elias versuchte gar nicht erst, wegzulaufen. Er spürte, dass seine wackeligen Beine ihn nicht weit tragen würden.

»Du jetzt also auch noch?«, sagte er matt. Wie hatte er so bescheuert sein können, auch nur einen Fuß in eine U-Bahn-Station zu setzen!

Der Gehörnte schnaubte, sodass sein dicker Nasenring wackelte. Mit langsamen, stampfenden Schritten näherte er sich Elias. KA-LONK,

KA-LONK, KA-LONK. Nun stand er direkt vor ihm. Das Ungetüm roch nach Tier, fast wie ein nasser Hund. Der Namenszug an seinem Blaumann – M. Taurus – befand sich knapp über Elias' Augenhöhe, seine Hörner ragten hoch über ihm auf.

Instinktiv zog Elias den Kopf ein. Der Gehörnte könnte ihn mit einem einzigen Hieb seiner melonengroßen Fäuste zerschmettern! Schon hob er einen seiner schwarz behaarten Arme – und fasste in eine Tasche seines Arbeitsanzugs. Langsam zog er einen kleinen Gegenstand hervor. Eine Waffe? Nein, es war … ein Filzstift. Und Elias erkannte ihn wieder. Das war der Filzer, mit dem er eine Markierung an der Wand angebracht hatte, als er durch das Labyrinth der U-Bahn-Gänge geirrt war! Lächerlich klein und zerbrechlich sah der Stift in den Monsterpranken des Gehörnten aus.

Grunzend streckte das Ungeheuer seinen Arm vor und drückte Elias den kleinen Gegenstand in die Hand. Mit zitternden Fingern betrachtete Elias den Filzstift, als sähe er ihn zum ersten Mal.

»D… danke?«, sagte er zögerlich. Der Gehörnte grunzte zufrieden. Dann zeigte er erst auf den Stift, anschließend auf die gekachelte Wand der Bahnstation. Dazu schnaubte er streng und schüttelte nachdrücklich den Kopf.

Elias fuhr sich unbehaglich durchs Haar. »Du … du meinst, man darf mit dem Stift nicht auf die Wände malen?«, fragte er vorsichtig. Der Gehörnte verschränkte die Arme vor der Brust und nickte.

»Okay, verstehe …«, murmelte Elias. »Das tut mir wirklich leid, es war keine böse Absicht! Aber ich hatte mich verirrt und musste irgendwie den Ausweg finden.«

Der Gehörnte schnaubte unwillig und schüttelte wieder den Kopf. Dann zeigte er energisch auf sich selbst.

»Du meinst ... ich hätte *dich* nach dem Weg fragen sollen?«, riet Elias. Der Gehörnte nickte. Dann legte er Elias eine schwere Pranke auf die Schulter. Dieser ging unter dem Gewicht fast in die Knie. Das sollte tatsächlich ein aufmunterndes Tätscheln sein!

Mit einem zufriedenen Schnauben drehte der Gehörnte sich um und schlurfte zu seinem Gang zurück. Das Stampfen seiner schweren Schritte klang immer leiser, während er sich entfernte. KA-LONK, KA-LONK, KA-LONK ...

Elias blieb verwirrt zurück. Er zitterte noch immer ein wenig, doch die Kälte der Spiegelaugen wich langsam zurück. Diese merkwürdigen Wesen waren jedenfalls nicht alle feindselig. Den Gehörnten fand er fast schon nett ...

Er straffte sich. Die Drohungen des Herrn der Spiegel – nichts anderes war sein besorgter Rat schließlich gewesen – hallten in ihm nach. Doch seine Entscheidung war gefallen. Er würde die Sache weiterverfolgen. Auch wenn das, was er in den Spiegelaugen gesehen hatte, ihn noch immer erschaudern ließ – er würde sich nicht einschüchtern lassen!

Die nächste Bahn hielt ratternd am Bahnsteig. Diesmal war es eine gewöhnliche Linie 5. Dankbar stieg Elias ein.

Im Vier-Winde-Haus

»Hat einer von den beiden Typen noch etwas Brauchbares gesagt?«, fragte Shaka. »Der Spiegelherr? Oder der Stiermann?«

Sie hatten gestern noch lange Nachrichten über Elias' Erlebnis ausgetauscht und diskutierten nun in der großen Pause weiter. Es hörte sich merkwürdig an, wie selbstverständlich Shaka über diese absurden Dinge sprach.

Elias schüttelte den Kopf. »Ich glaube, der Gehörnte kann gar nicht reden«, entgegnete er. »Und der Herr der Spiegel hat nur Nettigkeiten von sich gegeben, die eigentlich Drohungen waren. Er hat noch irgendwas von Dämmerzeiten und Schwellenorten erzählt. Nichts, womit wir großartig etwas anfangen könnten.«

Unwillig zog Elias die Schultern hoch. Ein Detail hatte er bei seinem Bericht ausgelassen: Wie mies und allein er sich gefühlt hatte, als er in den Abgrund der Spiegelaugen gestürzt war.

Shaka nickte. »Aber ich habe noch was«, sagte sie. »Schau mal!«

Sie hielt ihm ihr Handy hin, auf dem eine Online-Straßenkarte geöffnet war, offenbar ein Plan der Stadt. An einer Stelle war ein roter Marker gesetzt.

»Was soll das sein?«, fragte Elias.

»Die Karte läuft über Positionsbestimmung per Satellit – GPS«, erklärte Shaka. »Ich habe gestern Nacht noch ein bisschen mit dieser Zahlenreihe herumgespielt, die in der Mail unter dem Hilferuf stand. Unter anderem habe ich sie in dieser Karte eingegeben. Und siehe da: Es handelt sich tatsächlich um Koordinaten – und sie gehören zu einem Ort hier in der Stadt! Das ist ganz sicher kein Zufall.«

»Cool! Zeig mal her.« Elias schaute sich die Sache genauer an. »Das ist ja in diesem Gewerbegebiet hinter dem Bahndamm! Glaubst du …?«

Shaka schaute ihn eindringlich an. »Das würde hinkommen, oder?«

Elias nickte eifrig. »Ja, ich denke schon. Dort ungefähr müsste es liegen. Das Haus, das nicht da ist.«

»Das hatte ich auch vermutet.« Shaka spielte nachdenklich mit ihrem Zopf herum. »Mit diesen Koordinaten und der App sollte man das Haus sicher finden können. Ich frage mich, ob sich dort die Person aufhält, die uns diesen Hilferuf geschickt hat.«

»Wir könnten es herausfinden«, erwiderte Elias. »Gleich heute Nachmittag?«

»Da habe ich Cello.« Shaka seufzte. »Aber meinetwegen danach. Holst du mich von der Musikschule ab?«

Elias nickte beklommen. Dann würde es ganz schön spät werden, und sie würden erst in der Abenddämmerung zu dem seltsamen Gebäude aufbrechen … Aber noch einen Tag länger warten würde er auf keinen Fall!

»Okay, ich werde da sein.«

Da ertönte auch schon die Pausenklingel. Elias sprang von seinem Poller auf – und bemerkte Niniane. Die Neue stand etwas abseits bei den Fahrradständern und schaute mit großen Augen in seine Richtung. Sie sah nachdenklich aus und auch ein wenig zögerlich. So als würde sie überlegen sie, ob sie etwas sagen sollte oder nicht … Hatte sie Elias und Shaka die ganze Zeit beobachtet?

Er stand auf und ging auf Niniane zu, um sie anzusprechen. Doch mit einer geschmeidigen Bewegung verschwand sie im Strom der anderen Schülerinnen und Schüler – wie ein Fisch, der den Schutz seines Schwarms sucht. Elias blickte ihr noch einen Moment hinterher. Dann schob er sich der Deutschstunde entgegen.

»Mit der U-Bahn wären wir deutlich schneller gewesen!«, beschwerte sich Shaka, als sie von der Bushaltestelle aus zu Fuß in Richtung Bahndamm gingen. Sie trug ihr Cello in einer Transporttasche auf dem Rücken, was für Elias ein wenig so wirkte, als hätte sie einen schwer bepackten Expeditionsrucksack dabei.

»Ich weiß«, erwiderte er schuldbewusst. »Aber nach den letzten Vorfällen würde ich gerne fürs Erste auf U-Bahn-Fahrten verzichten. Vielleicht begegnet uns dort unten ein Tunnel-Lindwurm oder ein Riesenkrake auf Schienen oder was auch immer …«

»Dann könnten wir das Was-auch-immer zumindest befragen«, brummte Shaka. »So langsam hätte ich gerne ein paar konkrete Antworten.«

Sie bogen um eine Straßenecke. Vor ihnen zog sich nun der Bahndamm entlang, ein betongrauer Wall, der die Stadt zerteilte.

»Da drüben müssen wir lang.« Shaka blickte von ihrem Handy auf und zeigte auf die kleine Unterführung, die unter dem Bahndamm hindurchführte.

»Das passt«, erwiderte Elias. »Letztes Mal bin ich auch dort runter …«

Gemeinsam mit Shaka stieg er in den schmalen Tunnel hinab. Gründlich sah er sich um, doch nirgendwo war ein grauer Flügelschatten zu entdecken.

»Alles okay?« Shaka schaute ihn von der Seite an.

»Klar … Ich bin mir nur fast sicher, dass mich hier so ein Lästerspeier beobachtet hat.«

Shaka öffnete die In-Between-App und prüfte damit rasch die Umgebung. »Gerade scheint jedenfalls keiner da zu sein.« Dann stockte sie kurz. »Wie konntest du den überhaupt sehen? Im Ulmen-Center haben wir dafür doch die App gebraucht. Bevor er sich sichtbar gemacht hat, meine ich.«

»Das habe ich mich auch schon gefragt«, erwiderte Elias. »Irgendwie sind diese merkwürdigen Wesen mal da und dann wieder nicht. Frag mich nicht, wo da die Logik ist.« Er zögerte kurz. Dann entschied er sich, alles zu erzählen. »Und wenn ich sie sehe, ist da häufig so ein komisches Kribbeln, ungefähr hier …«

Er zeigte auf seine Schläfen. Shaka nickte nachdenklich. »Also da, wo diese App die Hörner bei dir zeigt«, sagte sie.

Elias schluckte. Musste sie das so direkt aussprechen?

»Kann sein«, sagte er vage.

»Es wird wirklich Zeit für Antworten«, bekräftigte Shaka entschlossen.

Sie verließen die Unterführung und durchquerten das Gewerbegebiet mit seinen Autohäusern und Lagerhallen. Der Abend dämmerte bereits heran, und über den Gebäuden zog Dunkelheit auf. Elias schlug den Kragen seiner Jacke hoch, als verspräche das irgendeinen Schutz.

»Da vorne muss es sein.« Shaka zeigte auf die nächste Straßenecke.

Elias war skeptisch. Dort konnte das geheimnisvolle Haus eigentlich nicht liegen. Die Straße führte an einem großen Gelände entlang, das von einem Maschendrahtzaun begrenzt wurde. Hinter dem Zaun erhoben sich Berge von Kies, Steinen und anderen Baustoffen neben einer flachen Lagerhalle. Nichts davon war annähernd groß genug, um ein ausgewachsenes Hochhaus zu verdecken.

»Sieht nicht richtig aus, oder?«, fragte er.

»Abwarten.« Shaka ging energisch weiter. Elias folgte ihr um die Straßenecke. Vor ihnen endete die Straße an einer kleinen Wendeplatte, auf der ein paar Mülltonnen herumstanden. Dahinter lag unbebautes Gelände. Das Unkraut wucherte dort mehr als hüfthoch, eine Wildnis aus Disteln und Brombeerranken. Kein Hochhaus.

»Mal sehen …« Elias zog sein Handy hervor und öffnete die In-Between-App. Dann richtete er die Kamera auf die Sackgasse vor ihnen.

Auf dem Display erschien ein verglaster Hauseingang, zu dem einige Stufen hinaufführten. Aufgeregt schwenkte Elias das Handy nach oben. Ein komplettes Hochhaus erhob sich auf dem freien Gelände vor ihnen!

Hinter Elias' Stirn kribbelte es kräftig. Dann war das Haus plötzlich auch mit bloßem Auge zu sehen, als wäre es spontan aus dem Boden gewachsen. Shaka keuchte auf. Er warf ihr einen raschen Seitenblick zu. Sie hatte den Kopf in den Nacken gelegt und starrte ungläubig nach oben.

»Die GPS-Daten stimmen jedenfalls«, murmelte sie entgeistert.

Elias ließ seinen Blick über das Haus schweifen. Es hatte acht Stockwerke, und in der Mitte war hinter großen Fenstern ein zentrales Treppenhaus zu erkennen. Rechts und links davon gingen Balkone ab, die zu den einzelnen Wohnungen führten. Alles sah so aus, wie er es aus der Entfernung gesehen hatte. Nur dass er jetzt so dicht davorstand, dass er die Briefschlitze neben der gläsernen Eingangstür erkennen konnte.

»Ich glaub's nicht!«, entfuhr es ihm spontan. Shaka presste die Lippen aufeinander.

»Siehst du irgendeine Möglichkeit, wie wir das Ding bis jetzt übersehen konnten?«, fragte sie.

»Nicht wirklich.«

»Dann stehen wir also gerade vor einem Haus, das es eigentlich gar nicht gibt?«

»Ja.«

»Okay.«

Sie schwiegen ratlos. Hoch über ihnen flackerte ein bläuliches Licht auf. Die hufeisenförmigen Leuchtröhren gingen an! Schon erschien das Tor-Symbol am grauen Abendhimmel. Ringsum, in den Fenstern der Wohnungen, schimmerten nun ebenfalls hier und dort Lichter.

»Wollen wir es uns näher ansehen?«, fragte Elias leise.

»Klar«, erwiderte Shaka. »Dafür sind wir hier.«

Langsam gingen sie auf die Eingangstür zu. Das Treppenhaus dahinter lag im Dunkeln. Neben der Tür waren reihenweise Klingelschilder in einem dunkelbraun lackierten Metallrahmen eingelassen. Alles sah aus wie bei einem gewöhnlichen Mietshaus.

»Sylphe«, konnte Elias auf dem Klingelschild ganz oben lesen. Ein eigentümlicher Name. Er ließ seinen Blick nach unten wandern. »Sylphe«, stand auch auf dem Schild darunter. Und auch auf dem nächsten Schild. Elias überflog sämtliche Klingeln. Jede einzelne war mit dem Wort »Sylphe« beschriftet. Bei den Briefkästen sah es genauso aus.

Elias und Shaka tauschten einen fragenden Blick. Dann versuchte er, die Tür zu öffnen. Sie gab nicht nach.

»Wir sollten irgendwo klingeln«, sagte er.

»Gute Idee«, meinte Shaka. »Vielleicht bei Sylphe. Oder doch bei Sylphe?«

Elias überlegte noch, welchen der Klingelknöpfe er drücken sollte – da hörte er ein leises Geräusch. Es war ein Kichern, und es kam von oben. Er trat einen Schritt zurück und legte den Kopf in den Nacken. Nun konnte er einige winzige Gestalten ausmachen. Sie hockten auf dem Vordach, das den Eingang beschirmte.

Die Geschöpfe waren noch kleiner als der Lästerspeier, vielleicht so lang wie Elias' Unterarm. Ansonsten konnte er gar nicht so genau sagen, wie sie aussahen. Denn sie waren beinahe durchsichtig, als bestünden sie aus Luft. Elias glaubte, die Umrisse von ausgefransten Flügeln auf ihren Rücken zu erkennen. Wie auf Kommando flatterte der ganze Schwarm auf, um Elias und Shaka neugierig zu umkreisen.

Beim Fliegen begannen sie, von innen heraus zu leuchten – ein sanfter Schein von Blau und Rot, Grün und Gelb, den sie wie Nebelschleier über den Nachthimmel zogen. Staunend erkannte Elias in dem Farbenspiel die Lichter wieder, die aus der Ferne das Haus umschwirrt hatten.

»Was … ich meine, wer seid ihr?«, stotterte er überrumpelt.

Die Luftwesen lachten perlend. Sie wuselten so rasch durcheinander, dass Elias noch nicht einmal erkennen konnte, wie viele es waren – fünf oder fünfundzwanzig?

»Ich bin Sylphe!«, rief eine von ihnen mit einer hellen Glöckchenstimme.

»Und ich bin Sylphe!«, fiel eine zweite mit ein.

»Mein Name ist Sylphe!«, krähte eine dritte. Sie plapperten mindestens so schnell durcheinander, wie sie sich bewegten.

Nur eine der Gestalten hielt sich abseits. Sie flatterte über dem Vordach auf der Stelle. Elias fiel sie gerade deswegen auf. In ihrem winzigen Gesicht funkelte ein Paar rubinroter Augen, die Elias direkt anblickten. Er runzelte misstrauisch die Stirn. Da huschte das Geschöpf auch schon los und verschmolz mit dem Gewimmel der anderen.

»Okay, ihr heißt also Sylphe«, fasste Shaka inzwischen hilflos zusammen. »Aber was *seid* ihr?«

Für einen Moment herrschte erstauntes Schweigen. Dann brandete das Gekicher umso lauter auf.

»Wir sind Sylphen«, rief eine der schimmernden Gestalten.

»Boreal-Sylphen!«, verbesserte eine zweite.

»Wo wohnst du, dass du uns nicht kennst?«, fragte eine dritte empört.

»Noch nie in den Nordhimmel geschaut?«, kicherte eine vierte.

»Boreal?« Elias verstand immer weniger.

»Aurora Borealis«, flüsterte Shaka fasziniert. »Das Nordlicht.«

So sahen die Sylphen tatsächlich ein wenig aus – wie lebendiges Nordlicht.

»Aber was macht ihr hier, in dieser Stadt?«, fragte Elias.

»Wir wohnen!«, rief eine der Sylphen stolz.

»Das tut man doch mit einem Haus, oder?«, fragte eine andere.

»Falls wir uns irren, müsst ihr uns das sagen!«, meldete sich eifrig eine dritte.

»Wir kennen uns noch nicht so gut aus mit den Dingen in der Festwelt«, fügte eine weitere Stimme hinzu. Für Elias klangen sie alle ähnlich, sodass er kaum auseinanderhalten konnte, wer nun was sagte.

»Festwelt?«, wiederholte er ratlos.

»Ja!«, rief es aus dem Gewimmel der Sylphen.

»Die Welt der festen Dinge. Menschendinge. Dinge, die wir im Zwischen nicht haben!«

»Coole Dinge!«

»Wie findet ihr unser Haus? Wir nennen es das Vier-Winde-Haus. Weil wir Boreal-Sylphen mit den vier Winden befreundet sind!«

»Kommt rein, wir zeigen euch alles!«

»Wir hatten noch nie Festwelt-Besuch ...«

Shaka warf entschlossen ihren Zopf zurück und griff nach der Tür. Erfolglos rüttelte sie daran.

Elias musste laut sprechen, um das Durcheinander zu übertönen: »Wenn wir reinkommen sollen, solltet ihr uns die Tür aufmachen!«

Überrascht hielten die Boreal-Sylphen inne.

»Tür?«

»Aufmachen?«

Eine von ihnen flog aufgeregt einen Salto. »Dafür ist das Ding also da! Man kann die Tür *aufmachen*!«

»Natürlich!«, rief eine andere Sylphe. »Diese Festwelt-Bewohner sind nicht aus Wind gemacht wie wir! Sie können nicht durch den Briefschlitz schlüpfen.«

»Aber wie geht das, aufmachen?«

»Kann man die Tür vielleicht aufwehen?«

Elias räusperte sich. »Jemand sollte von innen die Klinke drücken«, riet er.

Die Gesichter der Sylphen hellten sich auf.

»Alles klar!«

»Wartet, wir machen euch auf!«

»Ihr habt uns schon sehr geholfen!«

Und sie rauschten schneller davon, als Elias gucken konnte. Er hörte nur noch ein paar Briefschlitze klappern. Dann ging plötzlich die Haustür auf. Drinnen wartete bereits eine Wolke aus eifrig durcheinanderschwatzenden Sylphen. Sie waren wirklich verdammt flink – und es waren eher noch mehr geworden!

»Kommt rein, kommt rein!«

»Hier hinauf!«

»Schaut euch alles an!«

Die Sylphen huschten blitzgeschwind am Aufzug vorbei und das Treppenhaus hoch. Elias und Shaka blieb nichts anderes übrig, als ihnen zu folgen.

»Ich brauche *ganz dringend* Antworten!«, knurrte Shaka. »Und ich gehe hier nicht weg, bis ich sie bekommen habe.«

»Aber denk daran, dass du Windgeschöpfen nicht gegen das Schienbein treten kannst«, flüsterte Elias.

Auf dem ersten Treppenabsatz war die Luft erfüllt von umherwuselnden Boreal-Sylphen, die ungeduldig auf ihre Besucher warteten. Das wurden tatsächlich immer mehr! Ihr Farbenspiel tauchte das Treppenhaus in ein unwirkliches Licht.

»Kommt!«, rief eine der Sylphen mit ihrer Glockenstimme. »Ich zeige euch die Festwelt-Sachen in meiner Wohnung!«

»Nein!«, ging sofort eine andere dazwischen. »*Ich* zeige ihnen meine Sachen!«

»Nein, ich!«

Und wieder entbrannte ein furchtbares Durcheinander. Elias holte tief Luft. »Ich hätte da einige Fragen!«, rief er. Doch offenbar waren Boreal-Sylphen nicht besonders gut im Zuhören. Niemand beachtete ihn.

»Wenn die Festwelt-Bewohner nicht zu mir kommen, bringe ich meine Sachen eben zu ihnen!«, verkündete eine Sylphe gerade entschlossen.

»Nein, ich werde das tun!«

»Nein, ich!«

»Aber ich bin schneller!«

Und sie stoben in alle Richtungen auseinander – einige flitzten im Treppenhaus weiter hinauf, andere hinunter und wieder andere verschwanden über die Balkone, die zu den Wohnungen führten. Elias und Shaka blieben allein zurück.

»Irgendwie habe ich das Gefühl, dass die Sache mit den Antworten schwierig wird«, seufzte Shaka.

»Dann sollten wir uns vielleicht weiter umschauen und …«

Weiter kam Elias nicht, denn plötzlich kam ein Blumentopf angeflogen. Er schwebte durch die Luft auf ihn zu! Erst auf den zweiten Blick erkannte Elias den durchscheinenden Körper der Sylphe dahinter, die ihn trug.

»Schaut mal, meine Festwelt-Pflanze!«, rief sie stolz. Damit meinte sie wohl den alten Kochlöffel, der in der Blumenerde steckte. »Nun schau doch mal!«

»Wie … nett«, murmelte Elias überrumpelt.

»Hier! Guckt euch mein Sonnendach an!«, rief eine andere Sylphe und brachte das Skelett eines kaputten Regenschirms an, auf dessen Speichen man löchrige Socken gezogen hatte.

»Guckt mal! Mein Festwelt-Schmuck!«

»Schaut her! Hier kommt mein gutes Geschirr!«

Von allen Seiten kamen die absurdesten Gegenstände angeschwebt. Elias sah Glasflaschen, die man mit Wollresten vollgestopft hatte, und eine Bohrmaschine, in der als Bohrer eine Plastikblume steckte. Da vorne kam eine Wanduhr mit sieben abgebrochenen Bleistiften anstelle von Zeigern, dort ein Messbecher voller Wasser, in dem Plastikfische schwammen.

»Schaut mal!«

»Da, guckt …«

»Seht her!«

Elias schwirrte der Kopf. Er wusste nicht, wohin er zuerst schauen sollte. Während die Sylphen Shaka und ihn eine weitere Treppe hinaufführten, überschütteten sie die Besucher von allen Seiten mit Eindrücken.

Plötzlich verharrte Elias mitten auf den Stufen. Er hatte etwas entdeckt! Auf halbem Wege zum nächsten Stockwerk schwebten einige kleine, schwarze Kugeln bewegungslos mitten in der Luft. Sie schimmerten, als bestünden sie aus schwarzem Glas.

»Was ist das?« Fasziniert bahnte Elias sich seinen Weg durch den Sylphenschwarm, um sich die Kugeln näher anzuschauen. Es waren sieben oder acht, die kleinste so groß wie ein Eurostück, die dickste fast wie eine Faust. Und sie waren nicht einfach nur schwarz. Streifen von schillernden Farben schienen auf ihnen zu liegen, wie bei einer besonders schönen Murmel.

»Dunkle Regenbögen«, ging es Elias spontan durch den Kopf. Er streckte ehrfurchtsvoll die Hand aus und berührte eine der Kugeln. Sie fühlte sich kalt und glatt an, tatsächlich wie Glas. Und sie ließ sich nicht von der Stelle bewegen, auch wenn er ein wenig dagegendrückte.

Dann bemerkte er, dass das Gemurmel der Boreal-Sylphen verstummt war. Sie beobachteten ihn von allen Seiten. Und sie wirkten dabei merkwürdig beklommen.

»Das waren einmal meine Seifenblasen«, zirpte eine Sylphe, die ein Plastikröhrchen mit schaumiger Flüssigkeit umklammert hielt. »Aber sie sind gestern zu Glas erstarrt. Seitdem regen sie sich nicht mehr.«

»Wie passiert denn so was?«, fragte Shaka ungläubig. Die Sylphen plapperten unschlüssig durcheinander.

»Keinen Schimmer – ist einfach so geschehen!«, rief eine von ihnen.

»So etwas hat es noch nie zuvor gegeben«, ergänzte eine zweite.

»Wir vermuten, dass es mit dem Schwarzen Spiegel zusammenhängt«, erklärte eine dritte.

»Schwarzer Spiegel?«, fragte Elias Unheil ahnend.

»Dort oben, die Treppe hinauf«, erwiderte eine Sylphe.

»Aber das Ding ist absolut unheimlich!«, rief eine zweite warnend.

»Darum meiden wir das Stockwerk«, ergänzte eine dritte.

Elias schaute Shaka an. »Wir sollten zumindest einen Blick darauf werfen«, meinte er.

Sie nickte energisch. Gemeinsam stiegen sie die nächste Treppe nach oben.

Dieser Treppenabsatz sah genauso langweilig und gewöhnlich aus wie das restliche Treppenhaus. Mit einem entscheidenden Unterschied: Hier hing tatsächlich ein Spiegel an der Wand. Er war ziemlich groß und hatte einen üppig verzierten Goldrahmen, sodass er eher in ein Schloss gepasst hätte als in die kahlen Flure eines Hochhauses. Seine Spiegelfläche war dunkel, fast schwarz, wie das Glas einer Sonnenbrille. Elias erschauderte bei dem Anblick. Und doch ließ der Spiegel ihn nicht los, machte es ihm unmöglich, wegzugucken. Langsam ging Elias darauf zu, während Shaka hinter ihm zurückblieb. Der Spiegel schien groß und größer zu werden, den ganzen Raum einzunehmen, die ganze Welt. Ein Abgrund aus schwarzem Glas …

»Halt!« Eine aufgeregte Sylphenstimme drang zu ihm durch. »Schau lieber nicht in den Spiegel!«

»Pass auf, Festweltler!«

»Zurück!«

»Nicht hinsehen!«

Das brach den Bann. Elias kniff die Augen zu und wandte sich vom Spiegel ab. Als er sich wieder zu gucken traute, flatterten zahllose Sylphen vor ihm in einer wuseligen Wolke über dem Treppenabsatz. Doch keine von ihnen schien Elias und Shaka weitere Schätze vorführen zu wollen.

»Was ist das für ein Ding an der Wand?« Shaka zog Elias energisch zur Treppe zurück.

»Der Herr der Spiegel hat ihn hier aufgehängt«, flüsterte eine Sylphe.

Elias nickte grimmig. Er hatte so etwas schon vermutet. »Wer genau ist dieser Herr der Spiegel?«, fragte er leise. »Bitte. Ihr müsst es mir sagen! Seit Tagen bekomme ich nichts als merkwürdige Andeutungen ...«

Für einen Moment schwiegen die Boreal-Sylphen. Dann besprachen sie sich untereinander – ein zwitscherndes Geplapper, dem Elias nicht ansatzweise folgen konnte.

Schließlich flog eine Sylphe ein Stück vor.

»Kommt mit!«, rief sie. »Wir bringen euch zu jemandem, der eure Festwelt-Fragen besser beantworten kann.«

»Die ganzen schönen Sachen haben wir von ihm!«, erklärte eine weitere Sylphe und wedelte mit einem verbogenen Quirl.

»Ihr habt Glück, dass er gerade bei uns ist«, ergänzte eine dritte.

»Antworten?«, seufzte Shaka. »Das habe ich schon nicht mehr zu hoffen gewagt.«

Es war einmal ...

Diesmal führten die Boreal-Sylphen sie nach unten, vorbei am Erdgeschoss, bis Elias und Shaka sich schließlich im Keller des Hochhauses wiederfanden. Shaka schnaufte und ruckelte ihre Cello-Tasche auf dem Rücken zurecht. »Langsam habe ich keine Lust mehr, das Teil ständig rauf und runter zu schleppen ...«, brummte sie.

Die Sylphen lotsten ihre Gäste inzwischen an Kellerboxen mit Gitterwänden vorbei. Dann ging es durch eine Metalltür in einen großen, kahlen Raum mit Wänden aus Beton; vielleicht ein Trockenkeller, vermutete Elias. Derzeit wurde der Raum jedoch keineswegs dazu verwendet, Wäsche aufzuhängen. Stattdessen hatte hier jemand eine Art Flohmarktstand aufgebaut.

Auf einem alten, abgegriffenen Perserteppich lag eine Vielzahl von Gegenständen ausgebreitet: Klobürsten und Eierbecher, Turnschuhe und Fahrradklingeln, Wollfäustlinge und Schraubenzieher. Elias entdeckte auch eine glänzende Trompete, eine Schneekugel mit dem Eiffelturm und ein leicht eingedelltes Waffeleisen darunter. Dazwischen lagen zahllose Socken in verschiedenen Größen und Farben.

Inmitten des ganzen Krimskrams hockte eine Gestalt, die offenbar der dazugehörige Verkäufer war. Es war ein kleiner, gnomenhafter Kerl, der einen braunen Ledermantel und einen breitkrempigen Hut trug, sodass von ihm nicht viel zu sehen war außer einer knolligen Nase – und drei Paar Armen, die seinen Schultern entsprossen.

Vier seiner sechs Hände trugen große, ausgebeulte Plastiktüten, auf denen die Logos verschiedener Supermarktketten prangten. Mit der fünften Hand langte der Verkäufer gerade in eine seiner Taschen, während er sich mit der sechsten einen alten Topflappen vom Teppich griff und ihn in der Tüte verschwinden ließ – nur um dafür einen hölzernen Nussknacker mit blitzenden weißen Zähnen vor sich abzustellen. Dann wurde auch schon ein Teesieb gegen einen grellrosa WC-Stein ausgetauscht, und anschließend wechselte eine Grillzange ihren Platz mit einem Handy-Ladekabel. Offenbar wurde die Auslage beständig durchgetauscht.

Als Elias und Shaka an den Teppich herantraten, schaute der Verkäufer kurz auf. Er musterte sie aus wachen, funkelnden Augen und wandte sich dann wieder wortlos seiner Ware zu.

Die Sylphen aber begannen den kleinen Kerl zu umschwirren, wobei sie von allen Seiten auf ihn einredeten. Er wedelte mit seinen Armen ärgerlich in der Luft herum.

»Ja, ja, ja, ist ja gut!«, sprach er mit einer überraschend tiefen Stimme. »Ich rede schon mit ihnen. Die Zeit setze ich euch aber auf die Rechnung!«

Kichernd stob der Schwarm der Sylphen wieder auseinander.

»Das ist der Vertauscher. Unser Haus-Lieferant«, rief eine von ihnen Elias und Shaka zu. »Er stammt wie wir aus dem Zwischen, kennt sich aber auch mit euren Festwelt-Dingen aus. Ihn könnt ihr fragen.«

Die Sylphen verteilten sich so im Raum, dass sie eine Art Halbkreis bildeten. Offenbar hatten sie vor, dem Gespräch als Zuschauer zu folgen. Das trug nicht gerade dazu bei, dass Elias sich sicherer fühlte.

»Öhm … Guten Abend, Herr Vertauscher«, begann er vorsichtig.

Der Sechsarmige schaute nur einmal kurz zu ihm auf, ohne etwas zu erwidern.

»Ich bin Elias, und das ist meine Freundin Shaka. Wir hätten einige Fragen an Sie.«

»Dachte ich mir fast«, brummte der Vertauscher, ohne bei seiner Tätigkeit innezuhalten. Gerade wechselte eine Zahnbürste den Platz mit einer Blumenvase.

»Was tun Sie da eigentlich?«, fragte Shaka, die nicht länger an sich halten konnte.

»Das seht ihr doch«, erwiderte der Vertauscher. »Ich tausche.«

»Aber warum?«

»Weil es langweilig ist, immer nur das Gleiche zu haben. Und weil mein Sortiment zu groß ist, um ganz auf den Teppich zu passen. Also tausche ich meine Sachen eben durch.«

Unablässig spuckten die Plastiktüten neue Dinge aus – viel mehr, als eigentlich in ihnen Platz haben dürfte.

»Und das Zeug verkaufen Sie gegen Geld?«, fragte Elias ungläubig.

Der Vertauscher schnaubte. »Geld! Wer braucht das schon? Außer euch Menschen natürlich. Ich verkaufe nichts. Ich tausche. Jeder Kunde hat etwas anderes anzubieten. Bei den Boreal-Sylphen kriege ich meist Träume, seltsame Ideen und Albereien. Sie sind gute Kundinnen.«

Die Sylphen kicherten stolz.

»Aha«, machte Shaka. »Und woher kommen die Sachen?«

»Von den Menschen der Festwelt, woher denn auch sonst? Dort streife ich herum und nehme mir, was passend erscheint. Natürlich lasse ich dafür auch etwas aus dem Zwischen da. Mal einen Schluckauf, mal eine Melodie im Kopf, mal etwas ganz anderes. Meine Spezialität sind Socken. Denen kann ich einfach nicht widerstehen …«

Ratlos schaute Elias über die Auslage. »Aber hier liegt nur jeweils eine Socke von einer Art«, sagte er.

»Zweimal dasselbe ist doch langweilig«, erwiderte der Vertauscher. »Den zweiten lasse ich immer in der Festwelt zurück.«

»Das erklärt einiges«, flüsterte Shaka.

»War's das?«, fragte der Vertauscher. »Ich habe noch Sachen zu tauschen!«

»Nein, nein«, sagte Elias rasch. »Wir haben noch gar nicht richtig angefangen! Sie sprachen gerade von der Festwelt und dem Zwischen …«

»Ja und?«

»Was genau ist das alles? Wo liegt die Festwelt, wo das Zwischen? Was hat es damit auf sich?«

»Und wer ist der Herr der Spiegel?«, warf Shaka ein.

Der Vertauscher seufzte tief. »Ihr habt ja wirklich keine Ahnung von gar nichts«, sagte er.

»Vielleicht könnten wir ein paar Gedanken dazu … austauschen?«, fragte Elias hoffnungsvoll.

»Viel zu viel zu erklären«, erwiderte der Vertauscher unwirsch.

»Aber …«, setzte Elias an. Der Vertauscher hob die Hand. »Da ihr mir eh keine Ruhe lassen werdet, zeige ich es euch. Ich tausche die Infos, die ihr sucht, gegen meine Ruhe.«

»Klingt fair«, murmelte Shaka.

Der Vertauscher griff besonders tief in eine seiner Plastiktüten und zog einen kleinen Gegenstand hervor, den er vor sich auf dem Teppich platzierte. Es war ein Kasten, aus dem seitlich eine Art Rohr mit einer Linse ragte; ein bisschen sah er aus wie eine altmodische Kamera, fand Elias.

»Was ist das?«, fragte er spontan.

Der Vertauscher schnaubte. »Ihr Festweltler vergesst so schnell … Früher hätte das jedes Kind erkannt. Das ist eine Laterna magica.«

Beiläufig entzündete er eine kleine Lampe im Kasten. Die Linse warf sofort ein Bild an die Kellerwand. Elias sah die Umrisse von merkwürdigen Kreaturen, dicht an dicht gedrängt, wie in einer Fußgängerzone am Samstagnachmittag. Vogelwesen mit langen Schnäbeln mischten sich mit merkwürdigen Tentakeldingern. Feuerwesen umtanzten Riesengestalten, die aus blühenden Ranken bestanden. Darüber schwebten bunte Schmetterlingsmenschen. Doch Elias entdeckte auch einen Lästerspeier mit grauer Haut und Lederflügeln im Gewimmel und sogar die leuchtenden Gestalten von Boreal-Sylphen.

»Es war einmal«, begann der Vertauscher mit gelangweilter Stimme, »ein ziemliches Durcheinander. Und dieses Durcheinander war verdammt gut so, wie es war. Wir nennen es das Zwischen. Es verändert sich beständig und lässt sich nicht fassen, denn das ist seine wandelbare Natur.«

Auch das projizierte Bild an der Wand begann sich zu verändern. Die zahllosen Wesen bewegten sich tatsächlich, wie in einem Film. Sie wuselten durcheinander und verschmolzen sogar zu völlig neuen Kreaturen.

Gleichzeitig schien das Bild immer größer zu werden, den ganzen Raum einzunehmen. Auf allen Wänden ringsum huschten nun irgendwelche Geschöpfe herum. Elias und Shaka standen im Zentrum eines Strudels aus seltsamen Kreaturen, der sich um sie drehte.

»He!«, rief Shaka empört. »So etwas kann eine Laterna magica aber eigentlich nicht! Das ist doch nur ein simpler Projektor ...«

Der Vertauscher lachte trocken auf. »*Magica* bedeutet *magisch*, du Festweltlerin«, sagte er belustigt. Dann fuhr er fort: »Ich bin ein Kind des Zwischen. Ebenso wie die Sylphen und zahlreiche andere Wesen, die ihr vielleicht manchmal aus dem Augenwinkel seht – oder auch nicht. Selbst der Herr der Spiegel gehört dazu.«

»Wie kann das sein?«, bohrte Shaka nach. »Sie sagten, dass das Zwischen aus ständiger Veränderung besteht. Aber Sie verändern sich doch gar nicht ständig – und die Lästerspeier zum Beispiel auch nicht.«

Ein entnervtes Stöhnen entfuhr dem Vertauscher. »Das liegt daran, dass das Zwischen nicht allein auf der Welt ist, meine scharfsinnige Freundin«, sagte er. »Da gibt es nämlich noch einen anderen Bereich: die Festwelt.«

Von einer Sekunde auf die andere änderte sich das Bild. Das Gewimmel der wundersamen Wesen verschwand, stattdessen war eine Art Landschaft zu sehen: Bäume und Berge, Hügel und Flüsse, Büsche und Blumen. Doch irgendetwas daran war seltsam: Alles wirkte merkwürdig steif. Elias erkannte, dass die verschiedenen Dinge säuberlich in Reih und

Glied dargestellt waren: Baum neben Baum, Berg neben Berg, aufgereiht wie Soldaten. Selbst die Häuser des Dorfes, das mitten in der Landschaft lag, waren der Größe nach sortiert. Davor standen einige Menschen herum, die Arme eng an den Körper gelegt, als wären sie grob gearbeitete Spielzeug-Figuren.

»Die Festwelt«, erklärte der Vertauscher. »Euer Zuhause. Hier hat alles seine klaren Grenzen. Ein Baum ist kein Berg und ein Berg ist keine Blume und wird auch niemals eine sein. Fertig. Das gilt auch für euch, die Festwelt-Bewohner …«

»So bescheuert sehen wir nun auch wieder nicht aus!«, beschwerte sich Elias, der kopfschüttelnd die herumstehenden Menschengestalten in der Landschaft betrachtete.

»Außerdem war das schon wieder falsch«, ergänzte Shaka. »Bei uns ändert sich auch so einiges! Aus der Raupe wird ein Schmetterling, Kohle wird nach und nach zu Diamanten gepresst, Menschen wachsen und werden älter …«

»… und ihre Zwischenrufe werden immer anstrengender«, meckerte der Vertauscher. »Trotzdem hast du natürlich recht. Auch ihr kennt die Veränderung. Das liegt daran, dass es das Zwischen gibt. Wann immer sich bei euch etwas verändert, ist das Zwischen eurer Welt besonders nah. Dann ist Platz für uns Schwellenwesen, und alles Mögliche kann passieren.«

»Stopp mal«, warf Shaka ein. »Meinen Sie nun, dass sich das Zwischen unserer Welt annähert, wenn es bei uns Veränderungen gibt? Oder ist es andersherum, und den Wandel gibt es nur, weil das Zwischen dafür sorgt?«

Der Vertauscher schaute sie an, als hätte sie den Verstand verloren. »Das macht ja wohl keinen Unterschied!«

»Ursache und Wirkung sind natürlich völlig dasselbe …«, seufzte Shaka. »Klar doch.«

»Was hat dieser Herr der Spiegel damit zu tun?«, fragte Elias rasch, ehe noch Streit ausbrach.

»Dazu kommen wir gleich!«, blaffte der Vertauscher. »Es gibt gewisse Punkte, an denen die Festwelt und das Zwischen sich näher sind als gewöhnlich. Das sind zum Beispiel besondere Momente wie Mitternacht, die Sonnenwende oder der Tag, wenn der erste Schnee im Jahr fällt. Solche Zeitpunkte nennt man Dämmerzeit. Es können aber auch spezielle Orte sein: Brücken, Treppen, Zäune und Hecken und noch vieles mehr – Übergänge von der einen Seite auf die andere. Sie werden Schwellenorte genannt. Zur Dämmerzeit an einem Schwellenort kann man von der Festwelt aus leicht einen Blick ins Zwischen werfen. Ihr Festweltler habt das früher einmal auch gewusst.«

Wieder veränderten sich die Bilder ringsum. Elias sah einen jungen Mann, der misstrauisch zum nahen Waldrand blickte, wo sich *etwas* im Schatten bewegte. Dann erschien eine alte Frau, die sich bemühte, rasch die Friedhofspforte hinter sich zu lassen, während am Himmel schon die Abenddämmerung heraufzog.

»Ihr könnt es spüren, wenn ihr zur Dämmerzeit einem Schwellenort nahe seid«, erklärte der Vertauscher. »Selbst ihr Festweltler von heute kennt das vermutlich …«

Elias nickte beklommen. Sogar sein eigenes Zimmer sah manchmal merkwürdig aus im Halbdunkel, wenn er kurz vor dem Einschlafen war.

Shaka hingegen schüttelte gleichzeitig den Kopf. »Klar kennen wir das«, sagte sie. »Man nennt es Autosuggestion. Das ist der wissenschaftliche Begriff für *Einbildung*.«

Der Vertauscher warf ihr einen seltsamen Blick zu. »Ja, so nennt ihr das wohl«, murmelte er.

»Aber es steckt mehr dahinter …«, erwiderte Elias.

»Das wisst ihr selbst«, sagte der Vertauscher knapp. »Sonst wärt ihr nicht hier.«

»Und der Herr der Spiegel?«, bohrte Elias nach. »Sie sagten, Sie kommen gleich dazu.«

Der Vertauscher verzog das Gesicht, als hätte das Thema einen schlechten Geschmack. »Der Herr der Spiegel ist der Schwellenwächter«, sagte er. »Er bewacht die Übergänge zu den Dämmerzeiten und an den Schwellenorten. Die Spiegel sind sein Reich, denn sie blicken in beide Richtungen – in die Festwelt wie ins Zwischen. Man sagt, dass selbst seine Seele wie ein polierter Spiegel glänzt. Darum ist er so schwer zu fassen – man blickt ihn an und sieht doch nur sich selbst.«

An der Wand erschienen nun zwei große, blanke Augen, schimmernden Spiegeln gleich. Elias erschauderte.

»Der Spiegelherr hat mich bedroht …«, sagte er leise.

»Das sieht ihm ähnlich«, knurrte der Vertauscher. »Er nimmt sich selber nämlich sehr wichtig. Aus diesem Grund liegt er oft im Streit mit der Königin auf der Schwelle. Und das, obwohl er an ihrer Seite über das Zwischen wachen sollte.«

Shaka horchte auf. »Wer ist diese Königin?«, fragte sie.

»Sie ist die Hüterin des Zwischen«, erklärte der Vertauscher. »Sie wacht über die Geschicke der Schwellenwesen, und das tut sie verdammt gut – auch wenn keiner wirklich weiß, was genau sie eigentlich tut …«

An der Wand erschien der Schattenriss einer Frauengestalt, die über dem Boden zu schweben schien. Ihre Haare umhüllten ihren Körper wie ein Umhang und waren weit in alle Richtungen aufgefächert.

»Die Königin ist verschwunden!«, rief eine der Boreal-Sylphen in den Raum. Der Vertauscher seufzte daraufhin tief. »Ja, das ist sie«, sagte er. »Und das nicht erst seit heute. Niemand hat eine Ahnung, wo sie steckt. Doch seit sie weg ist, gibt sich der Herr der Spiegel umso aktiver. Überall hängt er seine Schwarzen Spiegel auf, angeblich, um die Kontrolle zu behalten, bis sie wieder da ist. Ihr habt ja vermutlich das Ding oben im Treppenhaus gesehen.«

Die Projektion an der Wand flackerte auf. Dann verschwanden die wundersamen Bilder so plötzlich, wie sie erschienen waren – als hätte es sie niemals gegeben. Elias und Shaka standen wieder in einem kahlen Wäschekeller unter einem Hochhaus.

»Vorstellung vorbei«, brummte der Vertauscher. »Mehr kann ich euch nicht bieten. Ich habe noch zu tun, bevor ich weiterziehe. Ihr wisst schon, Tauschgeschäfte.«

Und er wandte sich wieder seinen Plastiktüten voller Kram zu.

»Danke«, murmelte Elias beklommen. Er wollte sich gerade abwenden – als sein Blick auf einen der Gegenstände fiel, die auf dem Teppich ruhten. Es war ein Flummi aus durchsichtigem Kunststoff, nicht besonders groß. Elias kannte solche Teile, meist waren Plastikspinnen, kleine Dinosaurier oder Ähnliches in ihnen eingeschlossen. Der Kern dieses Flummis jedoch bestand aus bunten Buchstaben, die Wörter ergaben. Und er meinte das Wort »Hilfe« erkannt zu haben!

»Darf ich mal?« Er wollte nach dem Flummi greifen, doch der Vertauscher deckte ihn mit einer seiner Hände ab.

»Erst eintauschen, dann ansehen«, knurrte er.

»Woher haben sie das Teil denn?«, fragte Elias.

»Vor einiger Zeit von der Königin eingetauscht.«

Elias wechselte einen Blick mit Shaka. »Das kann doch kein Zufall sein«, murmelte sie.

»Ich glaube, die Botschaft in dem Flummi ist für uns«, wandte sich Elias wieder an den Vertauscher.

»Dann solltet ihr das Ding wohl gegen etwas eintauschen«, erwiderte dieser ungerührt. »Das ist der Sinn von diesem Stand, was euch bislang vielleicht entgangen ist.«

Elias betastete ratlos seine Taschen. Was konnte er dem Vertauscher schon anbieten? Ein Päckchen Kaugummi? Seine Hausschlüssel?

»Das Teil da wäre fein«, brummte der Vertauscher und zeigte auf die Cello-Tasche, die Shaka noch immer bei sich trug.

»Vergiss es!«, rief Shaka empört. »Meine Eltern würden mich lynchen, wenn ich ohne Instrument nach Hause komme.«

»Mir geht es nicht um deinen Holzkasten«, knurrte der Vertauscher ungeduldig. »Mir geht es um die Töne, die er enthält.«

Elias schaute Shaka auffordernd an. Diese verdrehte die Augen. »Ich hatte doch gerade erst Cello … Außerdem habe ich ein richtig blödes Stück auf!«

Der Vertauscher guckte nur erwartungsvoll.

»Na schön.« Sie streifte sich die Transporttasche von den Schultern. So kam es, dass bald darauf eilig heruntergehaspelte Cellotöne durch den Wäschekeller klangen. Der Vertauscher wippte im Takt mit, ohne mit dem Vertauschen aufzuhören.

»Besten Dank«, brummte er schließlich und strich über eine seiner Plastiktüten, als hätte er Shakas Melodie da drin verwahrt. Ob er das tatsächlich hatte? Elias verfolgte den Gedanken nicht weiter, als der Vertauscher ihm den Flummi in die Hand drückte.

»Danke!«, rief er erleichtert. Gemeinsam starrten er und Shaka auf die bunten Buchstaben, die in den kleinen Ball eingelassen waren: »Sucht den Weg zu mir dort, wo am Ort des Lernens salziges Wasser fließt. Hilfe noch immer erwünscht.«

»Scheint tatsächlich für uns zu sein«, staunte Elias. »Aber was soll das bedeuten?«

Sie dachten über den seltsamen Hinweis nach, während die Boreal-Sylphen sie zur Tür begleiteten.

»Bis zum nächsten Mal!«, rief eine von ihnen, als sie schließlich im Treppenhaus an der Haustür standen.

»Ihr kommt doch wieder, oder?«, fragte eine zweite Sylphe hoffnungsvoll.

»Wir müssen euch noch ganz viele Festweltsachen zeigen, die wir eingetauscht haben!«, ergänzte eine dritte.

»Ähm, klar«, erwiderte Elias müde. »Wir schauen bestimmt demnächst noch einmal rein. Cool, dass wir hier sein durften.«

Der flatternde Schwarm folgte ihnen noch bis unter das Vordach. Dann blieben die Boreal-Sylphen bei ihrem Vier-Winde-Haus zurück, während Elias und Shaka auf die abendgrauen Straßen des Gewerbegebietes traten.

»Du denkst doch auch, was ich denke, oder?«, fing Elias schließlich an.

»Was soll ich denn denken?«, erwiderte Shaka spitz. »Seit wir in diesem verrückten Haus waren, steht die Welt komplett kopf! Das Zwischen, die Festwelt, geheimnisvolle Schwellenorte …«

»Das meine ich gar nicht«, sagte er. »Ich meine die Sache mit dieser Königin auf der Schwelle. Sie ist verschwunden. Wir bekommen plötzlich einen Hilferuf von jemandem, der sich koenigin@threshold nennt! Und dann der seltsame Text im Flummi: Sucht den Weg zu mir dort, wo am Ort des Lernens salziges Wasser fließt … Das hängt doch alles zusammen.«

Widerwillig nickte Shaka. »Es scheint tatsächlich so, als würde diese Königin auf der Schwelle uns um Hilfe bitten.«

»Klar. Sie will, dass man sie findet.«

»Dafür versteckt sie sich aber ziemlich gut«, erwiderte Shaka skeptisch. »Außerdem: Der Vertauscher scheint ein fliegender Händler zu sein – woher hätte sie wissen sollen, dass er ausgerechnet dann im Vier-Winde-Haus ist, wenn wir dorthin gehen?«

Elias zuckte mit den Schultern. »Keine Ahnung. Aber ein Zufall ist das sicher nicht! Vielleicht hat sie die Info so seltsam versteckt, weil sie nicht von *jedem* gefunden werden will?«

»Und warum dann gerade von uns?«

»Wenn ich das mal wüsste. Vielleicht, weil ich in letzter Zeit ständig über irgendwelche Schwellenwesen stolpere. Vermutlich finde ich heute Abend noch eine Nixe in meinem Zahnputzbecher!«

Wie zur Bestätigung seiner Worte flatterte etwas durch die Luft. Es war ein grauer, schattenhafter Umriss mit ledrigen Flügeln. Hastig versteckte er sich hinter dem Schirm einer Straßenlaterne.

»Wir haben dich gesehen!«, rief Elias dem Lästerspeier zu. Der Schatten löste sich von der Laterne und glitt ins Abenddunkel davon.

»Bestimmt erzählt er dem Herrn der Spiegel brühwarm, wo wir gerade waren«, sagte Shaka mit gerunzelter Stirn.

»Ja, wahrscheinlich«, seufzte Elias, während sich ein flaues Gefühl in seinem Magen ausbreitete. Dann verdrängte er den Gedanken. »Jedenfalls wollte diese Königin offenbar, dass wir das Vier-Winde-Haus finden und dort auf ihre nächste Botschaft stoßen«, fasste er zusammen. »Wie gehen wir also weiter vor?«

»Ich habe so einen kleinen Verdacht, was der *Ort des Lernens* sein könnte«, sagte Shaka und zog die Augenbrauen hoch. »Und da wir uns dort eh aufhalten müssen, können wir auch gleich Nachforschungen anstellen.«

»Also morgen in der Schule?«

»Morgen in der Schule.«

Aus der Tiefe

Dummerweise begann der Schultag donnerstags gar nicht in der Schule. Elias' Klasse hatte in den ersten Stunden Schwimmen, ein zweifelhaftes Vergnügen mit umständlicher Anfahrt zum Hallenbad, umständlicher Umkleiderei und umständlichem Hetzen zur nächsten Stunde. Elias hatte kurz überlegt, ob vielleicht auch das Schwimmbad der Ort des Lernens sein könnte. Doch ihr kleines Vorstadt-Hallenbad hatte leider kein Salzwasserbecken. Shaka und er würden ihre Nachforschungen also erst später in der Schule beginnen können.

Elias' Mutter hatte heute frühen Dienst, sodass er mit seinem Vater frühstückte, wenn man denn einen rasch heruntergeschlungenen Joghurt so nennen konnte. Papa schlief derzeit im Wohnzimmer auf der Couch und würde vermutlich nächste Woche seine neue Wohnung am anderen Ende der Stadt beziehen. Elias konnte sich das absolut nicht vorstellen. »Nächste Woche« fühlte sich für ihn an wie »in hundert Jahren«.

»Ich wünsche dir viel Spaß in der Schule«, sagte Papa schließlich, während er in seinem Kaffee herumrührte. Das klang floskelhaft, fand Elias. Doch andererseits klang irgendwie alles floskelhaft, was Mama und Papa in letzter Zeit sagten.

»Mja«, antwortete er unbestimmt, während er sich schon den Rucksack und die Sporttasche überwarf und aus der Wohnungstür schlüpfte.

»Hab dich lieb.« Papas letzter Satz ging im Zuschlagen der Tür unter. Elias eilte die Treppen hinunter, um den Bus zu erwischen. Die einfachere Verbindung per U-Bahn mied er noch immer.

So kam es, dass er ziemlich spät dran war, als er schließlich in Richtung Schwimmbad lief. Es lag am Rande eines Wohngebiets, gleich hinter einem kleinen Park, in dessen Mitte eine merkwürdige Skulptur aus grünlich angelaufenem Metall thronte. Sie zeigte ein riesiges Auge, das auf zwei Plattfüßen herumstand. Moderne Kunst. Ob der Künstler wohl auch einen Blick in das Zwischen geworfen hatte? Immerhin setzte sich das Metallauge nicht in Bewegung, um hinter ihm herzuwatscheln. Nach den letzten Tagen war das wahrscheinlich schon ein Fortschritt …

Plötzlich riss ihn ein Geräusch aus seinen Gedanken. Es war ein Rasseln und Knarren, das durch den Park hallte und beständig lauter wurde. Alarmiert schaute Elias auf. Über den kiesbedeckten Weg kam ihm eine Gestalt entgegen, die einen alten Einkaufswagen vor sich herschob. Das verbogene Gefährt war voll beladen – mit Eiern. Große Eier, jedes einzelne so dick wie ein Fußball. Und jedes einzelne war anders gefärbt: Eines war hellgrün, das andere rot-schwarz marmoriert. Selbst ein goldenes Ei war darunter – und eines mit bunten Streifen, das ein wenig so aussah, als hätte ein Kindergartenkind ein Osterei angemalt.

Elias war nicht wirklich überrascht, dass die Gestalt, die den Einkaufswagen schob, einen Schnabel hatte. Es war eine kleine, zierliche Frau, die einen Anzug aus bunten Federn trug. Sie standen unordentlich und strubbelig von ihrem Körper ab und waren teilweise abgeknickt, als hätte jemand sie vor Kurzem unsanft gerupft. Vielleicht war das aber auch kein Anzug, und die Federn wuchsen wirklich aus ihrer Haut. Statt Haaren hatte sie jedenfalls eine Art Mähne aus papageiengrünem Flaum, und der Schnabel in ihrem Gesicht war elegant gebogen, wie bei einer venezianischen Maske. Kleine, schwarz schimmernde Vogelaugen starrten Elias eindringlich an.

»Hallo«, sagte er ein wenig matt. »Ich nehme an, Sie kommen aus dem Zwischen?«

Die Gestalt mit dem Schnabel legte den Kopf schief und betrachtete ihn aufmerksam. Dann trippelte sie weiter auf ihn zu. Sie hatte eine merkwürdig watschelnde Art zu gehen, wobei ihr Kopf hin und her wippte und sich beständig umguckte. Elias hatte das Gefühl, ihr schon einmal irgendwo begegnet zu sein.

»Ich bin Elias Karpinski«, sagte er.

»Und ich habe meinen Namen vergessen«, erwiderte die Frau mit hoher Singsang-Stimme. »Denn ich habe schon so viele gehabt. Gerade nennt man mich die Schnabelnärrin. Aber so heiße ich nicht. Tja, ja, ja …«

»Aha«, machte Elias ratlos. »Und, öhm, kann ich Ihnen irgendwie helfen?«

»Ich habe etwas für dich, Eliaskarpinski«, sagte die Schnabelnärrin, wobei sie seinen Namen so aussprach, als sei er ein einziges Wort.

Unwillkürlich wich Elias einen Schritt zurück. »Und was?«, fragte er misstrauisch.

»Das weiß ich nicht«, trällerte die Frau und tippte sich versonnen an den Schnabel. »Tja, ja, ja …«

»Nun gut«, murmelte Elias, dem die Sache immer unheimlicher wurde. »Ich muss jetzt jedenfalls zur Schule.«

Er setzte dazu an, sich an der Schnabelnärrin vorbeizuschieben.

»Warte!« Sie hob mahnend einen ihrer langen Finger. Dann deutete sie auf die riesenhaften Eier in ihrem Einkaufswagen. Eines von ihnen schien nun leicht zu zittern. Es war hellblau, mit weißem Karo-Muster.

»Gleich«, sagte die Schnabelnärrin mit wichtiger Miene. »Gleich weiß ich, was ich für dich habe, Eliaskarpinski.«

Das Ei zersprang mit einem *Plopp*! Hinter der Schale kam ein dicker Frosch zum Vorschein, der Elias bösartig angrinste. Sekunden später löste er sich in grünen Rauch auf.

Die Schnabelnärrin schlug sich die Hände vor den Schnabel. »Das habe ich also für dich«, sagte sie mit besorgter Stimme. »Es ist eine Warnung! Meide die Tiefe, sonst greifen dich die Grotter. Tja, ja, ja …«

»Grotter?«, fragte Elias verständnislos.

»Tja, ja, ja«, wiederholte die Schnabelnärrin und musterte ihn ernst aus ihren kleinen, glänzenden Vogelaugen. Dann wandte sie sich ab – und schob ihren Einkaufwagen ratternd weiter durch den Park, ohne Elias noch zu beachten. Kopfschüttelnd schaute er ihrer gefiederten Gestalt hinterher. Vielleicht war das Zwischen einfach nicht dafür gedacht, dass man es verstand. Er beeilte sich, rechtzeitig zur Schwimmhalle zu kommen.

Der Schwimmunterricht begann mit den üblichen Ärgernissen. Torben Westermann nervte in der Umkleide mit »lustigen« Sprüchen und Geräuschen, zum Schluss flog ein trockenes T-Shirt in ein leider nicht so trockenes Waschbecken. Dann ging es auch schon hinaus in die Halle, wo Herr Berger, der Sportlehrer, mit seiner zackigen Feldwebel-Stimme Anweisungen bellte. Heute würden sie Streckentauchen trainieren. Warum nicht. Elias schwamm eigentlich ganz gerne, hasste es aber, sich hinterher einen spitzen Kommentar von Herrn Berger einzufangen, für den alles immer viel zu langsam ging.

Während Elias am Beckenrand wartete, bis er drankam, schaute er zu Shaka, die drüben bei den Mädels stand. Sie verdrehte demonstrativ die Augen über Herrn Bergers Geblubber. Elias' Blick wanderte weiter zu Niniane ganz hinten in der Reihe. Sie hatte wie immer die Schultern ein wenig hochgezogen, als erwarte sie jederzeit einen Angriff. Nachdenklich schaute sie mit ihren klarblauen Augen ins Becken. Elias fragte sich, was in ihr vorging. Ob sie Angst vor Wasser hatte?

Dann war er auch schon mit dem Tauchen an der Reihe. Als er auf dem Startblock stand, wurde ihm plötzlich mulmig zumute. »Meide die Tiefe«, hatte die Schnabelfrau gesagt … Tauchen schien da nicht gerade die beste Methode zu sein. Ob er sich spontan krank stellen sollte?

Da blies Herr Berger auch schon in die Pfeife, die sein ständiger Begleiter war. Elias schüttelte den Kopf. Vermutlich wurde er langsam irre. Mit einem Startsprung tauchte er ins Becken.

Sofort umfing ihn das gedämpfte Dämmerlicht des Wassers. Die hellblauen Kacheln waberten unter ihm, während er mit raschen Schwimmstößen der schwarzen Bahnmarkierung folgte, möglichst tief, weil er das

Gefühl hatte, so am besten voranzukommen. Die Luft in seinen Lungen drückte, das Chlor brannte in seinen Augen, doch Elias arbeitete sich weiter vor, dem Ziel des Beckenrands entgegen, einsam und ganz für sich in einer Welt aus blauen Kacheln und weißen Fugen. An irgendetwas erinnerte ihn dieses Karo-Muster, etwas, das er erst vor Kurzem gesehen hatte …

Dann bemerkte er eine Bewegung aus dem Augenwinkel. Er wandte den Kopf. Und sah, dass es ganz unten an der Wand des Beckens eine Öffnung gab – eine Art Tunnel, der seitlich abzweigte! Er war hellblau gekachelt, so wie das Becken auch. Der war eben ganz bestimmt noch nicht da gewesen! Elias' Herz schlug panisch und schnell. Er musste raus aus dem Wasser …

Doch da kamen schon mehrere dunkelgrüne Umrisse aus dem Tunnel herausgeschossen – Frösche, gewaltige Frösche, jeder einzelne von ihnen so groß wie Elias! Auf ihren Rücken schimmerten silbrige, zusammengefaltete Libellenflügel, und auch ihre Augen waren insektenhaft, in Hunderte von schillernden Facetten unterteilt.

Elias schrie erschrocken auf. Seine verbleibende Atemluft entwich als Luftblase. Panisch strampelte er mit den Beinen, um zurück an die Oberfläche zu kommen. Doch die Libellen-Frösche waren schneller.

Einer von ihnen spuckte eine Art Kugel aus. Sie zischte wie ein Torpedo durch das Wasser und traf Elias mit einem dumpfen Schlag am Oberkörper. Plötzlich konnte er sich nicht mehr bewegen. Ein Netz aus klebrigem Schleim hatte sich um seinen Körper geschlungen. Es hielt seine Beine zusammen und presste seine Arme an die Seiten. Elias spüre, wie er nach unten absackte, während seine Lungen verzweifelt nach Atemluft gierten …

Von allen Seiten griffen glatte Froschhände nach ihm. Er konnte nichts dagegen tun. Eine warzige Klaue näherte sich seinem Gesicht. Elias versuchte, den Kopf wegzudrehen, doch das Schleimnetz gab keinen Millimeter nach. Hilflos musste er zulassen, dass das Frosch-Ding etwas über seinen Kopf schob.

Und plötzlich war da wieder Luft! Wie von selbst tat sein Körper einen tiefen Atemzug, atmete sich frei. Für einen Moment spürte Elias nichts als Erleichterung. Um seinen Kopf lag nun eine Art riesige Luftblase, die silbrig schillerte.

Dann wurde ihm klar, dass er keineswegs gerettet war. Das Schleimnetz klebte weiterhin an seinem Körper – und auch die Froschwesen waren noch da. Mehrere von ihnen packten Elias mit ihren Klauen und zogen ihn mit sich in die Tiefe, auf die Tunnelöffnung in der Beckenwand zu.

»He!«, brüllte er in seiner Blase. »Was soll das?«

Die Libellen-Frösche ignorierten ihn. Ihre Facettenaugen leuchteten kalt und unbeteiligt, als ob sie ihn gar nicht verstanden hätten. Mit kräftigen Schwimmstößen hielten sie auf den Tunnel zu, wobei sie ihren verschnürten Gefangenen mit sich zogen.

Nun konnte Elias direkt in den wassergefüllten Tunnel blicken. Er führte schnurgerade vom Becken fort und war so lang, dass das Ende kaum zu erkennen war. In regelmäßigen Abständen waren kleine Lampen in die Wände eingelassen, die den Tunnel gespenstisch beleuchteten. Zahllose Seitengänge führten vom Tunnel fort. Im Hintergrund konnte Elias weitere Froschgestalten erkennen, die kreuz und quer umherschwammen. Hier gab es ein ganzes verdammtes, gekacheltes Höhlensystem!

»Nein!«, rief er grimmig und stemmte sich gegen die Klauen der Froschleute. »Lasst mich! Ich will nicht ins Zwischen!«

Elias spannte seine Muskeln mit aller Macht an, spürte, wie die Stränge des Schleimnetzes erbebten. Schnaubend drückte er seine Arme auseinander. Das Netz dehnte sich, als bestünde es aus Gummibändern, die Maschen wurden dünner – und hielten. Mit einem verzweifelten Stöhnen gab er es auf.

Die Libellen-Frösche aber zerrten ihn unbeirrt weiter. Nun hatten sie die Gangöffnung schon erreicht, gleich würden sie in die Kachel-Höhle eintauchen …

Dann stoben die Frösche plötzlich auseinander. Ein weiteres Wesen kam durch das Wasser herangeschossen. Es kreiste mit raschen Flossenschlägen um Elias, sodass er seinen Umriss kaum erkennen konnte. Anscheinend war es eine Art riesiger Fisch, der prächtige Schleierflossen hinter sich herzog. Mit jedem Flossenschlag wechselten sie ihre Farbe: von Saphirblau zu Algengrün, von Sonnengelb zu Lachsrosa. Ihre Farben erfüllten das Becken mit sanftem Leuchten – viel schöner als die kalten Lichter im Kacheltunnel!

Die Libellen-Frösche hielten ängstlich Abstand von dem Schleierwesen. Einer von ihnen versuchte, sich erneut auf Elias zu stürzen, doch das Wesen breitete seine Schleier aus, und eine Woge aus goldenem Licht ergoss sich über ihn. Der Frosch taumelte zurück. Ein anderer spuckte eine Schleimkugel nach dem schillernden Geschöpf. Sie löste sich auf, sobald sie den bernsteingelben Schimmer einer Flosse berührte. Dann waren die Frösche auf einmal verschwunden.

Aus dem Augenwinkel sah Elias, wie sie in ihren gekachelten Tunnel glitten, so schnell, wie sie daraus hervorgeschossen waren. Plötzlich war der Schleierfisch ganz nah bei ihm. Rötlich-warmes Licht umfing ihn wie eine freundliche Umarmung. Die schleimigen Stränge des Netzes zerschmolzen. Elias war frei!

Sanfte Finger griffen nach ihm, richteten ihn auf. Dann schaute er in ein Gesicht mit tiefen, klarblauen Augen, umrahmt von wallenden Flossenschleiern. Das war kein Fisch … Elias kannte diese Augen.

»Komm«, sagte das Wesen, und seine Stimme klang unter Wasser so deutlich, als spräche es in der Luft. »Du warst schon zu lange in der Tiefe.«

Elias wollte etwas erwidern – doch plötzlich fühlte er sich einfach nur schwach. Die Luft in der Blase roch schwer und verbraucht. Er spürte kaum noch, wie das Schleierwesen ihn umfasste und mit kräftigen Flossenschlägen nach oben trug. Dann wurde ihm auch schon schwarz vor Augen.

»Er kommt zu sich!« Shakas besorgte Stimme war das Erste, was wieder zu ihm durchdrang. Benommen schlug Elias die Augen auf. Über sich sah er mehrere verschwommene Gesichter, die auf ihn herabstarrten. Stimmen tuschelten durcheinander. Plötzlich schob sich Herr Bergers bärtiger Kopf in sein Gesichtsfeld, und Elias sah schlagartig wieder klar.

»Alles in Ordnung?«, fragte Herr Berger und brachte es fertig, selbst das wie ein Bellen klingen zu lassen. Immerhin hatte er darauf verzichtet, Elias mit der Trillerpfeife zu wecken.

»Ja«, krächzte Elias und bemerkte, dass sein Hals und seine Lungen wehtaten. »Ich denke schon. Was ist passiert?«

»Du bist zu lange unten geblieben«, knurrte Herr Berger. »Ehrgeiz ist gut, aber man sollte auch seine Grenzen kennen! Zum Glück hat Niniane sofort reagiert und dich rausgeholt – schneller, als ich gucken konnte.«

Keuchend richtete Elias sich auf. Er lag neben dem Becken auf den kalten Kacheln des Hallenbodens, umgeben von einigen Mitschülerinnen und Mitschülern. Von Niniane war nichts zu sehen.

»Niniane?«, murmelte Elias verwirrt und dachte an das bunt schillernde Schleierwesen.

»Ja«, erwiderte Herr Berger. »Sie hat einen verdammt guten Schwimmstil!«

»Und die Libellen-Frösche?«, fragte Elias ohne nachzudenken.

Herr Berger schenkte ihm einen sehr merkwürdigen Blick. »Am besten, du setzt dich erst mal hin und ruhst dich aus.«

Elias murmelte so etwas wie »danke« und schlurfte rüber zur Bank. Herr Berger hatte keine Einwände, dass Shaka ihn begleitete, um nach ihm zu sehen.

»Libellen-Frösche also?«, fragte sie, als sie sich neben ihn setzte.

»Ja«, entgegnete Elias leise. »Ich hatte wieder eine unschöne Begegnung mit dem Zwischen. Diesmal wollten mich Froschleute in irgendeine Grotte ziehen, die es plötzlich da unten gab …« Er erschauderte. »Und dann hat mich ein Schleierwesen gerettet. Es hatte die Augen von Niniane.«

Shaka nickte nachdenklich. »Das ergibt Sinn. Niniane war es jedenfalls, die dich rausgezogen hat.«

»Und von den Fröschen war für euch nichts zu sehen?«, hakte Elias nach.

»Nein. Auch kein Schleier-Etwas. Nur ein Schüler, der sich beim Tauchen übernommen hat – und ein Mädchen, das ihn rausholt.«

Elias stützte den Kopf auf die Hände. Seine Lungen brannten immer noch. »Dann ist dieses Becken also auch ein Schwellenort«, sagte er. »Zwischen Wasser und Land, nehme ich an …«

Er ließ seinen Blick über die Schwimmhalle schweifen. Dort drüben, bei den Startblöcken, hatte Herr Berger die Klasse inzwischen schon wieder in einer Reihe aufgestellt. Niniane stand ganz hinten, halb von der Leiter zum Sprungturm verdeckt. Sie schaute ernst in Elias' Richtung. Als sich ihre Blicke trafen, wandte sie sich rasch ab und verbarg sich hinter ihren langen Haaren. Wie hinter einem Schleier, dachte Elias.

»Ist wirklich alles okay?«, fragte Shaka und riss ihn aus seinen Gedanken. »Soll ich dich besser nach Hause bringen? Dagegen kann auch Herr Berger nichts sagen!«

»Nee, lass mal«, brummte Elias unwillig. »Schließlich haben wir heute noch etwas vor.«

»Wie du meinst.« Shaka schaute ziemlich skeptisch. Elias konnte ihr das nicht verdenken. Gerade fühlte er sich tatsächlich nicht besonders unternehmungslustig. Aber sie mussten endlich herausfinden, was es mit dem Weg zur Königin am Ort des Lernens auf sich hatte! Und vermutlich hatte er jemanden gefunden, den er danach fragen konnte.

Hinter den Schleiern

»He! Nun bleib doch mal kurz stehen!«

Elias hetzte an den Fahrradständern vorbei und bog um die Ecke des Schulgebäudes – dorthin, wo Niniane eben verschwunden war. Den ganzen Schultag über hatte er darauf gewartet, endlich in Ruhe mit ihr sprechen zu können. Sie war ihm immer wieder ausgewichen, auch in der großen Pause hatte er sie nirgendwo gefunden. Und selbst jetzt, während die meisten Schülerinnen und Schüler aus dem Gebäude strömten, lief sie einfach so vor ihm davon!

»Ich möchte mir dir reden …«

Schnaufend bog Elias um die Ecke. Jetzt hätte er Shaka als Unterstützung gebrauchen können! Doch seine beste Freundin hatte donnerstags immer Astronomie-AG und war noch in der Schule. Niniane hatte inzwischen schon mit schnellen Schritten die Mülltonnen an der Rückseite des Gebäudes erreicht. Es war mehr als offensichtlich, dass sie eine Begegnung mit Elias vermeiden wollte.

»Wir müssen miteinander reden!«, wiederholte Elias. »Es geht um das Zwischen!«

Niniane zuckte kurz zusammen und wandte den Kopf halb in seine Richtung. Dann beeilte sie sich nur umso mehr.

»Es ist wichtig!« Elias sprintete los. Er hatte sich nicht von irgendwelchen Libellen-Fröschen halb ertränken lassen, um dann diese Gelegenheit zu verpassen!

Plötzlich kam ihnen jemand entgegen. Es war Torben Westermann in voller Lebensgröße.

»Niniane, meine Freundin!«, grölte er und breitete die Arme aus. Elias murmelte einen Fluch. Konnte der Typ eigentlich Ärger riechen? Wie machte er es, zum denkbar ungünstigsten Moment aufzutauchen?

Niniane versuchte, Torben auszuweichen, doch dieser trat ihr grinsend in den Weg.

»Und der kleine Elias ist auch hier!«, rief er. »Habt ihr euch zum Händchenhalten hinter der Schule getroffen? So ganz romantisch bei den Mülltonnen?«

»Hau ab, Westermann!«, knurrte Elias und versuchte dabei, so selbstbewusst und entschlossen wie Shaka zu klingen. Offenbar nicht besonders erfolgreich, denn Torbens Grinsen bekam nun einen verächtlichen Zug.

»Die liebe Steffi ist nicht da«, sagte er. »Keiner, der dich beschützen kann, Elias. Meinst du, es ist klug, mich dumm anzumachen? Hmm?«

Langsam bewegte er seinen massigen Körper auf Elias zu. Dieser wich unwillkürlich einen Schritt zurück.

»Lass ihn in Ruhe«, sagte Niniane mit ihrer leisen Stimme. Torben beachtete sie gar nicht.

»Probier doch mal Steffis Schienbein-Kick«, schlug er vor. »Falls du das Echo vertragen kannst, kleiner El…«

Plötzlich verstummte Torben. Sein Gesicht wurde kreidebleich und seine Augen groß wie Untertassen, während er Elias anstarrte. Nein, nicht Elias. Etwas, das hinter Elias sein musste – und deutlich über ihm. Unheil ahnend wandte Elias sich um.

Eine riesenhafte Gestalt schaute über das Dach der Schule. Sie ragte hinter dem dreistöckigen Gebäude auf, als wäre es nur ein niedriges Gartenmäuerchen, beide Hände auf der Dachkante abgestützt. Elias sah einen großen, klobigen Kopf, gritzegrau wie ein Felsen. Fahlweiße Augen leuchteten über einer knubbeligen Knollennase von der Größe eines Kleinwagens.

»Oh Shit!« Das war Torben. Seine Stimme war nur ein heiseres Keuchen. Er stammelte irgendetwas Unverständliches. Dann drehte er sich um und rannte so hastig davon, dass er fast mitten in die Mülltonnen gescheppert wäre. In letzter Sekunde kriegte er die Kurve. Seine Schritte verklangen hinter der Hausecke.

Die riesenhafte Gestalt aber tat nichts. Sie stand einfach nur da, über das Schulgebäude gebeugt, und blickte unbeteiligt auf Elias herab. Dann hob sie langsam und bedächtig den Kopf, nahm die Hände vom Dach und wandte sich ab. Wenige Sekunden später war sie nicht mehr zu sehen. Elias erwartete halb, stampfende Fußschritte zu hören, die sich unaufhaltsam entfernten. Doch der Riese war völlig lautlos verschwunden, als hätte es ihn niemals gegeben.

»Was war das denn schon wieder?«, flüsterte Elias, der erst jetzt langsam spürte, wie weich seine Knie waren.

»Das war der Graue Glotzer«, erwiderte eine leise Stimme. Elias schaute zu Niniane auf, die noch immer bei den Mülltonnen stand. »Wie?«

»Der Graue Glotzer«, wiederholte das Mädchen. »Er erscheint manchmal hinter irgendwelchen Mauern und guckt einfach nur.«

»Und warum?«, fragte Elias irritiert.

Niniane zuckte mit den Schultern. »Er schaut eben gerne über die Schwelle. Und manchmal sieht ihn dann ein Festweltler dabei …«

»So wie Torben und ich gerade?«, fragte Elias, dankbar dafür, dass sich das Thema wie von selbst ergeben hatte.

Niniane starrte ihn erschrocken an, als hätte sie schon zu viel gesagt. Dann verschwanden ihre klarblauen Augen mal wieder hinter ihren langen Haaren.

»Ich muss gehen.« Niniane wandte sich um und lief weiter, ohne zurückzuschauen.

»Und ich muss mit dir reden!« Elias beeilte sich, zu ihr aufzuschließen. Er erreichte sie, als sie gerade in die Straße hinter der Schule einbog.

»Woher weißt du von diesem Grauen Glotzer?«, fragte er, während er neben ihr herlief. »Du bist auch aus dem Zwischen, nicht wahr?«

Niniane ignorierte ihn und hetzte verbissen weiter den Gehweg entlang.

»Und du hast mich heute gerettet vor diesen … Frosch-Dingern«, fuhr Elias fort. »Du warst der Schleierfisch!«

Ganz kurz schaute Niniane ihn von der Seite an. »Ich bin kein Fisch.«

Elias seufzte. »Tut mir leid«, sagte er. »Niniane, ich bin dir mega-dankbar, dass du mich aus diesem Becken geholt hast und …«

Abrupt blieb Niniane stehen und drehte sich um. »Dann solltest du aufhören, nachzubohren«, sagte sie, und ihre Stimme war noch leiser als sonst. »Deine Neugier bringt dich nur in Gefahr. Und nicht nur dich – auch andere Leute, die mit den schlimmen Dingen leben müssen, die gerade im Zwischen passieren.«

Sie wandte sich ab und eilte weiter.

»Es ist doch nicht nur meine Neugier!«, rief Elias, der sich anstrengen musste, um mit ihr Schritt zu halten. »Ich will …«

Er verstummte, als er sah, was Ninianes Ziel war. Sie ging direkt auf die Treppenstufen der U-Bahn zu.

Elias stoppte ab. Niniane aber hastete die Stufen hinunter, ohne zurückzublicken. Ihr glattes, rotblondes Haar verschwand in der Tiefe, während er hilflos hinter ihr herschaute. Dann atmete er einmal entschlossen durch. Er würde nicht so leicht aufgeben!

Elias zwang sich, ebenfalls die Stufen hinabzuspurten und nicht an die Begegnung mit dem Herrn der Spiegel zu denken. Niniane trat gerade auf den Bahnsteig hinaus, während ein Zug lärmend in die Station einfuhr. Elias beeilte sich.

Schon stieg sie in die haltende U-Bahn ein. Er hatte keine Zeit mehr, um zu ihr aufzuschließen. Kurz entschlossen sprang er einfach durch die nächstbeste Tür, die vor ihm lag, in den Zug. Zischend schlug sie direkt hinter ihm zu. Dann setzte die Bahn sich auch schon schwerfällig und rumpelnd in Bewegung. Elias griff nach einer Haltestange.

Der Wagen war sehr voll. Rings um ihn standen die Leute dicht gedrängt. Elias schaute sich mit großen Augen um. Und realisierte, dass er der einzige Mensch in der Bahn war!

Die anderen Fahrgäste trugen bunte Gewänder und hatten keine Gesichter – nur blasse Haut ohne eine Spur von Augen, Nase oder Mund. Elias war in die Bahn der Gesichtslosen geraten! Nun war er ihnen ganz nah, konnte den staubig-trockenen Geruch ihrer Gewänder riechen und die Schweißperlen sehen, die bei einigen von ihnen auf der glatten Haut schimmerten.

Entsetzt wich er einen Schritt zurück – und stieß gegen die geschlossene Tür in seinem Rücken. Die Gesichtslosen aber beachteten ihn nicht. Einige standen reglos herum wie gelangweilte Pendler auf dem Weg von der Arbeit. Andere unterhielten sich mit lebhaften Gesten – wenn auch kein Laut zu hören war.

Dann gab es so plötzlich einen Ruck, dass er sich mit beiden Händen festhalten musste, um nicht quer durch die Bahn geschleudert zu werden. In rasantem Tempo schoss der Zug bergab, immer tiefer in die Erde hinein. Elias konnte sich nicht erinnern, dass es auf dieser Strecke jemals solch eine abschüssige Stelle gegeben hätte! Er schaute hinauf zum Streckenplan, der oben an der Wand des Waggons angebracht war. Er zeigte ein komplexes Gewirr von Linien, das mit jenen fremden Zeichen beschriftet war, die er inzwischen schon öfter gesehen hatte.

Elias spürte, wie seine Knie zitterten. Erschöpft ließ er sich auf einen Sitzplatz fallen, der aus irgendeinem Grund mitten im überfüllten Wagen frei geblieben war.

»Einen schönen guten Tag«, grollte eine dumpfe Stimme von der Seite. Sie gehörte seinem Sitznachbarn.

Offenbar war der Zug doch nicht nur mit Gesichtslosen besetzt. Neben ihm saß ein Herr in einem dunklen Wintermantel mit einer Aktentasche auf dem Schoß. Zwischen seinen Schultern ragte der längliche, grün geschuppte Kopf eines Krokodils hervor. Absurderweise thronte darauf ein kleiner, karierter Hut. Gelbliche Augen funkelten Elias an, der unwillkürlich von dem Typen wegrutschte. Ihm kam ein Verdacht, warum sein Sitzplatz nicht besetzt gewesen war …

»Es fahren selten Festwelt-Menschen mit der Unterweltslinie«, stellte der Krokodil-Herr im Plauderton fest. Sein Maul offenbarte bei jedem Wort Reihen kleiner, messerscharfer Zähne. »Ich mag Festwelt-Menschen, sehr sogar. Wollen wir vielleicht Kochrezepte austauschen?«

»Kochrezepte?«, fragte Elias entgeistert.

Das Krokodil-Maul verzog sich zu einem breiten Grinsen. Kam es Elias nur so vor – oder wurden seine Zähne immer länger und dolchartiger?

»Ich koche furchtbar gerne«, dröhnte der Herr. »Das liegt daran, dass ich auch unheimlich gerne esse!« Das Maul klaffte weiter auseinander, als Elias es für möglich gehalten hätte. Eine tiefrote Zunge fuhr genießerisch an den Fleischermesser-Zähnen entlang.

»Tu… tut mir leid, ich kenne keine Kochrezepte«, murmelte Elias, während er sich immer mehr in seinen Sitz zurückzog. Der Herr folgte ihm mit seiner länglichen Schnauze.

»Das macht nichts«, erwiderte er gönnerhaft. »Manchmal esse ich auch Rohkost. Soll ja viel gesünder sein …«

Ein gähnender, höhlenartiger Rachen tat sich vor Elias auf, größer als der ganze Herr, zu dem er eigentlich gehörte. Groß genug, um ihn mit einem Happs zu verschlingen! Die rote Zunge näherte sich ihm tastend, dick wie ein Arm. Krokodil-Geifer tropfte von den Zähnen auf ihn herab. Alles in Elias schrie danach, einfach aufzuspringen und wegzurennen. Doch irgendwie konnte er seine Beine nicht bewegen! Sie waren regelrecht festgewachsen, wie in einem bösen Traum …

»Entschuldigung«, sagte plötzlich eine leise Stimme. »Gleich kommt unsere Station. Mein Freund und ich müssen hier aussteigen.«

Das Maul klappte schlagartig zu. Von einer Sekunde auf die andere saß der Krokodil-Herr wieder höflich und gesittet neben Elias.

»Natürlich«, schnarrte er und hob seinen kleinen, karierten Hut. »Wünsche noch einen schönen Tag – und guten Appetit.«

»Danke, ebenfalls«, erwiderte Niniane, die sich zu Elias gestellt hatte. Ihr Körper war von leuchtenden, sanft wehenden Schleiern umgeben, wie die Flossen eines märchenhaften Meereswesens. Es sah aus, als trüge sie ein prachtvolles Kleid aus vielen Lagen von schimmerndem Stoff, der sich von selbst bewegte – und doch war es ein Teil von ihr. Selbst ihre langen Haare waren zu Schleiern geworden, die ihren Kopf umspielten. Nur die klarblauen Augen erinnerten an das Mädchen, das Elias aus der Schule kannte. Einmal hatte er ihre Schleier mit der In-Between-App erblickt, im Schwimmbad hatte er sie unter Wasser mehr erahnt als gesehen. In voller Lebensgröße und direkt vor ihm wirkte sie noch einmal eindrücklicher!

Die U-Bahn wurde langsamer. Mechanisch griff er nach Ninianes Hand und ließ sich von ihr aufhelfen. Sie drückte den Öffnungsknopf, sobald die Bahn zum Stehen gekommen war. Die Türen klappten auf, und Elias blickte auf eine U-Bahn-Station in der Innenstadt, wo er schon oft aus- und eingestiegen war. Sie lag viel weiter von der Schule entfernt als die eine Station, die sie eben gefahren waren, doch das nahm Elias nur am Rande wahr.

An Ninianes Seite trat er mit zitternden Beinen auf den Bahnsteig hinaus. In seinem Rücken fuhr der Zug ratternd wieder in den Tunnel ein. Elias schaute ihm nicht hinterher.

»Vielen Dank«, murmelte er matt. »Jetzt hast du mich schon zum zweiten Mal gerettet, Niniane.«

Ernst schaute sie ihn zwischen ihren Schleiern hindurch an. »Du musst besser auf dich aufpassen, Elias. Der Vertilger hätte dich fast als kleinen Imbiss zwischendurch verspeist! Warum hast du ihn nicht gebeten, das zu unterlassen?«

»Gebeten?«, echote Elias matt.

»Ja, natürlich. Er ist verfressen, aber nicht unhöflich. Eine freundlich vorgetragene Bitte würde er dir niemals verwehren.«

»Und woher hätte ich das bitte wissen sollen?«, erwiderte Elias und fühlte Ärger in sich aufsteigen. »Ich kenne mich null aus mit diesem ganzen Zwischen-Zeug!«

»Darum solltest du dich davon fernhalten«, stellte Niniane sachlich fest.

»Ich suche mir das doch nicht aus!«, entgegnete Elias. »Oder meinst du, ich hätte vorhin diese Frösche darum gebeten, mich anzugreifen?«

»Grotter«, sagte Niniane. »Sie heißen Grotter, weil sie in den Kachelgrotten hausen.«

Elias nickte seufzend. *Sonst greifen dich die Grotter …* »Die Schnabelnärrin hat mich davor gewarnt! Und ich habe kein Wort verstanden …«

Niniane schaute ihn überrascht an. »Du hast die Schnabelnärrin getroffen?«

»Ja, heute Morgen vor der Schule. Und darum hatte ich auch nicht gebeten! Ich stolpere in letzter Zeit einfach ständig über Schwellenwesen. Seit wir diesen Hilferuf von der Königin auf der Schwelle bekommen haben, werden es immer mehr.«

Ninianes Augen wurden groß. Hastig strich sie ihre Schleier zurück, um Elias direkt anzusehen. »Du hast von der Königin gehört? Wo ist sie? Was ist mit ihr geschehen?«

Abwehrend hob Elias die Hände. »Wir vermuten jedenfalls, dass der Hilferuf von ihr stammt. Sie hat uns eine E-Mail geschickt …«

»Eine E-Mail?« Niniane schaute ihn fragend an.

»Am besten erzähle ich dir alles der Reihe nach.« Elias war dankbar, dass sie endlich bereit war, ihm zuzuhören. Die beiden setzten sich auf eine der Bänke am Bahnsteig. Er berichtete Niniane von dem Haus in der Dämmerung und von der App, die sich auf seinem und Shakas Handy installiert hatte, von der E-Mail mit der seltsamen Länderkennung und von ihrem Ausflug zum Vier-Winde-Haus. Niniane hörte aufmerksam zu, ohne irgendeine Regung zu zeigen.

Nur als er von seiner Begegnung mit dem Herrn der Spiegel erzählte, verzog sie das Gesicht, und ein grauer Film schien sich über den Glanz ihrer Schleierflossen zu legen.

»Der Herr der Spiegel ist der Grund dafür, warum ich nicht mehr im Zwischen leben kann«, erklärte sie schließlich. Elias schaute sie fragend an, sagte aber nichts. Er hatte Sorge, sie wieder zu verschrecken, wenn er zu sehr nachbohrte.

»Ich bin eine Schleier-Rusalka«, fuhr Niniane fort, »und habe bis vor Kurzem mit meinen Eltern in einem Zwischen-See gewohnt, der mitunter an den Teich in eurem Stadtpark grenzt. Doch seit die Königin auf der Schwelle verschwunden ist, wurde es dort zu gefährlich für uns. Und so leben wir jetzt hier, in einer kleinen, feuchten Kellerwohnung in der Festwelt.«

»Darum bist du also neu an unserer Schule«, erwiderte Elias nachdenklich. »Warum hast du das nicht gleich gesagt?«

»Ich hatte Sorge, dass du mit deiner Fragerei den Herrn der Spiegel auf uns aufmerksam machst«, antwortete Niniane. »Viele Schwellenwesen arbeiten für ihn. Die Lästerspeier sind seine Spione, und die Grotter erledigen das Grobe. Aus diesem Grund haben sie dich vermutlich auch im Schwimmbad angegriffen. Das war mindestens eine Drohung, wenn nicht sogar eine versuchte Entführung …« Sie seufzte in sich hinein. »Und natürlich weiß der Spiegelherr jetzt, dass dir eine Schleier-Rusalka geholfen hat.«

Betroffen schaute Elias auf seine Hände. »Das tut mir leid«, murmelte er.

Niniane schwieg für einen Moment. Plötzlich lächelte sie leicht – zum ersten Mal überhaupt, seit Elias sie kannte.

»Ist nicht schlimm«, meinte sie. »Also, eigentlich ist es schon doof – aber es hat auch gutgetan, es den Grottern zu zeigen! Sich nicht immer nur zu verstecken, wie meine Eltern es gerne hätten …«

Kurz herrschte wieder verlegenes Schweigen.

»In diesem Vier-Winde-Haus haben wir einen weiteren Hinweis bekommen«, erzählte Elias schließlich. »Der Weg zur Königin soll dort zu finden sein, wo am Ort des Lernens salziges Wasser fließt. Das meint vermutlich die Schule. Auch wenn ich die Sache mit dem Wasser nicht richtig verstehe. Du weißt nicht zufällig etwas davon?«

Niniane starrte nachdenklich vor sich hin. »Ich weiß jedenfalls, dass ich nicht das einzige Schwellenwesen an der Schule bin«, sagte sie. »Es gibt noch eine ganze Kolonie von uns. Dort ist es allerdings nicht gerade wässrig ...« Ihr Gesicht hellte sich plötzlich auf. »Das heißt, vielleicht doch!« Sie lächelte geheimnisvoll.

Schwellenwesen an der Schule. Warum wunderte ihn das nicht mehr wirklich? »Kannst du uns zeigen, wo diese Kolonie ist?«

»Mehr als das«, erwiderte Niniane leise. »Ich komme mit. Vielleicht finden wir wirklich etwas über die Königin auf der Schwelle heraus.«

Elias schaute sie verblüfft an. »Ich dachte, ihr wollt Ärger mit dem Spiegelherrn vermeiden?«

»Das gilt für meine Eltern«, erwiderte Niniane. »*Ich* habe keine Lust, mich noch länger kleinzumachen.« Es klang nicht besonders trotzig – mehr wie eine schlichte Feststellung.

»Na gut«, erwiderte Elias überrumpelt. »Danke. Es wäre toll, jemanden dabeizuhaben, der sich im Zwischen auskennt.«

Wieder lächelte Niniane. »Für den Fall, dass du wieder mit einem Vertilger über Kochrezepte sprichst«, sagte sie.

»Mit dem bist du jedenfalls gut fertiggeworden. Und mit der Horde Grotter sowieso.« Elias versuchte, gleichermaßen gelassen und anerkennend zu klingen.

Niniane wurde wieder ernst. »Der Herr der Spiegel hat noch mächtigere Diener«, sagte sie. »Wenn er erst einmal seine Spiegelpirscher ausschickt, haben wir ein Problem. Die gehörnten Jäger verlieren niemals ihre Fährte. Wir sollten also vorsichtig sein.«

Elias erschauderte. Gehörnte Jäger ... Das klang übel.

»Lass uns am besten gleich zur Schule zurückfahren und nach dem Weg zur Königin suchen!«, schlug Niniane unterdessen vor.

»Ja«, erwiderte Elias. »Ich wollte mich dort eh mit Shaka treffen, nach ihrer AG.«

Gemeinsam verließen sie schließlich den Bahnsteig und folgten dem Tunnel in Richtung Rolltreppe. Nach einigen Schritten kamen sie an einem Seitengang vorbei, der in der Ferne auf eine Kreuzung traf. Dort stand gerade eine massige Gestalt im blauen Arbeitsanzug und wischte den Boden. M. Taurus winkte, als er Elias und Niniane sah. Die beiden winkten zurück. Dann suchten sie sich eine U-Bahn in die Gegenrichtung.

10

Durch die Salamanderkeller

»Warum bist du jetzt an einer Menschenschule?«

»Weil der Herr der Spiegel immer mehr die Macht im Zwischen an sich reißt«, erwiderte Niniane auf Shakas Frage. »Meine Eltern wollten sich ihm nicht beugen. Also sind wir in die Festwelt geflohen. Und nun bin ich eben hier.« Sie schwieg kurz. »Und ich werde nicht länger weglaufen«, beendete sie ihren Bericht.

Elias und Niniane hatten Shaka direkt nach ihrer Astronomie-AG abgefangen, sobald sie wieder an der Schule angekommen waren. Nun hockten die drei auf den Betonpollern bei den Fahrradständern.

»Du glaubst gar nicht, wie viele Fragen ich jetzt habe!«, rief Shaka fasziniert.

Elias räusperte sich. »Vielleicht sollten wir zuerst nach diesen Schwellenwesen schauen, die Niniane erwähnt hat.« Wenn Shaka erst einmal ein Forschungsthema am Wickel hatte, war sie sonst über Stunden nicht mehr davon abzubringen.

Diese sah etwas unzufrieden aus, stimmte aber zu. »Na schön. Habt ihr übrigens eine Idee, warum uns diese Königin erst ins Vier-Winde-Haus geschickt hat, wenn wir dann doch in der Schule nach ihr suchen sollen? Das ist doch total umständlich!«

Niniane schaute sie ernst an. »Das weiß ich nicht«, sagte sie. »Aber im Zwischen ist der gerade Weg nicht immer der schnellste.«

Unwillig zuckte Shaka mit den Schultern. »Wie auch immer. Lasst uns die Schwellenwesen, die es hier geben soll, nach dem Weg zur Königin befragen. Wo finden wir sie denn? Wenn es um absurde Merkwürdigkeiten geht, tippe ich ja auf das Lehrerzimmer …«

»Im Keller«, erwiderte Niniane ruhig. »Ich war allerdings noch nicht dort. Wir Schleier-Rusalkas sind Wassergeschöpfe, und die Kellerbewohner … scheinen das eher nicht zu sein.«

»Kannst du uns zeigen, wie man dorthin kommt?«, fragte Shaka. Niniane nickte.

»Es tut so gut, endlich mit jemandem zusammenzuarbeiten, der Ahnung hat!«, sagte Shaka, während sie sich auf den Weg machten.

»Ich habe dich auch lieb«, murmelte Elias säuerlich.

Als sie an den Basketball-Körben auf dem Schulhof vorbeikamen, zog Niniane plötzlich den Kopf ein und schien hinter dem Schleier ihrer langen Haare zu verschwinden. Elias entdeckte sofort den Grund dafür: Torben Westermann stand allein auf dem gepflasterten Platz und war gerade dabei, einen Drei-Punkte-Wurf zu versenken. Als er Elias und die anderen bemerkte, landete der Ball stattdessen sonst wo im Gebüsch. Torben verzichtete darauf, ihnen irgendeinen Blödsinn hinterherzurufen, und starrte sie stattdessen an, als wären sie ein nächtlicher Gespensterzug. Die Begegnung mit dem Grauen Glotzer hatte vermutlich ihre Wirkung getan.

Niniane beeilte sich trotzdem, schnell von Torben wegzukommen. Schon seltsam, dachte Elias – eine Schleier-Rusalka, die es mit schleimspuckenden Grottern und einem Vertilger aufnahm, hatte Angst vor so einem Vollpfosten.

Schließlich betraten sie wieder das Schulgebäude. Am späten Nachmittag fanden hier nur noch wenige Kurse statt, und die Gänge waren ziemlich leer. Es roch nach den Putzmitteln der Reinigungskräfte, die bereits am Arbeiten waren. Irgendwie ging dieser Geruch niemals ganz weg und ließ im Gehirn sofort das Wort »Schule« aufploppen.

»Da vorne ist der Kellereingang«, sagte Niniane und zeigte auf eine schlichte Tür neben dem Hausmeister-Kabuff. Elias griff nach der Klinke. Natürlich war abgeschlossen.

»Und nun?«, fragte er ratlos.

Niniane hob wortlos die Hand und klopfte dreimal mit dem Fingerknöchel gegen die Tür, so leise, dass es kaum zu hören war. Es gab ein klackendes Geräusch – und die Kellertür schwang eine Handbreite auf.

Shaka starrte Niniane mit großen Augen an. »Sag nicht, dass du die Tür eben aufgezaubert hast!«, keuchte sie.

Niniane konnte ein Lächeln nicht unterdrücken. »Ich habe angeklopft. Im Zwischen sind wir eben höflich. Kommt ihr?«

Sie stiegen eine steile Treppe aus Beton hinab. Unten folgten kahle Gänge. An den Wänden verliefen Rohrleitungen, kleine Deckenlampen in Gitterkäfigen spendeten schummriges Licht. Es ging vorbei an einem Lagerraum, in dem neben Stapeln von alten Schultischen auch die Requisiten vergangener Theateraufführungen lagerten. Elias erkannte den Pappsarg aus *Romeo und Julia* – und hielt inne. Hatte er da nicht gerade Fußschritte irgendwo in den Gängen gehört? Aber wer außer ihnen sollte hier unten unterwegs sein? Vielleicht wollte der Hausmeister irgendetwas holen …

»Elias, kommst du?«, rief Shaka von weiter vorne. Sie stand inzwischen zusammen mit Niniane vor einer Metalltür.

Er horchte noch einmal. Es waren keine Schritte mehr zu hören. Zögerlich schloss er sich den beiden an.

»Achtung! Feuergefahr!«, stand auf einem gelben Warnschild an der Tür. Offenbar lag dahinter der Heizungskeller.

»Hier ist es«, sagte Niniane. »Falls mit dem salzigen Wasser in eurem Hinweis *Schweiß* gemeint ist, könnte das jedenfalls hinkommen.«

Shaka nickte anerkennend. »Klingt überzeugend.«

Elias antwortete nicht. Während er das Schild betrachtete, spürte er wieder dieses merkwürdige Kribbeln – und das Warnsymbol veränderte sich vor seinen Augen. Nun zeigte es ein fremdartiges Schriftzeichen, so groß wie seine Handfläche. Es schien von innen heraus zu glühen, als hätte man es frisch mit einem Schweißbrenner ins Metall gebrannt. Knisternde Funken umtanzten die merkwürdige Glyphe.

»Cool«, staunte Elias. »Obwohl – vermutlich eher das Gegenteil.«

»Was ist denn?«, fragte Shaka mit einem Stirnrunzeln.

»Mach doch mal deine In-Between-App an.«

Sie kramte ihr Handy hervor und richtete die Kamera-Linse auf das Schild. Dann zog sie die Augenbrauen hoch. »Oh.«

Niniane atmete tief durch. »Seid ihr bereit?«

Elias und Shaka nickten. Und Niniane öffnete vorsichtig die Tür.

Unwillkürlich wichen alle einen Schritt zurück. Ein Schwall von Hitze schlug Elias entgegen, als würde ihm ein flammender Drache seinen Atem ins Gesicht pusten.

Hinter der Tür lag tatsächlich der Heizungskeller – ein Raum mit dicken Kesselanlagen und einem komplizierten Durcheinander aus Rohren, Leitungen und Ventilen.

Elias hatte allerdings nicht erwartet, dass der Schulheizungskeller ein riesiger Höhlensaal mit Wänden aus schwarzem Felsgestein war, der sich irgendwo in der Ferne im Schatten verlor. Und er war sich ziemlich sicher, dass offene Gruben, in denen fauchende Flammen loderten, nicht unter die Schule gehörten – ebenso wenig wie der Lavastrom, der sich im Hintergrund wie eine glühende Riesenschlange durch das Gewölbe wälzte.

»Okaaay«, machte Shaka gedehnt. Damit war eigentlich alles gesagt.

»Das sind die Salamanderkeller«, erklärte Niniane. »Jetzt versteht ihr vermutlich, warum ich bislang noch nie hier unten gewesen bin. Für ein Wasserwesen ist das nicht gerade die ideale Umgebung. Ich habe das Gefühl, ich könnte jede Sekunde zu einer bunten Wolke verdampfen!«

»Kann ich nachvollziehen«, murmelte Elias und wischte sich den Schweiß von der Stirn. Immerhin passte dieser Ort mehr als eindeutig zu ihrem Hinweis.

Gemeinsam mit Shaka und Niniane trat er über die Schwelle. Sofort wurde es noch einmal deutlich heißer. Ein flackernder, rötlicher Schimmer lag über dem Raum und tauchte alles in sein merkwürdiges Zwielicht.

Ringsum liefen verwirrende Rohrleitungen an offenen Feuergruben vorbei, Heizkessel bollerten neben Lavaquellen. Es war, als hätte irgendein Verrückter eine Heizungsanlage in einer Vulkanhöhle installiert. Eine Rohrmündung spuckte kleine Feuerbälle aus, die umherzischten und irgendwo im Gewölbe verschwanden. Niniane zog den Kopf ein, als eine Flammenkugel knapp über sie hinwegsauste. Überall knisterte, fauchte und dröhnte es. Ein schwefliger Geruch wie von Feuerwerk lag in der Luft.

Shaka schaute sich suchend um, während sie tiefer in die Höhle eindrangen. »Was für Schwellenwesen leben an einem solchen Ort?« Sie musste laut sprechen, um das dumpfe Brodeln der Kessel und das Brüllen der Flammen zu übertönen.

Niniane schenkte ihr einen erstaunten Seitenblick. »Wer sollte wohl in den Salamanderkellern wohnen?«, entgegnete sie. »Natürlich die Kellersalamander.«

»Sorry fürs Fragen«, brummte Shaka.

Elias hörte nur mit einem Ohr zu. War da nicht schon wieder ein Geräusch gewesen – hinter ihnen? Ihm war so, als sei eine Tür zugeschlagen. Misstrauisch wandte er sich um. Und blinzelte ungläubig.

Soeben hatte Torben Westermann den Heizungskeller – oder die Höhle? – betreten. Er war gerade durch die Tür gekommen und stand nun mit hängenden Armen am Eingang herum, während er fassungslos über diesen seltsamen Ort schaute und der Flammenschein sich rötlich über sein Gesicht legte. Dabei wirkte er noch dämlicher, als er ohnehin schon war.

»Oh nein!«, entfuhr es Elias. »Der Kerl ist uns tatsächlich gefolgt.«

Westermann kam quer durch den Salamanderkeller auf sie zu. Dabei ging er langsam und vorsichtig, sorgfältig darauf bedacht, den dröhnenden Kesseln und fauchenden Flammengruben nicht zu nah zu kommen.

»He!«, schnaubte er. »Elias! Steffi! Was soll das hier alles?« Es klang vorwurfsvoll – als hätten sie diese ganze Höhle gerade spontan aus dem Fels gemeißelt, um ihn persönlich zu ärgern. Elias glaubte jedoch auch, ein unsicheres Zittern aus seiner Stimme herauszuhören. »Und bist du das, Niniane?«, fügte Westermann hinzu. »Ist das ein Kostüm oder was?«

Niniane wurde wieder von ihren Schleierflossen umwallt, die in einem sanften Rotschimmer zu glühen schienen.

»Verzieh dich, Westermann!«, rief Shaka ungnädig. »Das hier ist nicht deine Angelegenheit. Und wenn du mich noch einmal Steffi nennst, brate ich dich über dem Feuer da vorne.«

Zu Elias' Überraschung wich Torben einen Schritt von den Flammen zurück, als könnten sie jederzeit nach ihm greifen. Dann verfinsterte sich sein Gesicht, und er baute sich direkt vor Elias, Shaka und Niniane auf.

»Nicht meine Angelegenheit, wie?«, schnaubte er aufgebracht. »Vorhin hätte mich fast ein grauer Riese gefressen – und jetzt gibt es direkt unter der Schule so ein, ähm, Dingens – was ist das hier überhaupt? Ein Superhelden-Versteck? Eine geheime Alien-Basis? Seid ihr verdammte Außerirdische oder so was?«

»Der Graue Glotzer hat noch niemanden gefressen«, sagte Niniane leise. »Jedenfalls niemanden, von dem ich wüsste. Und du solltest wirklich gehen.«

»Du hast mir gar nichts zu befehlen! Nun sag schon, was soll das hier alles?«

Shaka schob sich zwischen Torben und Niniane. »Bist du unter die Forscher gegangen, Westermann?«, fragte sie spitz. »Wissensdurst ist doch sonst nicht deine Stärke …«

»Was weißt du schon!«, fauchte Torben. »Ich will …«

Weiter kam er nicht.

Ein machtvolles Brausen hallte plötzlich durch die Grotte. Sämtliche Feuer ringsum flackerten gleichzeitig auf. Ihre Flammen reckten sich prasselnd in Richtung Decke. Für einen Moment sah es so aus, als würden Säulen aus lebendigem Feuer die Höhle stützen. Dann fielen die Feuersäulen wieder in sich zusammen. Und Elias und die anderen waren nicht länger allein.

Die Flammen hatten seltsame Wesen ausgespuckt, die nun in einem weiten Kreis um sie herumstanden, insgesamt bestimmt zwanzig oder mehr. Sie waren etwa menschengroß und von schlanker Gestalt. Mit ihren biegsamen Schwänzen und länglichen Schnauzen erinnerten sie Elias an aufrecht gehende Echsen oder Lurche. Tatsächlich hatten sie raue, schuppige Haut, die von schwarz-gelben Mustern überzogen war – wie bei einem Feuersalamander.

Das *Feuer* war in diesem Fall wortwörtlich zu verstehen, denn kleine Flämmchen tanzten rastlos über ihre Körper, ohne die Wesen zu verbrennen, von der Schwanzspitze bis zu den Nüstern. Ihre Augen funkelten wie glühende Kohlestückchen, und selbst aus ihren Mäulern leuchtete es feurig, als bestünde ihr Inneres aus glutheißer Lava. Jedes einzelne der Flammenwesen hatte einen langen Dreizack in den Klauen, dessen Metall ebenfalls rötlich zu leuchten schien.

Langsam näherten sie sich den Eindringlingen und schlossen von allen

Seiten einen Kreis um sie. Elias, Shaka und Niniane rückten verunsichert näher zusammen. Torben hingegen hob kämpferisch die Fäuste.

»Weg!«, brüllte er. »Haut ab! Verschwindet, ihr verdammten Feuerteufel!« Er versuchte offenbar, entschlossen zu klingen. Doch Elias hörte deutlich Angst aus seiner Stimme heraus, wenn nicht sogar Panik.

Die Feuerwesen beachteten ihn nicht weiter, während sie immer näher kamen. Die Flammen, die über ihre Körper spielten, knisterten leise und bedrohlich.

»Haut ab!«, schrie Torben noch einmal.

»Torben! Das reicht jetzt.« Niniane trat einen Schritt an ihn heran. Entschlossen fasste sie Torben an der Schulter und blickte ihm in die Augen.

»Die Kellersalamander sind keine Feuerteufel«, sagte sie streng. »Bitte beleidige sie nicht. Sie werden dir nichts tun, wenn du dich respektvoll verhältst. Du brauchst keine Angst zu haben.«

Torben schaute trotzig an ihr vorbei. »Ich … ich habe keine Angst«, knurrte er. »Ich mag nur kein Feuer«, fügte er leise hinzu.

»Ich bin ein Wasserwesen«, sagte Niniane ruhig. »Meinst du, *ich* fühle mich hier wohl? Und nun nimm dich bitte zusammen. Wir sind hier zu Gast.«

Torben öffnete den Mund, als wollte er etwas Wütendes erwidern. Dann straffte er sich und machte sich groß. »Okay, alles unter Kontrolle«, sagte er mit fester Stimme. Trotz des roten Feuerscheins war er noch immer ziemlich blass um die Nase.

»Gut«, entgegnete Niniane und nickte ihm aufmunternd zu. Elias und Shaka tauschten einen Blick. War das die gleiche Niniane, die vorhin noch bei Torbens bloßem Anblick zusammengezuckt war?

Ein Zischen und Fauchen riss Elias aus seinen Gedanken. Er brauchte einen Moment, um zu erkennen, was das war. Eines der Flammenwesen sprach zu ihnen! Seine Stimme klang wie prasselndes Feuer.

»Wasss tut eine Russsalka im Reich der Kellersssalamander?«, fragte das Flammengeschöpf. »Wiessso bringt sssie Fessstweltwesssen her, an diesssen verborgenen Ort?«

Von allen Seiten senkte sich ein Kreis aus Dreizacken herab, die Spitzen bedrohlich auf die vier Jugendlichen gerichtet.

»Die Festweltler sind Freunde von mir«, erwiderte Niniane rasch. »Mehr oder weniger jedenfalls ... Und sie sind hier, weil sie nach dem Verbleib der Königin auf der Schwelle forschen.«

Elias zwang sich, einen Schritt vorzutreten. »Hier, an dieser Schule, soll irgendwo ein Weg zu dieser verschwundenen Königin zu finden sein«, sagte er. »Wisst ihr zufällig etwas davon?«

Die Flammenwesen tauschten zischelnde und knackende Laute aus, die vermutlich ihre Sprache waren. Dann wandte sich der Salamander, der zuerst geredet hatte, wieder an Elias. Er war wohl der Sprecher der Wesen – oder war es eine Sprecherin? Oder keines von beidem? »Warum sssucht ihr die Königin?«, fragte der Kellersalamander misstrauisch. »Ssseid ihr Schergen des Spiegelherrn?«

Die Salamander knisterten gefährlich. Sie rückten enger zusammen und schienen zu einem tosenden Flammenring zu verschmelzen. Eine Woge aus Hitze schlug den Eindringlingen entgegen. Torben stieß ein unterdrücktes Geräusch aus, das wie ein Wimmern klang.

»Auf keinen Fall!«, rief Elias eilig. »Wir dienen dem Herrn der Spiegel nicht! Ganz im Gegenteil ... Ihr mögt ihn wohl auch nicht besonders?«

Die Kellersalamander zischelten aufgeregt durcheinander, die glühenden Waffen noch immer auf Elias und seine Begleiter gerichtet.

»Der Spiegelherr«, fauchte der Sprecher (oder die Sprecherin?) wütend, »issst verantwortlich *dafür*!«

Der Salamander zeigte mit seinem Dreizack auf einen der bauchigen Heizkessel, die sich überall aus dem dunklen Lavagestein erhoben.

Ein schwarzer Spiegel in einem üppigen Goldrahmen war auf seiner gewölbten Oberfläche angebracht und sah in dieser Umgebung einfach nur unpassend aus. Er schien ein Zwilling jenes Spiegels zu sein, der auf dem Treppenabsatz im Vier-Winde-Haus hing. Elias war froh, dass er zu weit weg war, um in den Abgrund seiner dunklen Oberfläche zu schauen.

Dann bemerkte er die Statue, die zwei oder drei Meter vom Spiegel entfernt stand. Sie schien ganz aus schimmerndem, schwarzem Glas zu bestehen und zeigte einen Kellersalamander mit erhobenem Dreizack in voller Lebensgröße. Die Figur war unglaublich detailliert gestaltet. Jede Schuppe ihrer Haut war zu erkennen, und selbst die tanzenden Flammen auf ihrem Körper hatte man ausgearbeitet, bewegungslos erstarrt. Über allem lag ein leichter, regenbogenfarbiger Schimmer, zart und wunderschön – wie bei den gläsernen Seifenblasen im Vier-Winde-Haus.

Elias erschauderte, als ihm ein schrecklicher Verdacht kam.

»Das … ist nicht wirklich eine Statue, oder?«, fragte er. Der Sprecher der Salamander stieß ein wütendes Schnauben aus.

»Dasss issst Zzzarach! Oder vielmehr, esss *war* Zzzarach, bevor Zzzarach zu Glasss verwandelt wurde!«

Ringsum peitschten die Flammen auf, als würden sie zornig brüllen. Torben zog die Schultern hoch. Elias aber konnte den Blick nicht von dem verglasten Salamander abwenden. Die Boreal-Sylphe mit dem Seifenblasen-Röhrchen war etwas enttäuscht darüber gewesen, was mit ihren Seifenblasen geschehen war, aber sonst war der Schaden gering gewesen.

Hier hingegen war ein lebendiges Schwellenwesen zu einer reglosen Glas-Figur geworden. Die Sache wurde langsam ernst!

»Das war dieser Spiegel«, stellte Elias grimmig fest. »Warum macht der Herr der Spiegel das? Was hat er davon?«

Der Kellersalamander lachte bitter auf – ein Geräusch wie zischender Funkenflug. »Er sssagt, dasss ihm die Spiegel helfen, allesss zu bewachen«, fauchte er. »Doch esss geht ein ssseltsssamer Fluch von ihnen aussss!«

Shaka räusperte sich. »Habt ihr versucht, den Schwarzen Spiegel zu entfernen?«, fragte sie so sachlich wir möglich.

Die Antwort war ein wütendes Aufbrausen.

»Gewisss!«, rief der Kellersalamander. »Doch dasss kalte Ding widersteht den mächtigsssten Feuerstößen und Flammenbällen!«

»Wir bitten die Kellersalamander der Salamanderkeller um Unterstützung«, war plötzlich Ninianes leise Stimme zu vernehmen. »Wir suchen nach der Königin auf der Schwelle, damit sie diese schrecklichen Dinge beenden kann, die auch meine Familie aus dem Zwischen vertrieben haben. Und wir haben erfahren, dass ihr vielleicht den Weg zu ihr kennt.«

Wieder berieten sich die Flammenwesen zischend und fauchend untereinander.

Dann richtete der Sprecher das Wort an die Besucher: »Wir wisssen nicht, wasss mit der Königin geschehen issst. Wenn esss hier einen Weg zu ihr gäbe, hätten wir ihn bereitsss beschritten, um Gerechtigkeit einzufordern.«

Elias ließ die Schultern hängen.

»Aber der Hinweis war so eindeutig«, sagte er. »An einem Ort in der Schule, wo salziges Wasser fließt – also Schweiß …«

Der Kellersalamander ließ ein Zischen vernehmen, das wie ein entnervtes Seufzen klang. »Wir schwitzzzen nicht«, fauchte er.

»Oh. Danke«, erwiderte Elias leise. »Dann sind wir hier vielleicht wirklich falsch.«

Der Kellersalamander richtete sich stolz auf. »Geht jetzzzt! Verlassst diesen Ort! Und sssoltet ihr Schergen des Spiegelherrn treffen – sssagt ihnen, dass die Kellersssalamander ihre Dreizacke scharf halten und sssich zu wehren wisssen!«

Dann öffneten die Kellersalamander ihren Ring und gaben den Weg zum Ausgang frei. Torben stapfte als Erster los, begierig darauf, die Feuer der Salamanderkeller endlich hinter sich zu lassen. Elias und die anderen folgten ihm dichtauf. Auf halbem Weg zur Tür warf Elias einen Blick zurück zu den Flammenwesen. Die Salamander schauten ihnen misstrauisch hinterher. Einer von ihnen, der ganz am Rand der Gruppe stand, starrte unverwandt Elias an. Er hatte rubinrote Augen, die wie Edelsteine schimmerten. Elias fuhr zusammen.

»Was hast du?«, fragte Shaka.

»Ich weiß nicht …«, murmelte Elias. Er guckte noch einmal hin. Der Salamander mit den roten Augen war verschwunden. »Vermutlich gar nichts.«

Sie traten wieder in die vertraute Banalität der Kellergänge hinaus.

»Hätte ja sein können«, seufzte Shaka.

»Wir suchen weiter!«, erwiderte Elias bestimmt und schob den Gedanken an die seltsamen roten Augen beiseite. »Die Frage ist nur, wo …«

Shaka spielte nachdenklich mit ihrem Zopf. »Mit den salzigen Wasserströmen könnten natürlich auch Tränen gemeint sein«, überlegte sie. »Aber wie soll uns das weiterhelfen? Hier in der Schule ist schließlich alles zum Heulen …«

»Irgendwo in diesem Gebäude muss es jedenfalls einen Hinweis geben«, meinte Elias. »Und den werden wir finden! Wenigstens kommt morgen kein Schwimmen dazwischen …«

Shaka blieb ruckartig stehen. »Schwimmen! Sport!«, rief sie.

Elias schaute sie fragend an.

»Wo läuft hier in der Schule wirklich der Schweiß in Strömen?«, fragte Shaka. »Doch wohl in der Turnhalle! Vermutlich noch viel mehr als im Heizungskeller …«

»Stimmt!«, entgegnete Elias aufgeregt. »Das kann jeder bestätigen, der schon mal Sport bei Herrn Berger hatte. Auf zur Turnhalle!«

Shaka schaute kurz auf ihr Handy – und erschrak. »Shit«, entfuhr es ihr. »Schon so spät – wir waren doch keine zwei Stunden da drinnen?!«

»Doch, das kann vorkommen«, erwiderte Niniane. »Die Zeit verläuft nicht immer gleich auf beiden Seiten der Schwelle.« Mit einem mulmigen Gefühl erinnerte sich Elias daran, wie lange er im U-Bahn-Labyrinth herumgeirrt war.

»Sorry Leute – ich muss los!«, rief Shaka.

»Dann also morgen an der Turnhalle«, sagte Elias. »Am besten noch vor der ersten Stunde, sobald aufgeschlossen wird.«

»Ich werde da sein«, erwiderte Niniane, und auch Shaka nickte.

Torben sagte nichts. Schweigend ging er zusammen mit den anderen die Kellertreppe hinauf, das Gesicht noch immer verkniffen und blass – und verschwand dann aus dem Schulgebäude, ohne sich auch nur zu verabschieden. Mit gerunzelter Stirn schaute Elias ihm hinterher, ehe auch er sich auf den Heimweg machte.

11 Graffiti

Am nächsten Morgen stand Elias extrafrüh auf. Je eher sie einen Blick in die Turnhalle werfen konnten, umso besser – am besten noch vor der ersten Stunde.

Sein Vater schaute ziemlich verwundert, als er gerade ins Bad schlurfen wollte und Elias voll aufbruchsfertig im Flur antraf. »Ich, ähm, habe vor dem Unterricht noch etwas zu erledigen«, erklärte Elias und fühlte sich irgendwie ertappt.

Papa versuchte, streng zu gucken. »Hausaufgaben abschreiben? Dass mir das nicht zu oft vorkommt!«

»Bestimmt nicht«, erwiderte Elias, froh darüber, dass ihm eine passende Ausrede frei Haus geliefert wurde. Dann machte er sich auf den Weg.

Der schwarze, klobige Umriss der Schule sah im Morgendunkel irgendwie fremdartig aus; wie ein Felsmassiv in einem fernen, lichtlosen Land. Als wäre sie ein Stück weit ins Zwischen gerutscht … »Dämmerzeit«, ging es Elias durch den Kopf, während er rüber zur Turnhalle eilte. Diese lag etwas abseits am Rande des Schulgeländes, überschattet von den ebenfalls dunklen Baumwipfeln am Sportplatz.

Niniane wartete bereits an der Halle. Sie stand mit dem Rücken zu Elias und schaute auf eine Betonmauer, die mit zahllosen Sprayereien bedeckt war.

»Ah, da bist du ja«, sagte sie, als sie sich zu ihm umdrehte. Auf ihren Lippen lag die Andeutung eines Lächelns. »Schau mal, was ich entdeckt habe.«

Sie trat einen Schritt zur Seite und gab den Blick auf ein Wandbild frei, das sich deutlich von den kunstlosen Kritzeleien ringsum unterschied. Elias zuckte zusammen. Von der Betonwand herab starrte ihn der Herr der Spiegel an! Es war ein Porträt in kräftigen Farben, das ihn in seinem dunklen Anzug zeigte. Der silbergraue Bart fiel ihm über die Brust, eine verspiegelte Sonnenbrille verdeckte seine Augen. Für einen Moment hatte Elias das Gefühl, dass der Spiegelherr direkt vor ihm stand, wie damals in der U-Bahn.

Und doch musste er plötzlich grinsen. Denn der Typ sah einfach zu komisch aus! Die Nase des Spiegelherrn war auf dem Bild groß und knollenhaft wie eine Kartoffel, der Bart überlang und hätte jedem Weihnachtsmann alle Ehre gemacht. Seine Brust war so übertrieben vorgestreckt, als würde der Spiegelherr vor eingebildeter Wichtigkeit gleich platzen. Seine Lippen umspielte ein selbstverliebtes Grinsen, das irgendwie dümmlich wirkte. Das Bild war nicht wirklich ein Porträt – es war eine Karikatur, und zwar eine verdammt gute.

»Der sieht ja reizend aus«, sagte Shaka, die gerade vom Schulgebäude herüberkam. »Das ist der Kerl, dem du am U-Bahn-Gleis begegnet bist, Elias, oder?«

»Ja«, erwiderte er beklommen. »Der Herr der Spiegel.«

»Ich glaube, ich weiß, wer dieses Bild gemalt hat«, sagte Niniane. »Das sieht mir ganz nach dem Graffiti-Puck aus. Aber ich hatte keine Ahnung, dass er sich hier an der Schule herumtreibt ...«

»Graffiti-Puck?«, fragte Elias neugierig.

Niniane schüttelte den Kopf. »Ich bin ihm nie persönlich begegnet. Aber man sagt, dass er bunte Farben liebt und nackten Beton verabscheut.«

»Er ist jedenfalls noch nicht ganz fertig mit seinem Werk«, entgegnete Elias und zeigte auf den oberen Teil des Bildes. Der Spiegelherr hatte noch keine richtige Frisur. Wo eigentlich die Haare sitzen sollten, fehlte seinem Kopf einfach ein Stück.

Shaka spielte nachdenklich mit ihrem Zopf. »Vielleicht kommt er wieder, um sein Werk zu beenden?«

»Möglich«, meinte Niniane. »Ich weiß nicht viel über ihn. Er soll schnell sein. Und man sagt sich, dass er ziemlich frech ist – und schwierig.«

»Wer ist frech und schwierig?«, fragte plötzlich eine weitere Stimme. Elias, Shaka und Niniane fuhren herum. Eine bullige Gestalt schälte sich aus dem Halbdunkel und hielt auf die Turnhalle zu. Es war Torben Westermann.

»Was machst *du* denn hier?«, rief Elias entgeistert.

»Wie, was ich hier mache?« Torben schnaubte entrüstet. »So haben wir es gestern doch ausgemacht! Vor der ersten Stunde an der Turnhalle.«

»Richtig, *wir* haben das ausgemacht«, fauchte Shaka. »Das hieß nicht, dass du hier auch auflaufen sollst, Westermann! Wir haben etwas Wichtiges zu erledigen und können dabei keine wandelnde Bildungslücke gebrauchen, die uns aufhält.«

Torbens Gesicht rötete sich. »Und du bist natürlich Miss Superschlau, Steffi!«, knurrte er. »Aber weißt du was? Andere sind auch nicht blöd! Ich merke doch, dass hier komische Sachen abgehen. Ich will wissen, was es damit auf sich hat. Und ich lasse mich nicht abwimmeln!«

»Und du glaubst, dass wir dich dabeihaben möchten?«, fragte Elias, ärgerlich über diese neue Schwierigkeit. »Wenn ich daran denke, wie du mit Niniane umgehst ...«

»Ich spreche für mich selbst.« Niniane wandte sich an Torben und schaute ihm in die Augen. »Du warst gestern in den Salamanderkellern ziemlich blass«, sagte sie. »Aber im Zwischen gibt es noch ganz andere Wesen als harmlose Kellersalamander. Es wäre besser für dich, das alles einfach zu vergessen.«

Torben schüttelte trotzig den Kopf. »Ich mag kein Feuer«, sagte er leise. »Aber sonst kann man auf mich zählen!«

»Man kann vor allem darauf zählen, dass du Ärger machst, Westermann«, knurrte Shaka.

»Warum willst du überhaupt bei der Sache mitmachen?«, fragte Elias ratlos. Wie sollten sie den Kerl bloß wieder loswerden?

Torben zuckte ein wenig verlegen mit den Schultern. »Hab halt Bock dazu.«

»Aber *wir* haben keinen Bock auf *dich*!«, giftete Shaka.

Westermann setzte dazu an, etwas Heftiges zu erwidern – da ging Niniane dazwischen.

»Torben«, sagte sie ernst. »Aus welchem Grund bist du uns gestern in die Salamanderkeller gefolgt? Der Graue Glotzer hatte dir doch schon genug Angst eingejagt.«

Torben seufzte tief. »Weiß auch nicht ... Irgendwie habe ich halt gemerkt, dass es noch mehr gibt als den ganzen Scheiß hier ...« Er machte eine Armbewegung, die die Turnhalle ebenso umfasste wie das Schulgebäude und die Beton-Poller ringsum. »Und da wollte ich sehen, was das ist. Auch wenn es komische, brennende Echsen sind. Besser, als alleine auf dem Sportplatz abzuhängen. Und besser als zu Hause sowieso ...« Das Letzte hatte er nur noch leise gemurmelt. Elias schaute ihn überrascht an. In der Hinsicht konnte er Westermann sogar irgendwie verstehen! Trotzdem war es natürlich ausgeschlossen, dass sie solch einen Schulhof-Stänkerer mitschleppten.

»Tut mir leid«, setzte Elias an, »aber du kannst nicht ...«

»Gut«, unterbrach ihn Niniane. »Du hast über die Schwelle geschaut, Torben. Dann sollst du auch den Schritt darüber gehen dürfen. Wir können jede Hilfe auf unserer Suche gebrauchen.«

Auf Torbens Gesicht zeigte sich ein verschämtes Lächeln. Shaka aber explodierte. »Was?! Das kannst du doch nicht machen! Das hier ist Westermann, der Typ, der dir Cola über den Pullover gekippt hat und ...«

»*Ich* mache gar nichts«, erwiderte Niniane ungerührt. »Das Zwischen macht sein eigenes Ding.«

»Siehst du, Steffi?«, sagte Torben triumphierend.

»Du weißt doch überhaupt nicht, worum es geht, Westermann«, blaffte Shaka ihn an.

»Dann erklärt es mir eben!«

»Als ob das bei dir irgendwas bringen würde ...«

Shaka und Torben begannen einen hingebungsvollen Streit. Elias hörte ihnen nur mit einem Ohr zu. Sein Blick war auf das Wandbild gerichtet. Warum hatte der Herr der Spiegel auf einmal Haare? Eben hatte doch noch die obere Hälfte seines Kopfes gefehlt! Nun aber war deutlich der Umriss eines silbergrauen Schopfes zu erkennen. Die Farbe glänzte frisch.

Elias blickte fragend zu Niniane, die allerdings ebenfalls mit Westermann beschäftigt war. Dann schaute er wieder auf das Bild. Und musste blinzeln. Der Umriss der Haare war plötzlich mit Farbe ausgefüllt!

»Ich glaube, dieser Puck ist gerade hier ...«, flüsterte Elias. Die anderen wurden sofort still und wandten sich zum Bild um. Ein Schemen zischte in Elias' Gesichtsfeld. Er tänzelte kurz auf der Stelle – und war schon wieder weg, ehe Elias auch nur Luft holen konnte. Eine weitere Haarsträhne des Spiegelherrn war nun farbig ausgefüllt.

»Puh«, machte Shaka. »Da ist schon wieder etwas zum Bild dazugekommen! Das versteht ihr Schwellenwesen also unter *schnell*. Wie soll man den denn erwischen?«

Sie zog ihr Handy hervor, um mit der In-Between-App einen Blick auf die Sache zu werfen.

Torben sah ihr neugierig über die Schulter. »Boah, wie krass!«, stieß er hervor und zeigte auf die Mauer. »Auf dem Handy ist ein Typ zu sehen! Aber in Wirklichkeit sitzt da gar keiner ...«

In diesem Moment wurde oben, auf der Mauerkante, ein kleines Wesen sichtbar. Es ließ die Beine baumeln und blickte auf die vier Jugendlichen herunter.

»Wollt ihr mir noch lange zuschauen?«, krähte es. »Das kostet dann aber bald Eintritt!«

Der Graffiti-Puck war kaum länger als Elias' Arm, und dabei sehr dünn und feingliedrig. Er hatte ein schmales Gesicht mit überlangen, spitz zulaufenden Ohren. Seine Haare standen in wilden Stacheln ab, als hätte er in eine Steckdose gefasst, und leuchteten zudem in Metallic-Giftgrün. Er trug zerfetzte Jeans und einen grauen Hoodie, der ihm viel zu weit war. Verschiedene Spraydosen mit Farbe schauten aus seinen Taschen.

»Graffiti-Puck«, begann Niniane, »wir suchen nach der Königin auf der Schwelle und möchten …«

Flapp! Wo eben noch der Puck auf der Mauer gesessen hatte, lag plötzlich Torbens Jacke.

»Ich hab ihn erwischt!«, grölte Torben triumphierend. Noch ehe die anderen reagieren konnten, stürzte er sich auf seine Jacke und raffte sie zu einem Bündel zusammen. Er warf einen vorsichtigen Blick hinein – und runzelte die Stirn. »Er … er ist weg«, stotterte er.

Elias schaute Torben fassungslos an. »Was sollte das denn bitte?«

»Ihr habt doch gesagt, dass ihr den Kerl erwischen müsst«, erwiderte Torben. »Und da habe ich die Gelegenheit genutzt, während Niniane ihn abgelenkt hat.«

»Westermann!«, schrie Shaka wütend. »Wir wollten ihn erwischen, um mit ihm zu *reden*. Nicht, um ihn unter deiner dämlichen Jacke zu ersticken! Oh Mann, du bist echt zu blöd zum Atmen!«

»Das hättet ihr mir auch vernünftig erklären können!«

»Niemand hat dich gebeten, herzukommen!«

Niniane seufzte. »Streit bringt doch nichts«, sagte sie. »Der Graffiti-Puck ist jedenfalls weg.«

Elias lehnte sich frustriert an die Wand. Das durfte nicht wahr sein! Auch wenn Torben ausnahmsweise tatsächlich versucht hatte, hilfreich zu sein … Entnervt schloss er die Augen. Es wäre so wichtig gewesen, mit dem Puck zu sprechen! Hinter seiner Stirn pochten Kopfschmerzen. Und nun war der Typ einfach abgehauen. Dort vorne entlang, an der Schule vorbei und links die Straße hinunter …

Verwundert schlug Elias die Augen wieder auf. Er hatte nicht gesehen, wohin der Puck gedankenschnell entwischt war – mit menschlichen Augen war das kaum möglich. Woher wusste er dann, welchen Weg der Typ eingeschlagen hatte?

Elias konzentrierte sich auf den Puck, versuchte, sich den grünhaarigen Kerl ganz genau vorzustellen. Dort die Straße hinunter war er gelaufen und dann links, in Richtung der Tiefgarage … Plötzlich wusste er ganz genau, wo sie ihn suchen mussten. Es war, als hätte jemand einen In-Between-Stadtplan in seinem Gehirn installiert! Hinter seiner Stirn rumorten noch immer die Kopfschmerzen. Sie ballten sich an seinen Schläfen – dort, wo seine Hörner entspringen würden, wenn er denn welche hätte …

»Da entlang!« Er zeigte an der Turnhalle vorbei. Shaka und Torben unterbrachen ihren Streit, um ihn perplex anzuschauen.

Niniane aber nickte unbeeindruckt. »Gut. Zeig uns den Weg, Elias!«

Er lief los, und die anderen folgten ihm. Es ging runter vom Schulgelände und die Straße entlang, dann links an der Tiefgarage vorbei und durch eine Gegend mit hohen Altbauhäusern. Irgendwo dort vor ihnen war der Puck, das wusste Elias genau, am Ende der Straße rechts. Zielstrebig rannte er weiter, während die Schritte der anderen hinter ihm über das Pflaster hallten.

»Vorsicht!«, rief Niniane plötzlich halblaut. Elias stoppte ab und schaute in die Richtung, in die sie zeigte.

Im ersten Licht der Sonne, die sich gerade träge über die Dächer erhob, flatterten mehrere geflügelte Gestalten in der Luft herum. Sie schienen ein offenes Fenster zu umtanzen, das sich im dritten Stock eines Wohnhauses befand.

Es waren vier oder fünf kleine, graue Gesellen mit fledermausartigen Flügeln. Lästerspeier. Gerade ließ sich einer von ihnen auf dem Fenstersims nieder. Er schnappte sich irgendetwas, ehe er von einem Kollegen zur Seite gedrängt wurde, der ebenfalls zugriff. Der Anblick erinnerte Elias an die Tauben, die sich am Hauptbahnhof um Brötchenkrümel und heruntergefallene Pommes stritten.

Nun konnte er erkennen, dass jemand am geöffneten Fenster stand. Es war eine ältere Dame mit einem weißen Dutt und dicker Brille. Sie war dabei, Körner aus einer Tüte auf dem Fenstersims auszustreuen. Die Lästerspeier balgten mit flatternden Flügeln in der Luft herum, um möglichst viel von dem Zeug in sich hineinschaufeln zu können.

»Ist das etwa Vogelfutter?«, fragte Shaka verblüfft.

Niniane nickte. »Wahrscheinlich füttert sie Tauben.«

Die anderen schauten sie fragend an.

»Manchmal seht ihr Festweltler Schwellenwesen, ohne sie richtig zu erkennen«, erklärte Niniane. »Es soll ja auch Menschen geben, die Schleier-Rusalkas mit Fischen verwechseln.«

Elias spürte, dass er rot wurde.

»Mir ist noch nicht ganz klar, wann genau man das Zwischen sehen kann und wann nicht«, überlegte Shaka.

Niniane lächelte. »Das Zwischen ist eben wandelbar … Ich verstehe es, ehrlich gesagt, auch nicht immer.«

»Sehr beruhigend«, brummte Shaka, und Elias war sich nicht sicher, wie ernst sie es meinte.

Er konzentrierte sich rasch wieder auf den Graffiti-Puck. Irgendwo dort vorne in den Straßen des Wohnviertels musste er sein … Als Elias wieder hochschaute, waren die Lästerspeier noch immer vollauf damit beschäftigt, sich ihre Körner abzuholen. Bis auf einen, der Elias direkt in die Augen blickte. Er hatte einen genähten Riss im Flügel. Die kleine, graue Kreatur winkte ihm zu. Dann wandte sie sich ab und flog mit raschen Flügelschlägen davon.

»Mist«, murmelte Elias alarmiert. »Er hat uns gesehen!«

Der Lästerspeier war bereits nur noch ein grauer Punkt, der sich über die Dächer entfernte.

»Ich fürchte, der verkauft dem Spiegelherrn gleich ein sehr interessantes Gerücht über uns«, seufzte Niniane. »Los, Elias! Wir müssen uns beeilen.«

»Jap. Dort entlang!«

Sie liefen rasch in eine Seitenstraße, während die übrigen Lästerspeier sich noch immer um ihre Körner balgten und dabei lautstark durcheinander keiften.

»Ich brauche dringend ein paar Erklärungen!«, schnaufte Torben von hinten.

»Ich allerdings auch«, stimmte ihm Shaka völlig untypisch zu. »Woher weißt du, wo wir diesen Puck finden, Elias?«

»Liegt vermutlich an meinen Hörnern«, erwiderte er. Es sollte ironisch klingen. Aber es hörte sich verdammt plausibel an.

Er schob den Gedanken beiseite und konzentrierte sich darauf, dem Puck zu folgen. Irgendwo dort vor ihnen musste er sein, im Gewirr der Straßen. Der Kerl war irre fix …

Verbissen hetzten sie an einem Friseursalon und einem kleinen Blumenladen vorbei, an einer Bushaltestelle und einer Litfaßsäule.

Gerade bogen sie um eine weitere Ecke, als Elias plötzlich ein Pochen in seinem Kopf spürte, durchdringend wie Trommelschläge. Irgendetwas tat sich im Zwischen!

Elias wandte den Kopf. Dort vorne lag ein kleiner Laden, der gerade nicht vermietet war. Das Schaufenster stand leer. Auf seiner Glasfläche spiegelten sich die parkenden Autos an der Straße.

Plötzlich war auf der Scheibe noch mehr zu sehen: die Abbilder von zwei Gestalten, vor den Autos. Aber – auf der Straße war doch überhaupt niemand, der dieses Spiegelbild warf! Elias kniff verwirrt die Augen zusammen.

Da traten die beiden Spiegelgestalten auch schon aus dem Schaufenster heraus, als würden sie einen Vorhang durchschreiten. Sie waren nicht viel größer als Elias, und um ihre Schultern lagen dunkle Mäntel, die an Umhänge erinnerten. Beide trugen ein Paar mächtiger, gewundener Hörner auf dem Kopf, wie bei einem Widder – oder wie angeblich bei Elias, wenn man Shaka und der In-Between-App glauben durfte.

»Wer sind die?«, fragte Torben entgeistert.

»Spiegelpirscher!«, rief Niniane.

»Was für Dinger?«

»Lauft!«

Und das taten sie. Doch die beiden Gestalten setzten sich gleichzeitig in Bewegung. Sie strebten mit weiten Schritten vorwärts, die eher Sprünge waren, wie kein Mensch sie vollführen konnte. Ihre Augen leuchteten kalt und silbrig, ihre Hörner glänzten wie schwarzes Glas.

Elias hetzte gemeinsam mit den anderen voran. Doch er glaubte nicht wirklich, dass sie den Spiegelpirschern entkommen konnten. Mit ihren geschmeidigen Sprüngen kamen die Gehörnten näher und näher und schienen sich dabei nicht einmal sonderlich anzustrengen.

»Was sind das für Typen?«, keuchte Torben beim Rennen.

»Du willst nicht mit ihnen aneinandergeraten«, presste Niniane hervor. Elias erinnerte sich nur zu gut an ihre Warnung vor den gefürchteten Jägern des Spiegelherrn.

Aus dem Augenwinkel sah er, wie einer der Spiegelpirscher unter seinen Mantel griff und etwas hervorzog, das wie ein zusammengerolltes Seil aussah. Dann knallte es scharf, als die schwarze Peitsche über das Pflaster fegte!

Shaka keuchte und geriet ins Stolpern. Sie hatte der Lederschnur knapp ausweichen können, die gierig nach ihrem Knöchel griff. Aber dadurch fiel sie zurück, während die Gehörnten beständig aufholten. Nun hob auch der zweite Spiegelpirscher seine Peitsche, entschlossen, sich die Fliehende zu greifen …

Da blieb Niniane plötzlich abrupt stehen und drehte sich zu den Verfolgern um.

»Was machst du?«, rief Torben ungläubig.

Niniane ignorierte ihn. Mit einem Mal war sie von schillernden Schleierflossen umgeben, die in zornigem Rot leuchteten. Die Spiegelpirscher zügelten ihre Schritte, als Niniane ihre Arme ausbreitete, sodass die Schleier sie wie ein Umhang umwehten. Ein gurgelndes Rauschen ertönte – und ein machtvoller Wasserstrahl ergoss sich aus Ninianes Händen.

Er traf die Spiegelpirscher mit der Wucht eines Feuerwehrschlauchs und riss sie von den Füßen. Die Wasserwoge trug die Gehörnten rücklings mit sich fort die Straße hinunter. Nun konnte Elias erkennen, dass unter ihren schwarzen Mänteln Ziegenhufe hervorschauten. Darum also die übermenschliche Geschwindigkeit und die weiten Sprünge!

»Kommt«, knurrte Shaka, während das Wasser wieder verebbte. »Wir müssen sie abhängen, bevor sie sich aufraffen!«

Die Jugendlichen bogen scharf in eine Seitenstraße ein, liefen einige Meter weiter, bogen erneut ab. Hauptsache, fort von den Verfolgern!

Wieder ging es um eine Ecke. Vor ihnen erhob sich ein Haufen Sperrmüll auf der Straße – ein alter Lattenrost, ein Kleiderschrank mit hängenden Türen und einiger Schrott mehr.

In diesem Moment zeigte sich plötzlich ein dunkler Umriss auf dem Spiegel, der in eine der Schranktüren eingelassen war. Und eine Gestalt sprang aus dem Glas heraus, als wäre es ein Fenster in eine andere Welt. Eine zweite Gestalt folgte ihr dichtauf. Beide waren klatschnass.

Für einen Moment sah es so aus, als würden die Spiegelpirscher komplett aus silbrigem Glas bestehen – spiegelnd wie die Glasfläche, aus der sie kamen. Dann verblasste der Spiegelglanz, und ihre Gesichter nahmen wieder einen lebendig-bräunlichen Farbton an. Nur die stolzen Hörner glänzten noch immer wie dunkles Spiegelglas.

»Die können durch Spiegel springen?«, keuchte Torben.

»Durch alles, was spiegelt«, präzisierte Niniane.

Elias versuchte seitlich an den Gehörnten vorbei auszubrechen. Doch die Spiegelpirscher waren schneller. Einer von ihnen sprang rasch vorwärts – und versperrte den Fluchtweg nach vorn. Zugleich schnellte der zweite zur anderen Seite, um den Weg nach hinten abzudecken.

Ihre Peitschen zuckten angriffslustig über den Boden. Sie waren nur zu zweit, doch mit ihren schwarzglänzenden Waffen beherrschten sie erschreckend viel Raum.

Elias schaute sich panisch um. Sie standen an der Backsteinwand eines Hauses. Rechts und links von ihnen lauerten die beiden Pirscher und sorgten mit ihren langen Peitschen dafür, dass die Straße unpassierbar war. Langsam trieben sie die Jugendlichen zur Wand zurück. Sie saßen in der Falle!

»Ihr kommt jetzt mit uns«, sagte einer von ihnen mit einer überraschend samtigen Stimme. Elias fiel auf, dass von einem seiner Hörner die Spitze abgebrochen war. Seine Gesichtszüge waren die eines Menschen mit einer stolzen, steil geschwungenen Nase und buschigen Augenbrauen.

»Ihr habt uns gar nichts zu sagen!«, antwortete Shaka trotzig.

»Nein, das haben wir nicht«, sprach der zweite Spiegelpirscher ernst. »Wohl aber der Herr der Spiegel, in dessen Namen wir kommen.«

»Los!«, rief Torben Niniane zu. »Spül sie wieder weg!«

Die Schleier-Rusalka schüttelte den Kopf. »Ich habe kaum noch Kraft«, sagte sie matt.

Elias starrte die Spiegelpirscher trotzig an. Sie mussten ihn schon mit Gewalt zwingen, wenn er ihnen folgen sollte! Aber wahrscheinlich würden sie genau das tun. Und er konnte nichts dagegen machen. Er straffte sich und ballte die Fäuste – da hörte er plötzlich ein leises Zischen in seinem Rücken. Als würde irgendwo Druckluft entweichen. Dann kicherte es, und eine schnodderige Stimme sagte: »Wollen die Herrschaften vielleicht auf diesen wunderbaren Fluchtweg zurückgreifen?«

Elias fuhr herum. Da war ein Tunnel hinter ihm, der gerade noch nicht da gewesen war – mitten in der Hauswand. Es war ein Eisenbahntunnel wie aus einem Cartoon: eine tiefschwarze Halbkreis-Öffnung, eingefasst von Steinen. Die Farbe glänzte frisch. Der Tunnel war aufgesprayt!

»Hereinspaziert!«, drängelte die Stimme.

»Kommt!« Niniane lief entschlossen auf die Hauswand zu.

»Was soll das?«, fragte Shaka unwillig. Die Schleier-Rusalka gab keine Antwort. Und verschwand in dem gemalten Tunnel, als hätte er sie verschluckt.

»Stehen bleiben!«, bellte einer der Spiegelpirscher.

Elias ließ sich exakt eine Sekunde Zeit zum Wundern. Dann stürmte er kurz entschlossen hinterher. Halb erwartete er, dass er gegen die Hauswand prallen und sich den einen oder anderen Knochen brechen würde. Stattdessen tauchte er in die Schwärze ein.

Um ihn herum war es für einen Moment völlig duster. Elias befand sich tatsächlich in einem Tunnel – den es gar nicht geben durfte! Am Ende des Tunnels schien ihm trübes Morgenlicht entgegen. Er hielt darauf zu – und kam wieder ins Freie.

Verwirrt schaute Elias sich um. Er befand sich auf einem kleinen Spielplatz, den er noch nie zuvor gesehen hatte. Das Gelände war eingefasst von Hecken, hinter denen einige graue Wohnblöcke aufragten. Der Spielplatz war völlig unspektakulär: ein regennasser Sandkasten, ein Wackeltier in der Form einer ziemlich angestoßenen Ente und eine vereinzelte Schaukel an einem rostigen Gestell. Die Art von Spielplatz, die offenbar nur gebaut wurde, weil irgendwelche Vorschriften das so wollten – und die nie jemand benutzte, wenn man einmal von der Bank am Rand absah, wo einige Bierdosen herumlagen.

Neben ihm stand Niniane, und gerade kamen auch Shaka und Torben herangestolpert. Elias schaute über seine Schulter. Dort lag eine Betonwand, in der eine große, schwarze Tunnelöffnung prangte. Eine große, schwarze, *aufgesprayte* Tunnelöffnung. Besorgt wich er einen Schritt von der Wand zurück. Doch von den beiden Spiegelpirschern war nichts zu sehen.

»Nur keine Angst«, meldete sich eine bekannte Stimme. »Diese Hörner-Honks können euch nicht folgen. Mein Tunnel – meine Regeln.«

Der Graffiti-Puck hockte ganz oben auf dem Schaukel-Gestell und ließ die Beine baumeln. Auf einer Hand balancierte er die schwarze Farbdose, mit der er den Tunnel erschaffen haben musste.

»Wow«, schnaufte Elias. »Das war ganz schön knapp …«

»Allerdings«, erwiderte der Puck und hob seine steilen Augenbrauen so hoch, dass sie an sein Stachelhaar stießen. »Ihr könnt überaus froh sein, dass ihr mich habt. Und nun erklärt ihr mir vielleicht, warum ihr versucht habt, mich mit einer alten, stinkigen Jacke zu fangen?«

»Die ist gar nicht alt«, murmelte Torben.

»Aber stinkig«, stichelte Shaka.

»Das, öhm, war ein Missverständnis«, sagte Elias rasch. »Wir wollten eigentlich nur mit dir reden.«

»Nun, das haben wir jetzt ja getan.« Der Puck sprang auf die Beine, als ob er gleich wieder lossprinten wollte.

»Bitte warte! Wir suchen die Königin auf der Schwelle!«

Der kleine Kerl hielt inne und musterte Elias eindringlich. Dann begann er, auf der Schaukelstange herumzubalancieren. »Die Königin hat sich aus gutem Grund versteckt«, sagte er.

»Wir müssen sie finden!«

»Sie will aber nicht gefunden werden. Das ist der Sinn des Versteckens, versteht ihr?«

Elias seufzte. »Wir sind keine Feinde der Königin«, erklärte er. »Im Gegenteil. Sie hat uns um Hilfe gebeten, und an unserer Schule soll es einen Weg zu ihr geben. Es geht darum, den Spiegelherrn aufzuhalten.«

Inzwischen jonglierte der Puck mit ein paar Farbdosen. »Das kann jeder behaupten«, entgegnete er unbeeindruckt.

»Aber nicht jeder wird von Spiegelpirschern verfolgt«, sprach Niniane leise.

Der Graffiti-Puck legte den Kopf schief. »Stimmt.« Er machte einen Überschlag, ließ seine Farbdosen im Hoodie verschwinden und setzte sich schließlich gerade hin. Nachdenklich schaute er auf Elias und die anderen herunter. »Vielleicht ist das gar nicht mal so dumm von der Königin«, überlegte er. »Die Sache Leuten anzuvertrauen, die so bescheuert aussehen wir ihr, meine ich. Der Herr der Spiegel kommt vermutlich nie darauf, dass sie auf solche Vollzeit-Volltrottel baut …«

»He!«, rief Shaka empört. »Ich komme da gleich rauf!«

Torben grinste sie schadenfroh an. »Denk dran, Steffi – nur reden, nicht einfangen.«

»Kannst du uns also zur Königin bringen?«, fragte Elias hoffnungsvoll.

»Nö!« Der Puck grinste.

»Weißt du, wo wir sie finden können?«

»Nö!«

»Kennst du jemanden, der das weiß?«

»Nö!«

Elias schüttelte frustriert den Kopf. War dieser Typ etwa wieder eine Sackgasse?

Das Grinsen des Graffiti-Pucks aber wurde breiter und breiter, zerteilte sein Gesicht von einem spitzen Ohr zum anderen.

»Nun frag schon weiter!«, rief er. »Das macht Spaß!«

»Was kannst du uns denn über die Königin auf der Schwelle sagen?«, versuchte es Elias verzweifelt.

Der Puck machte ein langes Gesicht. »Das ist unfair! Darauf kann man nicht mit Nö antworten …«

»Graffiti-Puck«, sprach Niniane eindringlich. »Es ist wichtig.«

»Na schöööön«, begann er gedehnt, während er schon wieder mit seinen Farbdosen herumspielte. »Es gibt an eurer Schule in der Tat einen Weg zur Königin. Und der – bin ich!« Er verbeugte sich dramatisch.

»So?«, fragte Elias vorsichtig.

»So!«, bestätigte der Puck stolz. »Denn ich habe in ihrem Auftrag zwei wunderbare Werke geschaffen. Wer beide kennt, hält den Schlüssel in den Händen.«

»Den Schlüssel?«

»Den Schlüssel zu Ali Babas Schatzhöhle!«

»Hä?«

Der Puck kicherte ausgiebig. »Den Schlüssel zur Königin auf der Schwelle, natürlich! Zu dem Ort, wo ihr sie finden könnt.«

»Was soll das jetzt konkret heißen?«, fragte Elias.

»Keine Ahnung«, grinste der Puck und wirkte dabei irgendwie schadenfroh. »Das hat sie mir so gesagt.«

»Und wo finden wir diese tollen Werke?«, hakte Shaka nach.

»Das eine kennt ihr bereits«, erklärte der Graffiti-Puck. »Ihr könnt es an der Turnhalle eurer Schule bewundern. Das andere hingegen – ziert einen Park. Einen besonderen Park. Einen außerordentlich besonderen und nicht ganz ungefährlichen Park. Du weißt, welchen ich meine, Schleier-Rusalka?«

Niniane nickte. »Der Verbotene Park«, sagte sie leise.

»Exakt.« Der Graffiti-Puck legte sich rücklings auf den Schaukel-Balken, als wäre er ein bequemes Sofa.

»Sonst noch Fragen? Ich fange an, mich zu langweilen …«

Elias schüttelte erschöpft den Kopf. Er wollte sich gerade beim Puck bedanken – da war dieser auch schon verschwunden, schneller, als er gucken konnte. Zurück blieb nur ein leichter Farbgeruch.

»Uff«, machte Shaka. »Der ist ja noch anstrengender als du, Westermann …«

»Und besserwisserischer als du, Steffi!«

»Lasst uns zur Schule zurückgehen«, unterbrach Elias die beiden. »Wo immer wir hier auch eigentlich sind …«

»Ich kenne die Gegend«, brummte Torben. »Ist ’ne ganze Ecke entfernt. Bis zur dritten Stunde sind wir wieder zurück, schätze ich.«

»Nach der Schule schauen wir uns dieses seltsame Werk an!«, rief Shaka entschlossen. »Das Rätsel muss noch erfunden werden, an dem ich verzweifle.«

Torben räusperte sich. »Und unterwegs könnt ihr mir dann endlich alles erzählen.«

»Okay – vermutlich verzweifle ich doch.«

Der Verbotene Park

»www«

So stand es in kleinen, schwarzen Buchstaben auf dem Kragen des Spiegelherrn, der an die Wand der Turnhalle gesprayt war. Man musste ziemlich genau hingucken, um die Buchstaben überhaupt zu bemerken. Sie sahen ein wenig aus wie ein Teil der Mantelnaht. Mehr gab das Bild auch nach einer gründlichen Untersuchung nicht preis.

»Wewewe«, las Torben unnötigerweise für alle vor. »Und das soll der Hinweis sein? Das Internet?«

Shaka sah so aus, als wollte sie etwas Spitzes darauf erwidern. Doch sie ließ es bleiben, weil ihr offenbar ebenfalls nicht mehr dazu einfiel. Seufzend zog sie ihr Handy hervor und machte ein Foto von der Karikatur mit dem versteckten Schriftzug. Elias tat es ihr gleich.

»Toller Hinweis«, brummte Shaka schließlich. »Sucht irgendwo im Internet! Vielleicht sollte ich das mal als Quellenangabe unter eine Arbeit schreiben. Gefunden im *World Wide Web*. Fertig.«

»Es passt jedenfalls dazu, dass sich die Königin per Mail gemeldet hat«, sagte Elias und bemühte sich, möglichst zuversichtlich zu klingen. »Außerdem könnte es auch etwas völlig anderes heißen. Das Ganze ist ja noch nicht vollständig. Der Puck hat ein zweites Kunstwerk erwähnt …«

»Stimmt, im Stadtpark!« Torbens Gesicht hellte sich auf.

»Nein, im Verbotenen Park«, erwiderte Niniane ernst. »Und dieser Schwellenort wird nicht umsonst so genannt. Es ist nicht ungefährlich, ihn zu betreten. Seine Bewohner bleiben lieber unter sich.«

»Kennst du den Weg dorthin?«, fragte Elias. Niniane nickte.

»Dann sollten wir diesen Park aufsuchen«, entschied er, »und uns das zweite Werk des Pucks anschauen. Am besten so schnell wie möglich, ehe nochmal diese Pirscher auftauchen.«

»Von mir aus können wir jetzt gleich los«, erwiderte Shaka. »Meine Eltern wissen, dass ich heute in der Stadt unterwegs bin.«

Niniane nickte. »Und meine denken vermutlich, dass ich eine Freundin in den Gesichtslosen Gassen besuche.«

Torben zuckte nur mit den Schultern. Also machten sie sich auf den Weg. Sie nahmen eine Buslinie, mit der Elias noch nie gefahren war, und stiegen schließlich an der Station aus, die Niniane ihnen nannte.

Während Niniane sie durch das Viertel führte, schaute Elias sich um. Hier gab es hohe, fensterreiche Häuser, an deren Fassaden es von seltsamen Geschöpfen wimmelte: Elias entdeckte grimmige Riesen, die Erker auf ihren Schultern stützten, Adler mit ausgebreiteten Schwingen aus Gips und Regenrohre, die wie Lindwürmer geformt waren. Fast sah es so aus, als hätte man die Figuren den Bewohnern des Zwischen nachempfunden.

»Wir sind bald da«, sagte Niniane. »Irgendwo hier in der Gegend gibt es einen Durchgang, der in den Verbotenen Park führt. Manchmal jedenfalls, zu gewissen Zeiten …«

Plötzlich spürte Elias ein Kribbeln, das ihm inzwischen nur zu vertraut war. Unheil ahnend schaute er zu einem Haus in der Nähe hinauf und ließ seinen Blick über die hellblaue Fassade schweifen, die mit weißen Stuck-Mustern verziert war. Ganz oben hockten einige kleine Steinfiguren unter der Dachkante und grinsten auf die Straße hinunter. Es waren graue Teufelchen mit Hörnern und Fledermausflügeln. Und Elias war sich ziemlich sicher, dass sich gerade einer von ihnen unauffällig am Flügel gekratzt hatte.

Lautlos seufzte er in sich hinein. Er hatte wirklich keine Lust, sich schon wieder an den Spiegelherrn verpfeifen zu lassen. Nicht, wenn er es irgendwie verhindern konnte …

Er atmete tief durch und zwang sich, nicht zu lange zu dem Haus hinaufzublicken.

»Beeilt euch!«, rief er laut und deutlich. »Wir müssen drüben am Zoo sein, bevor die Nilpferd-Fütterung beginnt! Sonst bekommen wir den geheimen Hinweis der Königin nicht mit.«

Die anderen schauten ihn an, als hätte er den Verstand verloren. Elias zwinkerte ihnen überdeutlich zu. Dann bewegte er die Schultern ein wenig, um Flügel anzudeuten. Shaka bekam große Augen. Torben aber grinste plötzlich breit. »Und denkt daran, dass wir dann den magischen Tanz aufführen müssen!«, rief er. »Damit das Nilpferd den Zauberschlüssel ausspuckt! Und wir müssen …«

»Es genügt, Torben«, sagte Niniane leise und zeigte nach oben. Der

Lästerspeier war gerade losgeflogen und flatterte über die Dächer davon.

»Ich hoffe, diese Spiegelpirscher gehen gerne in den Zoo«, murmelte Shaka.

Wenig später hatten sie den Durchgang erreicht, von dem Niniane ihnen berichtet hatte. Es war eine schmale Gasse zwischen zwei Häusern, die in einen Hinterhof zu führen schien. Nach einigen Metern wurde sie von einem Gitterzaun mit einer kleinen Pforte versperrt. Dahinter war dichtes Gestrüpp zu erkennen.

Elias trat auf die Pforte zu. Ihr Knauf war mit einer Gravur verziert: ein umgedrehtes U, das wie ein Torbogen aussah.

Er drehte am Knauf. Es war nicht abgeschlossen. Vorsichtig betraten sie den verwilderten Garten. Hinter ihnen schloss sich die Pforte lautlos von selbst, als hätte ein Windstoß sie zugeweht.

Der Weg führte durch eine Art Laubengang, der wie ein Tunnel aus dem Gebüsch herausgeschnitten war. Es ging einmal um eine scharfe Biegung – dann lag plötzlich eine ausgedehnte Parklandschaft vor ihnen.

Kiesbedeckte Pfade wanden sich kreuz und quer an mächtigen, knorrigen Bäumen vorbei, die auf einer weiten Rasenfläche verteilt standen. Dort vorne führte eine kleine Holzbrücke über einen Bach, weiter hinten ruhte ein runder Pavillon auf einem Hügel. Nebelfetzen hingen träge zwischen den Baumstämmen, im Geäst spielten hier und dort blasse Lichtpunkte, die an übergroße Glühwürmchen erinnerten. Der waldartige Park schien sich vor ihnen endlos in alle Richtungen zu erstrecken – es gab keinen Zaun, keine Hecken, keine sonstigen Begrenzungen. Selbst von den hohen Häusern, die sich eigentlich ringsum erheben mussten, war nichts mehr zu sehen.

»Das ist kein Hinterhof«, stellte Shaka unnötigerweise fest.

»Willkommen im Zwischen«, erwiderte Niniane trocken.

Elias nickte langsam. »Ich glaube, ich habe diesen Ort schon einmal gesehen«, sagte er. »Von einem Parkdeck aus. Ich habe Baumwipfel zwischen den Häusern entdeckt – aber als ich danach gesucht habe, war kein Park zu finden.«

Gemeinsam folgten sie einem Kiespfad, der tiefer in den Park hineinführte. Schon bald war nichts mehr von der Hecke zu sehen, die sie durchschritten hatten. Um sie herum war es seltsam still. Nicht einmal der Wind rauschte in den Ästen der Bäume. Nur ihre Schritte knirschten überlaut auf dem Kies.

»Schaut mal«, sagte Niniane beklommen, während sie gerade den Pavillon passierten. »Hier hat es auch schon begonnen.«

Sie zeigte auf eine Eiche mit rissiger Borke, die sich weiter hinten nahe beim Pavillon auf der Wiese erhob. Der ganze Baum schimmerte metallisch-schwarz bis hin zu den obersten Astspitzen – als bestünde er komplett aus dunklem Glas, umspielt von zartem Regenbogenleuchten. Die Grashalme ringsum auf der Wiese schimmerten, und selbst ein Nebelfetzen, der mitten in der Luft hing, sah aus wie ein hauchiger, dunkler Spiegel. Elias hätte den Anblick fast schön gefunden – wenn er nicht gewusst hätte, woher diese Schönheit kam.

»Shit!«, entfuhr es Torben spontan. »Das ist ja echt wie 'ne Krankheit.«

»Und wir werden das Gegenmittel finden«, erwiderte Elias. »Lasst uns weiter …«

In diesem Moment hörte er ein Rascheln. Es war nicht besonders laut, und doch störte es die verwunschene Stille im Park.

»Achtung!«, rief Niniane warnend. »Parkfeen!«

Dann brachen sie auch schon von allen Seiten aus dem Gebüsch: Hunderte kleine Wesen, nicht größer als eine Handspanne. Flink wie Flöhe sprangen sie über den Boden, wobei sie aus dem Stand die Kopfhöhe eines Menschen erreichten. Manche vollführten tollkühne Saltos in der Luft oder drehten sich um die eigene Achse, als seien sie Kreisel. Wilde Kampfschreie hallten durch den Park.

»Auf sie!«

»Lasst sie nicht entwischen!«

»Nieder mit den Spiegelschergen!«

Elias versuchte verzweifelt, den Überblick zu behalten. Doch es war hoffnungslos. Das Gewusel machte ihn schon beim Zuschauen schwindelig. Er hob überfordert die Hände. »Stopp! Wir sind keine Spiegelschergen! Wir sind gekommen, um … Au!«

Etwas hatte sich schmerzhaft in seinen Handrücken gebohrt. Erschrocken schaute er sich die Stelle an. Dort steckte ein Dorn in seiner Haut, etwa so lang wie eine Nadel. Elias hatte keine Ahnung, welche Pflanzen solche fiesen Stacheln hatten.

»Hört mir doch mal zu!«, setzte er noch einmal an. Zirpende Geräusche ertönten von allen Seiten. Nun konnte er erkennen, dass die hektischen Wuselgestalten kleine Bogen trugen – und auf ihn und die anderen schossen! Wieder pikste es unangenehm, als sich weitere Dornen in seinen Arm und seinen Nacken bohrten. Neben ihm brüllte Torben empört auf, während Shaka in sich hinein fluchte.

»Wartet!«, wollte Elias rufen – doch seine Stimme klang merkwürdig schleppend und belegt. Er trat einen Schritt auf die Angreifer zu. Jedenfalls wollte er das. Aber seine Füße waren plötzlich wie am Boden festgewachsen. Er versuchte, einen Arm zu heben – langsam und träge, als würde er sich in Zeitlupe bewegen. Sein ganzer Körper war schrecklich schwer, so beweglich wie ein Kartoffelsack.

»Was soll das?«, rief Shaka, und auch ihre Stimme hörte sich dumpf und gedehnt an.

»Jippieh!«, kreischte eine der kleinen Gestalten. »Wir haben sie erwischt! Die Dämmerdornen wirken schon!«

»Wir ... sind keine ... Feinde«, sagte Elias möglichst deutlich. Das war gar nicht so einfach, wenn sich die Zunge wie ein alter, nasser Lappen anfühlte! Panik stieg in ihm auf.

Die Gestalten hatten inzwischen damit aufgehört, wild durcheinanderzuwuseln, und bildeten einen Ring um die Eindringlinge. Nun konnte Elias erkennen, dass sie zierlich, fast schon niedlich aussahen: winzige, menschenähnliche Geschöpfe mit langen Haaren und feinen Gesichtszügen, tatsächlich wie Feen aus einem Märchenbuch. Weniger niedlich war hingegen der Umstand, dass sie allesamt bis an die Zähne bewaffnet waren.

Auch ihre Kleidung war alles andere als märchenhaft. Eine der Gestalten war in eine alte Plastiktüte gehüllt, eine andere trug eine Art Rüstung, die aus einer zurechtgeschnittenen Coladose geformt war. Elias sah einen Rock aus bunten Luftballon-Fetzen, Kronkorken-Helme und hölzerne Pommes-Gabeln, die wie Schwerter in Gürteln steckten. Parkfeen, gekleidet in Parkmüll.

Nun versuchte es auch Niniane: »Wir … wollen verhandeln«, stieß sie mühsam hervor. Doch die Wuselwesen kicherten nur freudlos.

»Das sagen sie alle!«, rief die Fee in der Cola-Rüstung, die der Anführer zu sein schien. »Und dann hängen sie einen Schwarzen Spiegel in unseren Pavillon! Und dann verwandelt sich der ganze Park nach und nach in totes Glas! Darauf fallen wir nicht noch einmal herein, Spiegelschergen!«

Die übrigen Parkfeen stimmten ein zustimmendes Gekreische an. Es klang ziemlich wütend.

»Zeig ihnen … die Mail … der Königin … Shaka«, keuchte Elias.

»Kann nicht«, erwiderte Shaka. »Arme zu schwer …«

Verzweifelt schaute er sich um – oder versuchte es zumindest. Auch sein Nacken war inzwischen steif wie ein Besenstiel. Womit konnten sie den wilden Geschöpfen nur beweisen, dass sie keine Feinde waren? Am besten, *bevor* die Feen sonst etwas mit ihnen anstellten …

Er probierte, Blickkontakt mit ihnen aufzunehmen. Dutzende von Augenpaaren starrten misstrauisch und angriffslustig zurück. Manche schauten auch spöttisch. Verständnisvoll sah niemand aus.

Plötzlich verengten sich Elias' Augen – sofern das seine verkrampften Muskeln noch zuließen. Er hatte etwas entdeckt: eine einzelne Parkfee, eingehüllt in eine zerschlissene Bäckereitüte, die sich abseits von den anderen hielt. Ihre Augen waren ebenfalls auf die Eindringlinge gerichtet – und sie leuchteten rubinrot. Genauso rot wie die Augen des Konturlosen, den Elias in der U-Bahn gesehen hatte. Oder die Augen der einen Boreal-Sylphe im Vier-Winde-Haus. Oder die des Kellersalamanders, der sich im Hintergrund gehalten hatte … Das gleiche Rot, der gleiche Blick. Ihn hatten immer dieselben Augen angestarrt.

»Du da«, sagte er zeigte mit dem Finger auf die rotäugige Fee. Es war so anstrengend, als müsste er einen gewaltigen Felsbrocken stemmen. »Ich … kenne dich. Du weißt … wer wir sind.«

Alle Parkfeen wandten sich in die Richtung, in die er zeigte. Plötzlich wuselten sie wieder wild durcheinander, und um die Rotäugige herum entstand ein freier Raum.

»Die Rubinroten Augen …«, flüsterte Niniane.

»Die Augen sind hier!«, bestätigte eine der Parkfeen.

Die rotäugige Fee aber trat an Elias heran, ohne sich um die anderen zu kümmern.

»Ja, ich kenne euch«, sprach sie mit einer tiefen Stimme, die so gar nicht zu ihrem zarten Feenkörper passen wollte. »Ich habe euren Weg verfolgt.«

»Dann hilf … uns … bitte«, keuchte Elias. »Sag ihnen, dass … dass wir nicht dem … Spiegelherrn dienen …«

»Wir beobachten«, sprach die Parkfee mit den rubinroten Augen ruhig. »Doch wir handeln nicht. Darum sind wir Augen.«

Und sie löste sich in Nebel auf. Für einen Moment schienen die Rubinroten Augen noch ohne Körper mitten in der Luft zu schweben. Dann waren auch sie verschwunden.

»Hat ja … viel … gebracht«, schnaufte Torben.

Die Parkfeen aber redeten aufgeregt durcheinander. Plötzlich hob die Ober-Fee in der Cola-Rüstung den Arm.

»Gebt die Eindringlinge frei!«, rief sie.

»Spinnst du? Warum das denn?«, fragte eine Fee empört, die mit buntem Bonbon-Papier behängt war.

»Das sind keine Spiegelschergen«, entschied die Ober-Fee. »Kein Spiegelscherge wäre so naiv, die Rubinroten Augen um Hilfe zu bitten.«

»Besten Dank … auch …«, murmelte Shaka.

Und wieder kam Bewegung in den Feenschwarm. Von allen Seiten sprangen die Feen Elias und die anderen an, wie eine Horde winziger Raubtiere. Für einen Moment befürchtete Elias, dass sie nun endgültig kurzen Prozess mit ihnen machen würden. Stattdessen spürte er, dass sie einen Dämmerdorn nach dem anderen aus seiner Haut zogen. Bereits Sekunden später kehrte das Gefühl in seinen Körper zurück – zusammen mit einem gemeinen Kribbeln.

Stöhnend setzte sich Elias auf den Hintern. Die anderen plumpsten neben ihm ins Gras. Nur Niniane gelang es, halbwegs elegant zu Boden zu gleiten. Für einen Moment waren sie ganz damit beschäftigt, wieder zu sich zu kommen.

»Was hat es mit diesen Augen auf sich?«, fragte Shaka schließlich, während sie sich die Beine massierte. Elias fand das irgendwie beruhigend. Shakas Forscherdrang gehörte zu den Dingen, die sich niemals ändern würden.

»Sie tauchen auf, wo es ihnen gefällt«, erklärte Niniane. »Ihre Gestalt ändert sich ständig. Meist fallen sie gar nicht weiter auf. Bis jemand die rotleuchtenden Augen bemerkt. Sie beobachten. Das ist ihre Natur.«

»Sie sind ein böses Omen!«, rief eine Parkfee besorgt, die ihre Frisur mit alten Plastik-Trinkhalmen hochgesteckt hatte.

»Nein, sie bringen Glück, wenn man sie am dritten Donnerstag des Monats bei Neumond trifft!«, widersprach eine Fee mit einem Reifrock aus Noppenfolie.

»Ruhe!« Gebieterisch hob die Ober-Fee in der Cola-Rüstung ihren Bogen. Dann wandte sie sich an Elias und die anderen.

»Wir sollten reden«, sagte sie knapp.

»Oh ja, dafür sind wir hier«, erwiderte Elias.

»Aber das nächste Mal am besten *vor* dem Schießen«, knurrte Shaka.

Ein einsamer Pirscher

»Für gewöhnlich würden wir euch als Gäste in den Pavillon bitten«, sagte die Ober-Fee und zeigte auf das kleine Gebäude, das in einiger Entfernung auf einem Hügel stand. »Aber leider hat dort ein gewisser Herr vor einiger Zeit einen seiner Schwarzen Spiegel aufgehängt. Seitdem meiden wir diesen Ort.«

»Verständlich«, murmelte Niniane mit einem Blick auf den glaserstarrten Baum.

»Also werden wir eben hier reden«, fuhr die Fee fort. »Nun sagt schon, was euch herführt.«

»Wir möchten uns ein Graffiti anschauen«, setzte Elias zögerlich an.

»Was sucht ihr dann in unserem Park?«, fragte die Ober-Fee unwillig. »Schaut drüben am Bahnhof, bei den Gleis-Ghulen! Da gibt es genug davon.«

»Es ist aber ein ganz bestimmtes Graffiti«, erklärte Elias. »Der Graffiti-Puck hat es angebracht.«

Die Ober-Fee schnaubte empört. »Oh ja, dieser Schmierfink hat es letztens tatsächlich gewagt, sich hier sehen zu lassen! Er hat eine Marmorstatue mit seinen Farbkleckserеien verschandelt. Sein Glück, dass er schneller ist als unsere Dornenpfeile ...«

»Ganz im Gegensatz zu euch«, kicherte die Fee mit dem Noppenfolien-Rock.

»Dürfen wir diese ... Kleckserеien einmal sehen?«, fragte Elias hoffnungsvoll. »Es könnte wichtig sein!«

»Wichtig wofür?«, fragte die Ober-Fee misstrauisch.

»Es geht um Angelegenheiten der Königin«, warf Niniane vage ein.

Die Fee nickte langsam. »Also schön. Wir führen euch hin. Die Statue liegt allerdings in einer eher unerfreulichen Gegend. Ihr werdet es ja sehen.«

So drangen Elias und die anderen tiefer in den Verbotenen Park vor, begleitet von einer Horde wehrhafter Parkfeen. Nach einiger Zeit glaubte er, irgendwo hinter den Büschen einen Zug rumpeln zu hören. Das klang so, als befänden sie sich in dem kleinen Park hinter dem Bahnhof! Etwas später jedoch ragte in der Ferne über den Baumwipfeln die Kuppel der Stadthalle auf, so, wie sie sonst vom Stadtpark aus zu sehen war.

»Beides ist richtig«, erwiderte Niniane, als er sie verwundert darauf ansprach. »Der Verbotene Park liegt *zwischen* den Parks, die es in der Festwelt in eurer Stadt gibt. Mal grenzt er näher an den einen und mal an den anderen. Und wer zur Dämmerzeit nicht aufpasst, kann sich hierher verirren ...«

Einmal überquerten sie einen kleinen Fluss auf einer Brücke, ein anderes Mal liefen sie an einem Halbrund aus Steinbänken vorbei, das wie ein Gartentheater aussah. Hinter jeder Biegung schien der Park eine neue Überraschung bereitzuhalten.

Eigentlich hätte Elias sich an solch einem Ort sehr wohlgefühlt. Wenn da nicht immer wieder der unheimliche Anblick von schwarzglänzenden Glasbäumen gewesen wäre. Schließlich trafen sie sogar auf eine Wiese, deren Grashalme zu dunklen, messerscharfen Glasklingen geworden waren. Auf dem Ast eines Baumes saßen gläserne Meisen, mitten in der Bewegung erstarrt. Eine von ihnen hing mit ausgebreiteten Flügeln in der Luft. Elias musste schlucken.

»Da vorne ist es!«, rief die Ober-Fee schließlich und zeigte auf einen Brunnen mit einer Steinfigur in der Mitte. Sie war aus weißem Marmor gefertigt und hatte die Form einer jungen Frau in fließenden Gewändern. In den Händen hielt sie eine Leier und schien ganz darin vertieft zu sein, das Instrument zu spielen. Die Statue wirkte alt, denn ihr Marmor war von zahlreichen feinen Rissen bedeckt, die ihr jugendliches Gesicht wie Altersfalten zeichneten.

Hier hatte der Graffiti-Puck unverkennbar zugeschlagen. Das steinerne Gewand der Figur war mit einem grellen Muster angesprayt, so als trüge die würdige Gestalt einen knallbunten Umhang.

Die lebendigen Farben bildeten einen scharfen Kontrast zu den Bäumen ringsum. Diese waren fast allesamt zu schwarzem Glas erstarrt – ein matt schimmernder Wald ohne Leben.

»Es werden jeden Tag mehr«, erklärte die Ober-Fee düster. »Bald ist der ganze Park erstarrt.«

Shaka zog entschlossen ihr Handy hervor. »Lasst uns dafür sorgen, dass das aufhört.«

Elias nickte stumm. Gemeinsam gingen sie rüber zum Brunnen mit der Statue, um das Muster des Graffiti-Pucks zu fotografieren.

»Diese Glasbäume sind so krass«, murmelte Torben. Und tippte neugierig gegen einen gläsernen Ast, der neben ihm herabhing.

»Nicht!«, rief Niniane alarmiert. Doch es war schon zu spät.

Elias spürte wieder dieses Kribbeln hinter der Stirn, das sich zu einem scharfen Trommeln steigerte. Er kannte dieses Gefühl nur zu gut.

»Vorsicht!«, rief er.

Dann waren die Spiegelpirscher auch schon da, als hätte man sie gerufen. Es waren wieder zwei, die beiden von heute Morgen. Wie seltsame Waldgeister traten sie aus dem Stamm eines Glasbaumes hervor. Für einen Moment schienen die gehörnten Gestalten komplett aus schwarzem Glas zu bestehen. Schließlich verschwand der Spiegelglanz auf ihrem Körper, und nur noch ihre Hörner schimmerten dunkel.

Der Pirscher mit dem abgebrochenen Horn räusperte sich ernst. »Der Spiegelherr wünscht mit euch zu reden«, verkündete er.

»Das wünschen wir aber nicht!«, entgegnete Shaka ihm trotzig. Die beiden Gehörnten tauschten einen Blick. Und zogen ihre langen Peitschen unter den Mänteln hervor.

»Aaaaaiiiiii!«

Der Kampfschrei der Parkfeen hallte schrill durch den Verbotenen Park. Von allen Seiten kamen sie angestürmt, ein Schwarm wütend schimpfender Krieger im Taschenformat. Ihre kleinen Bogen zirpten und ergossen einen Hagel aus Dornenpfeilen auf die beiden Spiegelpirscher.

»Ha!«, rief Torben triumphierend. »Wie gefällt euch das?«

Die Gehörnten ballten ihre Fäuste. Schwarzer Spiegelglanz kroch wieder über ihre Körper, als hätte man sie mit schimmernder Flüssigkeit übergossen. Die kleinen Pfeile der Feen prallten wirkungslos an der harten, kalten Oberfläche ab.

»Lasst den Blödsinn!«, forderte einer von ihnen. »Es ist töricht und sinnlos, sich dem Herrn der Spiegel zu widersetzen.«

Dann rückten die beiden Gehörnten vor, die Peitschen in den Händen. Elias warf einen verzweifelten Blick auf die besprayte Statue. Sie mussten fort von hier. Aber sie durften nicht ohne den zweiten Hinweis vom Puck gehen!

Er wich vor den Pirschern zurück und zog gleichzeitig sein Handy aus der Hosentasche. Hastig richtete er es auf die Statue. Nur rasch ein Foto – und dann nichts wie weg!

In diesem Moment spürte Elias ein schmerzhaftes Brennen an seiner Hüfte. Eine schwarze Peitsche hatte sich um seinen Körper geschlungen! Noch ehe er reagieren konnte, wurde er von den Füßen gerissen – und unsanft über den Boden gezerrt.

»Du kommst jetzt mit«, sprach eine Stimme ganz nah bei ihm. Elias lag auf dem Rücken, und über ihm ragte der Pirscher mit dem abgebrochenen Horn auf. Er versuchte, sich von ihm wegzurollen – doch der Gehörnte packte entschlossen zu und zog Elias auf die Beine.

»Lasst sofort Elias los!« Torben kam mit hochrotem Gesicht angerannt, die kräftigen Fäuste erhoben. Er überragte den Pirscher um einen guten Kopf, und für einen Moment hatte Elias die wilde Hoffnung, dass er den Gehörnten einfach umrennen würde. Dann lag Torben plötzlich schnaufend auf dem Bauch. Der zweite Pirscher hatte ihn mit seiner Peitsche von den Füßen gefegt.

Mehr bekam Elias davon nicht mit, denn sein Gegner nahm ihn kurzerhand in den Schwitzkasten und zerrte ihn zu einem der Glasbäume. Entsetzt beobachtete Elias, wie ein Huf des Pirschers mit der gläsernen Oberfläche zu verschmelzen begann. Der Kerl wollte ihn mit sich in das schwarze Spiegelglas ziehen!

»Nein!«, rief er panisch und versuchte sich loszumachen. Der Pirscher war zu stark. Shaka hetzte verbissen heran – aber sie würde es nicht schaffen. Der Gehörnte verschwand bereits im Glas. Und nahm Elias mit sich.

Sobald er mit dem Pirscher die Spiegelfläche durchstieß, wurde es schlagartig kühl um ihn herum, als wäre er in Wasser getaucht. Er hatte sich vorgestellt, dass es hinter dem Glas furchtbar bedrückend sein würde. Stattdessen war hier alles weit und klar, durchtränkt von einem matten Licht, das von überall zugleich zu kommen schien. Es herrschte gedämpfte Stille. Elias hätte es beinahe *friedlich* genannt – wenn nicht der behaarte Arm eines Pirschers um seinen Hals gelegen hätte.

Plötzlich stiegen Bilder in ihm auf, wie Luftblasen aus einem Tümpel. Waren es Erinnerungen?

Er schien durch den Nebel zu streifen, zielstrebig einer Spur zu folgen. Neben ihm liefen seine Gefährten. Sie jagten an seiner Seite, und ihre Hörner glänzten stolz, wann immer ein Sonnenstrahl durch den Nebel fiel. Er lief mit seiner Horde, war einer von ihnen …

Und er fand sich im Verbotenen Park wieder. Verwirrt schaute er sich um. Der Spiegelpirscher, der ihn in das Glas gezogen hatte, stand jetzt neben ihm und musterte ihn mit einem seltsamen Blick. Warum war er wieder hier? Hatten die anderen ihn irgendwie gerettet?

Doch Shaka, Torben und Niniane sahen genauso überrascht aus wie er selbst. Und die beiden Spiegelpirscher starrten ihn an, als sähen sie ihn gerade zum ersten Mal. Sie hatten ihre Peitschen gesenkt und machten keine Anstalten mehr, jemanden anzugreifen.

»Er ist einer von uns«, murmelte der Pirscher neben ihm. »Ich habe es gespürt. Der Festweltler ist hinter dem Spiegel zu Hause …«

»Was … was soll das heißen?«, stammelte Elias. War das ein Trick?

Der Pirscher gab ihm keine Antwort. »Das ist ein Spiegelpirscher!«, sagte er zu seinem Gefährten. »Warum hat man uns das nicht mitgeteilt?«

»Keine Ahnung … Haben wir danach gefragt?«

»Pirscher jagen keine anderen Pirscher!«

»Aber es ist ein Befehl des Spiegelherrn!«

»Trotzdem gehört sich das nicht …«

Sie sahen ehrlich irritiert aus. Die Parkfeen sprangen noch immer um sie herum und feuerten eine wirkungslose Dornen-Salve nach der anderen ab.

»Nun hört schon auf damit!«, knurrte ein Gehörnter. »Das nervt.«

Elias versuchte vergeblich, einen klaren Gedanken zu fassen. Die friedliche Welt hinter dem Spiegel. Seine Gefährten. *Einer von uns.* Was hatte das zu bedeuten? Ratlos schüttelte er den Kopf.

Die Ober-Parkfee in der Cola-Rüstung sprang auf ihn zu, die Augen misstrauisch verengt. »Stimmt das?«, fragte sie. »Bist du ein Spiegelpirscher, Menschenjunge?«

»Und ob er einer ist!«, rief einer der beiden Pirscher. »Die Hörner sind unverkennbar – auch wenn er sie gerade nicht trägt.«

Sein Kollege sog schnüffelnd die Luft ein. »Außerdem stimmt der Geruch«, sagte er. »Von welcher Horde bist du, Junge?«

»Ich bin von überhaupt keiner Horde!«, rief Elias entnervt. »Mein Name ist Elias Karpinski, ich bin ein stinknormaler Mensch und habe keine Hörner!«

Die beiden Spiegelpirscher tauschten einen Blick. Einer von ihnen scharrte mit dem Huf auf dem Boden herum, der andere rieb sich das Ziegenbärtchen. Elias hatte zum ersten Mal Gelegenheit, die beiden näher anzuschauen. Sie sahen nicht so unheimlich und monströs aus, wie er in der Aufregung gedacht hätte. Ihre Nasen waren steil und stolz geschwungen, ihre buschigen Augenbrauen zusammengewachsen – doch ansonsten hatten sie eher weiche Züge, mit großen, dunkel glänzenden Augen. Der Pirscher, dessen Horn abgebrochenen war, hatte schwarze Locken, das Haar seines Kollegen schimmerte rötlich.

»Ich frage mich, ob …«, setzte dieser gerade an.

»Ja?«, hakte der zweite nach.

»… ob das ein Sohn des Einsamen Pirschers sein könnte?«

Der andere nickte versonnen. »Mag sein. Oder vielleicht sein Enkel.«

»Oder sein Urenkel. Oder Ururenkel … Bei den Festweltlern geht das ja so schnell«, ergänzte der Rothaarige.

»Bitte *was* soll ich sein?« Elias schaute entgeistert in die Runde. Die Parkfeen schauten neugierig zurück, anscheinend wurden sie gerade gut unterhalten. Die Spiegelpirscher betrachteten ihn nachdenklich. Niemand schien gerade noch Lust zu haben, gegen irgendjemanden zu kämpfen.

Shaka und Torben guckten genauso verwirrt, wie Elias sich fühlte. Nur Niniane lächelte still in sich hinein.

Elias wandte sich an sie. »Weißt du, was sie damit meinen?«

Ihre Mundwinkel hoben sich noch etwas höher. »Mir ist jedenfalls schon länger aufgefallen, dass du etwas von einem Schwellenwesen an dir hast, Elias.«

»Bitte was?«, erwiderte er völlig perplex. »Was soll das heißen? Der Urenkel von irgendeinem Pirscher? Das ist doch Unsinn! Mein Vater ist bestimmt keiner, sondern Versicherungskaufmann. Und meine Großeltern haben auch alle keine Hörner und auch niemand sonst in der Familie.«

Die beiden Spiegelpirscher steckten ihre Peitschen weg. Offensichtlich hatten sie sich entschieden, die Verfolgung vorerst abzubrechen. Feierlich traten sie an Elias heran und legten ihm die Hände auf die Schultern. Gegen seinen Willen wich er einen Schritt zurück.

»Deine Bescheidenheit ehrt dich«, sagte der Pirscher mit dem abgebrochenen Horn, »doch so entfernt die Verwandtschaft auch sein mag – wir erkennen dich als Spiegelpirscher an. Mein Name ist Bruchhorn.«

»Und ich bin Feuerhaar.« Die beiden verbeugten sich. Es kribbelte hinter Elias' Stirn, als ihm ihre schwarzen, gläsernen Hörner dabei ganz nahe kamen.

Torben schnaubte. »Und ich dachte, es geht nicht mehr schräger«, brummte er.

Bruchhorn musterte Elias. »Du siehst erschöpft aus, junger Pirscher. Ich denke, wir haben einiges zu erklären.«

»Da kann ich helfen!«, rief plötzlich eine hohe Singsang-Stimme quer durch den Park. Ein alter Einkaufswagen ratterte über die Kieswege heran, beladen mit bunten Eiern. Die Schnabelnärrin, die ihn vor sich herschob, winkte ihnen zu, ihre kleinen Vogelaugen blitzten lebendig.

»Ich bin schon fast da! Tja, ja, ja …« Sie bog vom Weg ab und schob den Wagen nun direkt auf die Statue zu. Shaka und Torben tauschten einen irritierten Blick. Elias wunderte sich nicht mehr wirklich.

»Hier ist jemand im Begriff, eine Geschichte zu erzählen?«, fragte die Schnabelnärrin erwartungsvoll.

Feuerhaar nickte. »Ja, wir wollten gerade die Herkunft dieses jungen Spiegelpirschers ergründen.« Er schlug Elias wieder auf die Schulter.

»Das ist kein Spiegelpirscher«, erklärte die Schnabelnärrin. »Das ist ein Eliaskarpinski. Tja, ja, ja. Aber ich werde euch trotzdem helfen. Es ist gleich so weit …«

Sie hob ein Ei aus dem Wagen und setzte es vorsichtig auf dem Rasen ab. Ein Muster aus schwarzen Punkten bedeckte es, glänzend wie das Spiegelglas einer Sonnenbrille.

Noch ehe Elias etwas fragen konnte, regte sich das Ei auch schon. Feine Risse zogen sich über seine Oberfläche. Dann zersprang die Schale und gab den Blick auf einen kleinen Gegenstand frei. Es war ein dunkler Kasten mit einer Linse – eine Laterna magica.

»Für die Geschichte von eurem Eliaskarpinski«, sagte die Schnabelnärrin eifrig und machte sich daran, die Lampe des Projektors zu entzünden.

»Das funktioniert doch nicht«, warf Shaka matt ein. »Da braucht man mindestens eine Wand, auf die man die Bilder projizieren kann.«

Die Parkfeen, die Spiegelpirscher und die Schnabelnärrin schauten sie alle gleichermaßen verständnislos an. Selbst Niniane zog die Augenbrauen hoch. Shaka machte eine wegwerfende Handbewegung. »*Magica*, ich verstehe schon«, murmelte sie. »Warum mache ich mir überhaupt noch die Mühe, logisch zu denken …«

Inzwischen hatte die Schnabelnärrin die Laterna magica angeworfen. »Ihr könnt beginnen! Tja, ja, ja«, verkündete sie fröhlich.

Bruchhorn räusperte sich. »Besten Dank. Ihr wisst bestimmt schon, dass die Festwelt und das Zwischen an vielen Schwellenorten aneinanderstoßen und miteinander verwoben sind.«

Bilder erschienen als schwarze Scherenschnitte ringsum in der Luft und gingen in schneller Folge ineinander über: Brücken und Treppen, Waldränder und Seeufer, Friedhofsmauern und Gartenhecken.

»Über all diese Übergänge wacht der Herr der Spiegel als Schwellenhüter«, ergänzte nun Feuerhaar seinen Kollegen. Der drohende Umriss des Spiegelherrn erschien, hochgewachsen und mächtig. Seine Augen waren wie weiße Aussparungen in einem dunklen Schatten. Elias erschauderte, während die Parkfeen erbost murrten.

»Doch der Spiegelherr kann seine glänzenden Augen nicht überall zugleich haben«, fuhr nun wieder Bruchhorn fort. »Darum hat er einen Stamm von unerschrockenen Grenzwächtern an seiner Seite: die Spiegelpirscher.«

Jetzt huschten weitere Umrisse zwischen den Schwellenorten umher. Sie waren flink und gewandt – und trugen stolz geschwungene Hörner auf dem Kopf. Elias sog scharf die Luft ein. Hieß das, dass er eigentlich ein Diener des Spiegelherrn sein sollte …?

»Wir Spiegelwächter streifen an den Grenzen entlang und achten darauf, dass es keine … unschönen Zwischenfälle gibt«, erklärte Feuerhaar. »Das klappt mehr oder weniger gut. Aber jedenfalls wurde lange kein Festweltler mehr von einem Vertilger gefressen oder von einem Ewigen Labyrinth auf Nimmerwiedersehen geschluckt.«

»Meistens sind wir gemeinsam unterwegs, als Horde«, fügte Bruchhorn hinzu. »Es gab jedoch einen von uns, der lieber allein umhergezogen ist. Er wurde darum der *Einsame Pirscher* genannt. Falls er noch mehr Namen hatte, sind sie vergessen.«

Die Bilder zeigten nun eine einzelne, gehörnte Gestalt, die zwischen den Häusern einer Stadt ihren Weg suchte. Plötzlich trat ein weiterer Umriss aus einer Tür hervor. Es war eine Frau in einem Kleid.

»Der Einsame Pirscher stieß schließlich auf eine Festweltlerin«, erzählte Feuerhaar. »Und er blieb bei ihr. Warum auch immer das passiert ist …«

»Das nennt man *Verlieben*!«, warf die Schnabelnärrin ein, und ihre kleinen Vogelaugen blitzten wie schwarze Perlen.

»Nun ja …« Bruchhorn räusperte sich unbehaglich. »Jedenfalls hatten sie Kinder. Und die Kinder hatten wiederum Kinder und immer so weiter …«

Weitere Umrisse tummelten sich zwischen den Häusern. Die ersten hatten noch stolze Hörner, wie der Einsame Pirscher. Dann folgten Gestalten, die nur noch kleine Ziegenhörnchen trugen – und schließlich solche ganz ohne Hörner. Festwelt-Menschenkinder.

»Sie alle bewahren das Erbe des Einsamen Pirschers in sich«, verkündete Feuerhaar stolz. »Ob man es nun sieht oder nicht.« Ein weiteres Bild erschien und verdrängte alle anderen: ein Paar kühn geschwungener Hörner.

»In den gläsernen Hörnern eines Pirschers hallen die Schwingungen des Zwischen wider«, erklärte Bruchhorn. »Sie verleihen einem Spiegelpirscher einen unvergleichlichen Sinn für Schwellenorte und ihre Bewohner. Es gibt kaum etwas, was uns dabei entgeht.«

»Und auch du trägst dieses Erbe in dir, mein junger Pirscher«, sprach Feuerhaar und lächelte Elias an.

Während die Bilder ringsum verebbten, fasste Elias sich unwillkürlich an die Stirn. Das alles ergab auf seltsame Weise Sinn – immerhin stolperte er tatsächlich ständig über irgendwelche Schwellen zum Zwischen …

»Aber«, begann er schließlich vorsichtig. »Habt ihr gerade nicht gesagt, dass Spiegelpirscher dem Herrn der Spiegel dienen?«

»Ja, das tun wir«, erwiderte Feuerhaar stolz. »Wir wachen für ihn über die Grenzen.«

»Und das führt uns zu der Frage«, ergänzte Bruchhorn, »warum *du* dich gegen ihn stellst, junger Pirscher.«

Elias wusste nicht, was er darauf sagen sollte. Also sagte er einfach, was ihm spontan in den Sinn kam.

»Na, deswegen!« Er zeigte auf einen der Bäume ringsum. Über seinen Stamm huschte gerade ein Eichhörnchen. Es wurde mitten in der Bewegung langsamer und langsamer, hob irritiert den Kopf – und erstarrte schließlich zu schwarzem Glas, wie eine niedliche Figur für den Vorgarten.

Die beiden Spiegelpirscher schauten sich betreten an.

»Das ist ein ärgerlicher Nebeneffekt der Schwarzen Spiegel«, sagte Bruchhorn leise. »Den erstarrten Wesen passiert nicht wirklich etwas. Sie werden lediglich … sicher bewahrt.«

Elias schüttelte den Kopf. »Ich hätte keine Lust, so *bewahrt* zu werden«, sagte er.

»Der Spiegelherr braucht die Spiegel, um über das Zwischen zu wachen«, ergänzte Feuerhaar. »Jetzt, da die Schwellenkönigin in der Gegend herumreist und er sich um alles allein kümmern muss.«

»Moment mal!«, hakte Niniane nach. »Was sagt ihr da über die Königin?«

»Na, dass sie auf Reisen ist«, erklärte Feuerhaar. »Sie ist in fernen Welten unterwegs. Und der Herr der Spiegel regelt das Zwischen solange ohne sie.«

»Sie steckt in Schwierigkeiten«, erwiderte Shaka. »Sonst würde sie wohl kaum um Hilfe rufen. Und der Herr der Spiegel scheint daran nicht ganz unschuldig zu sein.«

»Unmöglich«, knurrte Bruchhorn.

»Kann nicht sein«, brummte Feuerhaar. »Der Spiegelherr und die Schwellenkönigin wachen Seite an Seite.«

»So?«, erwiderte Shaka. »Und was ist dann *das hier*?«

Sie hielt den beiden Pirschern ihr Handy vor die Nase, auf dessen Display die Nachricht der Königin geöffnet war. Mit großen Augen schauten die beiden es sich an. Dann schnüffelten sie am Handy.

»Die Nachricht riecht eindeutig nach ihr«, murmelte Bruchhorn. Feuerhaar nickte nachdenklich.

»Weil sie von ihr stammt«, sagte Shaka triumphierend.

»Wir suchen nach der Königin auf der Schwelle«, sprach Niniane ernst. »Sie wird hoffentlich erklären können, was genau passiert ist.«

»Das kann gewiss auch der Herr der Spiegel«, erwiderte Bruchhorn, »wenn ihr uns zu ihm begleitet.«

»Nein, das werden wir bestimmt nicht!«, rief Elias rasch. Würden die Pirscher sie nun wieder jagen? Doch Bruchhorn und Feuerhaar machten keine Anstalten dazu.

»Was will der Herr der Spiegel überhaupt von mir?«, fragte Elias Unheil ahnend. Bestimmt war die Antwort »dich einkerkern« oder »dich in Glas verwandeln« oder etwas noch Schlimmeres!

»Mit dir reden natürlich«, erwiderte Feuerhaar.

»Reden?«, fragte Elias und kam sich einfältig vor.

»Er sagt, er hat dich vor dem Zwischen gewarnt«, erklärte Bruchhorn. »Und du hast nicht auf ihn gehört und machst damit weiter, hier alles Mögliche durcheinanderzubringen. Also will er mit dir reden.«

»Sehr streng und sehr nachdrücklich reden«, ergänzte Feuerhaar.

»Wer's glaubt«, brummte Shaka. »Über die Königin auf der Schwelle hat er euch schließlich auch nicht die Wahrheit gesagt. Sie macht keine Vergnügungsreise! Sie ist vor dem Spiegelherrn geflohen, weil er die Macht in eurem Zwischen-Laden übernehmen will.«

Die beiden Pirscher schüttelten ungläubig die Köpfe.

»Würdet ihr dem Wort der Königin glauben?«, fragte Niniane leise.

»Gewiss!«, riefen Bruchhorn und Feuerhaar fast gleichzeitig.

»Der Spiegelherr wacht an ihrer Seite«, ergänzte Bruchhorn.

»Es wäre töricht, nichts auf ihr Wort zu geben.«

»Okay ...« Elias versuchte beim Sprechen einen Plan zu entwickeln. »Folgender Vorschlag: Wir suchen weiter nach der Königin auf der Schwelle, und ihr lasst uns dabei in Ruhe. Sobald wir sie gefunden haben, nehmen wir Kontakt zu euch auf, und ihr erfahrt ihre Sicht der Dinge. Und wenn ihr dann immer noch glaubt, dass mit diesen Schwarzen Spiegeln alles in Ordnung ist und ihr uns zum Herrn der Spiegel bringen solltet, dann tut ihr das meinetwegen.«

Die beiden Pirscher beratschlagten sich leise untereinander.

»Wir können unsere Mission nicht aufgeben«, erklärte Bruchhorn dann.

»Pirscher-Ehre«, ergänzte Feuerhaar.

»Aber wir bieten euch einen Handel an«, fuhr Bruchhorn fort. »Ihr habt einen Tag Zeit, die Königin zu finden und uns zu überzeugen, dass eure Geschichte stimmt. So lange lassen wir euch in Frieden. Anderenfalls nehmen wir die Jagd wieder auf.«

»Danke«, sagte Elias ehrlich. »Wir werden euch nicht enttäuschen.«

Bruchhorn legte ihm die Hand auf den Arm. »Wir vertrauen auf dich, Pirscher«, sagte er. »Die Kraft deiner Hörner wird dir bei der Suche helfen.«

»Klar, meine Hörner ...« Elias fasste sich zum wiederholten Male an die Stirn. »Es war natürlich schon immer mein großes Ziel, der geheimnisvolle gehörnte Rächer zu werden.« Das war doch alles einfach nur absurd! Und so langsam hatte er genug davon, wie er immer mehr die Kontrolle verlor.

»Ich will aber überhaupt keine Hörner haben!«, brach es aus ihm heraus. »Mein Leben ist sowieso schon verdammt kompliziert. Im Moment ist es schwierig genug, ich selbst zu sein! Da kann ich mich nicht auch noch darum kümmern, ein seltsamer Typ mit Hörnern zu werden!« Elias wusste, dass es nicht klug war, das zu sagen – gerade jetzt, wo sie die Spiegelpirscher mit Mühe und Not überzeugt hatten. Aber es musste einfach heraus!

Alle schauten ihn groß an. Bruchhorn und Feuerhaar wirkten ein wenig betroffen.

Niniane berührte seinen Arm. »Das ist verständlich«, sagte sie leise. »Du hast bereits mehr getan, als du musstest, Elias. Ich könnte es gut verstehen, wenn die ganze Sache zu viel für dich wird.«

»Nein«, seufzte Elias. »So meinte ich das doch gar nicht ... Wir *müssen* etwas gegen dieses schwarze Glas unternehmen! Aber ... Hörner?« Er zuckte hilflos mit den Schultern.

Bruchhorn und Feuerhaar sahen sich an. »Er muss es selbst wollen«, sagte Bruchhorn. »Sonst funktioniert es nicht.«

»Das habe ich doch gesagt!«, trällerte die Schnabelnärrin, die das Geschehen interessiert beobachtet hatte. »Er ist eben kein Pirscher, sondern ein Eliaskarpinski. Tja, ja, ja ...« Nachdenklich rieb sie sich den Schnabel. »Obwohl es ja auch Eliaskarpinskis mit Hörnern geben könnte, oder nicht? Hmm, wer weiß, wer weiß, ich jedenfalls nicht, zumindest nicht heute, vielleicht morgen, oder auch nicht ...«

Beim Reden griff sie wieder nach ihrem Einkaufswagen. Sie winkte einmal in die Runde, ehe sie mit dem verbogenen Ding davonzuckelte. Alle schauten ihr nach, bis sie zwischen den Bäumen des Verbotenen Parks verschwunden war.

Auch Bruchhorn und Feuerhaar verabschiedeten sich.

»Denkt daran – ihr habt einen Tag!«, rief Bruchhorn mahnend. Dann tauchten sie in einen der Glasbäume ein.

»Na endlich«, brummte Torben.

Elias atmete einmal durch. Schließlich straffte er sich. »Lasst uns gucken, was der Graffiti-Puck hier verzapft hat«, sagte er müde.

Sie warfen einen näheren Blick auf die besprayte Statue. Die bunten Muster auf dem Umhang der Marmorfigur waren mehr als nur Muster. Drei Zeichen waren in sie eingewoben, so geschickt, dass sie in den Falten des Steingewandes kaum auffielen:

».iz«

»Das soll alles sein?«, regte sich Shaka auf, nachdem sie ein Foto von dem Schriftzug gemacht hatte. »Die komische Länderkennung, die es gar nicht gibt? Und die wir schon von der Mail kennen? Wenn diese Königin will, dass man ihr hilft, sollte sie vielleicht etwas sinnvollere Hinweise geben!«

»Jedenfalls scheinen sich die beiden Kunstwerke irgendwie zu ergänzen«, murmelte Elias, der auf seinem Handy gerade zwischen den beiden Bildern hin und her wechselte. Es tat gut, sich mit etwas Konkretem abzulenken! »*www* und *.iz*, das passt doch gut zusammen. Aber weiter hilft es uns irgendwie nicht ...«

»Da fehlt halt eine winzige Kleinigkeit«, schnaubte Shaka. »Zwischen *www* und der Endung steht normalerweise eine Webadresse – das, worauf es ankommt!«

»Von einem dritten Hinweis oder so hat dieser Typ aber nichts gesagt«, erwiderte Torben.

»Nee, hat er nicht«, seufzte Elias. »Das müssen wir wohl selber rauskriegen.«

Hörner

»www-.iz«

Mit gerunzelter Stirn starrte Elias auf den Bildschirm vor ihm. Er hatte die Handybilder von den beiden Werken des Graffiti-Puck auf seinen Laptop geladen und sie nebeneinander geöffnet, sodass er sie direkt vergleichen konnte. Sinn ergab das Ganze leider trotzdem nicht.

»Na, komm schon«, murmelte er, als ob er die Buchstaben irgendwie dazu überreden könnte, ihr Geheimnis zu offenbaren. Wenn sein Rechner nicht vernünftig hochfahren wollte, redete er auch so mit ihm. In der Regel mit demselben Erfolg.

Frustriert trommelte Elias auf dem Laptop-Gehäuse herum. Er lag bäuchlings auf seinem Bett ausgestreckt, das Gerät vor sich auf dem Kopfkissen, und wippte unruhig mit den Beinen. Die tieforangenen Vorhänge, die schon am Fenster gehangen hatten, als er noch ein kleines Kind gewesen war, hatte er zugezogen, um das Abenddunkel auszusperren. Für gewöhnlich mochte er die Wärme, die ihre Farbe ausstrahlte –

sie machte den Raum zu einer kleinen Welt für sich, in die man sich immer zurückziehen konnte, wenn man es brauchte.

Heute jedoch kam ihm das gemütliche Orange verlogen vor. Es konnte nicht übertünchen, dass irgendwo dort draußen der Herr der Spiegel seine Pläne spann und das Zwischen zu schwarzem Glas erstarren ließ. Und es konnte nicht verhindern, dass Mama und Papa im Wohnzimmer wieder einmal lautstark herumstritten. Und dann sollte er auch noch ein Typ mit Hörnern sein! Elias schüttelte unwillig den Kopf und konzentrierte sich ganz auf den Bildschirm vor sich.

Er war sich sicher, dass in einem Reihenhäuschen in einem anderen Stadtviertel Shaka gerade genau das Gleiche tat. Zum Glück war sie verdammt gut darin, über Rätseln zu brüten! Vielleicht hatte es gar keinen Sinn, dass Elias es auch versuchte – wenn jemand etwas herausfand, dann Shaka. Doch es wäre ihm billig vorgekommen, sich darauf zu verlassen. Und die Sache ließ ihm ohnehin keine Ruhe …

Etwas kribbelte hinter seiner Stirn – inzwischen ein fast schon vertrautes Gefühl. Elias spürte, dass ein Schwellenwesen in der Nähe war. Draußen, im Baum an seinem Fenster.

»Verschwinde!«, rief Elias ungnädig, ohne auch nur den Kopf zu wenden. »Ich mache heute nichts Spannendes mehr. Es gibt keine Gerüchte. Feierabend.«

Er glaubte, tatsächlich das Flattern von Lederschwingen zu hören, die sich rasch entfernten. Trotzdem versuchte er zur Sicherheit, dem Lästerspeier hinterherzuspüren, und schaute jetzt doch zum Fenster rüber. Nichts. Der Geflügelte schien tatsächlich abgehauen zu sein. Umso besser. Elias wandte sich wieder seinem Laptop zu – und blinzelte irritiert.

Waren da nicht gerade zusätzliche Zeichen erschienen – neben den Buchstaben auf den Bildern des Pucks?

Sie waren so schnell verschwunden, dass man es fast für eine Einbildung halten konnte. Aber Elias war sich ganz sicher, für den Bruchteil einer Sekunde etwas gesehen zu haben! Bläulich leuchtende Zeichen, dasselbe Neonblau, in dem auch das Tor-Symbol oben am Vier-Winde-Haus geleuchtet hatte.

Ob er etwas am Farbkontrast der Grafiken ändern musste, um die Zeichen sichtbar zu machen? Doch das konnte es nicht sein. Eben hatte er schließlich auch nichts Vergleichbares getan. Es gab nur eine Sache, die er anders gemacht hatte als zuvor …

Elias konzentrierte sich auf das leichte Kribbeln hinter seiner Stirn, das er eben schon gefühlt hatte, als er den Lästerspeier bemerkt hatte. Sofort schien etwas Bläuliches auf dem Bildschirm aufzublitzen – und verschwand wieder, als er sich gerade darüber freuen wollte.

»Aber es klappt«, sagte er zu sich selbst. Die leuchtenden Zeichen waren offensichtlich nur zu sehen, wenn er seinen besonderen Sinn für das Zwischen bemühte. Als wären sie nicht für die Augen von Menschen gedacht. Vermutlich noch nicht einmal für die Augen von Schwellenwesen wie Niniane, der offenbar nichts daran aufgefallen war – sondern für extrafeine Sinne, wie sie etwa ein Spiegelpirscher besaß …

Er probierte es noch einmal, versuchte mit aller Kraft, zu erkennen, was eigentlich gar nicht da war. Wieder leuchtete es bläulich auf dem Bildschirm – und das Kribbeln hinter seiner Stirn wurde zu einem machtvollen Pochen, das von innen gegen seine Haut drückte.

Erschrocken hörte Elias auf, und das Pochen verschwand sofort.

Er fasste sich an die Schläfen. Elias hatte das Gefühl, dass die Leuchtbuchstaben jede Sekunde aufgetaucht wären – aber eben auch diese Hörner, die hinter seiner Stirn zu lauern schienen …

Er starrte eindringlich auf den Bildschirm. Von irgendwelchen neonblauen Zeichen war keine Spur mehr zu sehen. »Na großartig«, knurrte er in sich hinein. Er hätte es fast geschafft, den Rest der Schrift zu lesen. Und er war sich ziemlich sicher, dass er es schaffen konnte. Aber dafür musste er dieses Kribbeln und Pochen stärker zulassen als jemals zuvor. Musste zulassen, dass die Hörner kamen.

»Vergiss es!«, sagte er zu niemandem bestimmten und boxte missmutig in sein Kissen.

Er war kein wildes Tier und kein gehörntes Monstrum! Man konnte nicht ernsthaft von ihm verlangen, dass er zu einem seltsamen Schwellenwesen mutierte. Immerhin hatte er in den letzten Tagen schon quasi seine ganze Energie in die Aufgabe gesteckt, diesen verdammten Spiegelherrn aufzuhalten. Und dieses Rätsel würden sie auch irgendwie anders knacken, vielleicht hatte Shaka die Lösung längst raus …

Elias schüttelte den Kopf. Nein. Shaka würde die Sache nicht herauskriegen und auch niemand sonst. *Er* war es, der über dieses merkwürdige Gespür verfügte, ob er es nun wollte oder nicht. Er war es, der die verborgenen Zeichen lesen konnte. Fast war es so, als stünden sie nur für ihn dort …

Bruchhorn und Feuerhaar kamen ihm in den Sinn, die beiden Spiegelpirscher mit ihren mächtigen Hörnern. Sie wirkten eigentlich ganz in Ordnung – wenn man einmal davon absah, dass sie für den Herrn der Spiegel arbeiteten. Aber war Elias einer von ihnen?

Die dumpfen Stimmen seiner Eltern aus dem Wohnzimmer wurden plötzlich lauter. Dann polterten Schritte über den Flur und die Wohnungstür fiel schwer und endgültig ins Schloss. Elias seufzte. Sein Vater hatte sich mal wieder verzogen, wie er es immer tat, wenn ihm ein Streit zu viel wurde. Seine orangefarbenen Vorhänge kamen ihm wie miese Verräter vor. Sie konnten ihn vor gar nichts schützen! Welchen Unterschied machte es eigentlich, ob er Hörner hatte oder nicht? Seine Eltern würden es vermutlich nicht mal bemerken …

Grimmig entschlossen setzte er sich im Schneidersitz vor seinen Laptop und konzentrierte sich. Das Kribbeln hinter seiner Stirn rief er mühelos hervor. Und diesmal hielt er es nicht zurück. Elias ließ sich auf sein seltsames Gespür für das Zwischen ein. Das Pochen an seinen Schläfen wurde machtvoller als jemals zuvor.

Dann war es plötzlich vorbei, und Elias fühlte eine seltsame Leichtigkeit, als würde er schweben. Vor ihm leuchteten mattblaue Buchstaben klar und deutlich auf dem Bildschirm. Sie ergänzten das »www« am Kragen der Spiegelherr-Karikatur und das ».iz« auf dem Gewand der Brunnenstatue. Zusammen ergab das alles einen durchgehenden Schriftzug:

»www.threshold.iz/kommt-endlich-zu-mir«

Doch Elias hatte kaum Augen dafür. Mit wild klopfendem Herzen tastete er nach seinem Kopf. Seine Finger stießen auf etwas Hartes, Glattes, das eben noch nicht da gewesen war. Er sprang auf und stolperte zu seinem Kleiderschrank. Hastig riss er die Tür auf und starrte auf den Spiegel, der an der Innenseite angebracht war.

Ein fremder Elias starrte zurück. Ein Elias, aus dessen Stirn ein Paar mächtiger, geschwungener Widderhörner wuchs. Sie schimmerten matt, als bestünden sie aus schwarzem Glas. Fassungslos strich er über die Hörner, die jetzt offenbar Teil seines Körpers waren. Das war absurd!

Die Hörner schienen überhaupt kein Gewicht zu haben, sein Kopf fühlte sich nicht besonders schwer an. Schmerzen hatte er ebenfalls keine. Er hatte sich vorgestellt, dass die Hörner seine Haut brutal von innen durchstoßen würden. Nichts dergleichen war geschehen. Es war eher so, als wären die Hörner schon immer da gewesen. Wie selbstverständlich …

»Elias?«

Die Stimme seiner Mutter auf dem Flur ließ ihn zusammenschrecken. Mit einem dumpfen Geräusch stießen seine Hörner gegen den Schrank.

Schritte näherten sich. Mama kam rüber zu seinem Zimmer. Und gleich würde sie die Tür öffnen! Panisch schaute Elias sich um. In seinem Trotz war es ihm eben noch ganz richtig vorgekommen, dass jeder seine Hörner sehen sollte. Aber das war natürlich Blödsinn. Seine Mutter durfte ihn *auf keinen Fall* so sehen!

Er schnappte sich eine Decke, die über seinem Schreibtisch-Stuhl hing, und wickelte sie sich wie einen unförmigen Turban um den Kopf. Ein rascher Blick in den Spiegel verriet ihm, dass die Hörner notdürftig darunter versteckt waren. Jedenfalls, wenn man nicht allzu genau hinschaute und die merkwürdigen Beulen übersah …

Dann schwang auch schon die Tür auf. »Elias, denkst du daran, dass morgen …«, begann Mama. Und brach ab, als sie seine seltsame Kopfbedeckung sah.

»Öhm, ich habe geduscht«, schwindelte Elias spontan.

»Und dich mit einer Decke abgetrocknet?«, fragte seine Mutter ungläubig.

»Es war gerade nichts anderes da …«

Sie musterte ihn mit einem seltsamen Blick. »Ich wollte dich jedenfalls nur daran erinnern, dass ich morgen schon früh diesen Termin in der Stadt habe. Und ich habe keine Ahnung, wann und ob dein Vater heute nach Hause kommt …«

»Kein Problem«, erwiderte Elias mit einem angestrengten Lächeln. »Ich komme zurecht.«

Er nickte etwas zu nachdrücklich. Sein Deckenturban rutschte ihm vom Kopf. Verflixt! Erschrocken griff er danach, doch es war zu spät.

Seine Mutter aber schaute ihn an, als ob überhaupt nichts wäre. »Dann ist es ja gut. Hab' dich lieb.« Und sie zog die Tür wieder hinter sich zu.

Verwirrt lief Elias zurück zum Spiegel. Er konnte die Hörner deutlich sehen, sie sogar anfassen. Und seine Mutter hatte sie trotzdem nicht wahrgenommen … Vermutlich waren sie zugleich da und nicht da, wie diese ganzen merkwürdigen Zwischendinge. Prompt lösten die Hörner sich in Nichts auf, als wollten sie den Gedanken bestätigen. Elias betastete nun seine glatte Stirn, die sich anfühlte wie immer.

»Dann bleiben sie also nicht dauerhaft dran …«, murmelte er erleichtert. Vermutlich entsprach es nicht der Natur eines Schwellenwesens, immer gleich zu sein.

Falls er wirklich eine Art Schwellenwesen war. Oder ein Halb-Schwellenwesen, wenn es so etwas gab. Waren die dann noch mehr *dazwischen* als die normalen Bewohner des Zwischen?

Nachdenklich wandte Elias sich wieder dem Rechner zu. Er atmete tief durch. Sofort erschienen die Leuchtbuchstaben auf dem Bildschirm. Er fasste sich an die Stirn. Auch die Hörner waren wieder da. Das war ja gar nicht so schwierig!

Mit einem stolzen Lächeln öffnete er einen Browser und gab die Webadresse ein, die er der geheimen Botschaft entnommen hatte. Dann beobachtete er gespannt den Bildschirm, während sein Rechner dabei war, die Webseite zu laden. Und zu laden. Und immer noch zu laden. Das dauerte ja ziemlich lange …

Ein Fenster mit einer Zeitangabe ploppte auf: »Restladezeit: 327 Jahre, 5 Monate, 1 Woche und 3 Stunden.«

»Wie bitte?«, stöhnte Elias. Er wusste ja, dass sein Laptop nicht mehr das neueste Modell war. Aber sooo eine lahme Ente war er nun auch wieder nicht! Was war das bitte schön für eine monströs große Datei?

Entnervt klickte er den Browser weg. Dann eben nicht. Morgen konnten sie es an Shakas Rechner versuchen. Der war um Lichtjahre leistungsfähiger.

Er überlegte, einen Screenshot von der verborgenen Botschaft zu machen, um sie den anderen zu präsentieren. Dann fiel ihm ein, dass das Vier-Winde-Haus ja nie auf seinen Handyfotos zu sehen gewesen war. Und er zog seufzend einen Block aus einer Schreibtischschublade, um die Botschaft mit einem Kuli abzuschreiben.

»Du hast die Webadresse also *erspürt*?«, fragte Shaka ungläubig und flocht ziemlich energisch ihren Zopf neu. Irgendwie schien es sie zu wurmen, dass Elias ihr in einer Computersache etwas voraushatte.

Sie hockten zu zweit in Shakas Zimmer. Es war ein grauer, herbstlicher Samstagvormittag, und das Sonnenlicht fiel nur matt durch die Fensterscheibe auf das Chaos aus Computerbauteilen, das Shakas Reich so ziemlich komplett einnahm. Der große Bildschirm auf ihrem Schreibtisch zeigte die beiden Graffiti-Werke des Pucks, und Elias hatte den Block mit der verborgenen Botschaft davorgelegt.

»Ja, die Buchstaben sind erschienen, sobald ich mich darauf eingelassen habe«, beantwortete er Shakas Frage. »Ich wollte die Adresse auch gleich ausprobieren – aber irgendwie war mein Rechner überfordert damit.«

Shaka schnaubte wegwerfend. »Das Teil ist vermutlich sogar mit dem kleinen Einmaleins überfordert. Das haben wir gleich … Ich hoffe nur, ich fange mir keinen fiesen Zwischen-Virus ein.«

Sie wandte sich ihrem Bildschirm zu.

»Wollen wir nicht warten, bis die anderen da sind?«, wandte Elias ein. »Das kann ja nicht mehr lange dauern.«

»Klar«, brummte Shaka. Für einen Moment schwieg sie nachdenklich. »Musste es sein, Torben hierher einzuladen?«, fragte sie dann. »Irgendwie kommt es mir total komisch vor, dass Westermann gleich in mein Zimmer gelatscht kommt.«

Elias schaute etwas verlegen auf seine Hände. »Ich weiß nicht … Er scheint wirklich helfen zu wollen. Und irgendwie tut er mir leid.«

Empört zog Shaka beide Augenbrauen hoch. »Leid? So, wie der sich immer benimmt?«

Elias hatte nur zu gut im Ohr, was Torben an der Sporthalle erzählt hatte. Dass alles besser war als sein Zuhause …

Die Türklingel befreite ihn von der Peinlichkeit, die Sache erklären zu müssen. Niniane und Torben hatten sich schon auf der Straße getroffen und kamen gemeinsam herein. Noch während sie sich in Shakas Zimmer umschauten, weihte Elias sie in seine neueste Entdeckung ein.

»Und wie soll uns das weiterhelfen?«, fragte Torben und rieb sich ratlos die Nase, während er sich über Elias' Notiz beugte.

»Ich weiß es nicht«, erwiderte Elias. »Aber ich bin mir ziemlich sicher, dass wir nun alle Teile des Rätsels beisammenhaben.«

Er erzählte den anderen, wie er die verborgenen Buchstaben »erspüren« konnte. Dass diese feinen Sinne zusammen mit zwei weitaus weniger feinen Hörnern geliefert wurden, erwähnte er lieber nicht. Das war auch ohne spitze Kommentare von Shaka seltsam genug ... Niniane schaute ihn vielsagend an, kommentierte die Sache aber nicht.

»www.threshold.iz/kommt-endlich-zu-mir. Okaaay«, sagte Shaka gedehnt. »Der Weg zur Königin ist also eine merkwürdige Webadresse. Und auf der Website finden wir dann vermutlich das nächste abstruse Rätsel.«

»Es gehört jedenfalls zu der Seite mit der .iz-Kennung, die du gefunden hast«, überlegte Elias.

»Und das Wort *merkwürdig* fällt oft, wenn eine Festweltlerin vom Zwischen spricht«, ergänzte Niniane lächelnd. »Auch das klingt vielversprechend.«

»Nun probier' es doch endlich aus!«, drängelte Torben.

»Na schön«, brummte Shaka. »Wollen wir mal sehen ...«

Alle schwiegen gespannt, während Shaka die Adresse in den Browser eintippte. Die Tastatur klackerte leise. Schließlich beendete sie die Eingabe, indem sie entschlossen die Enter-Taste drückte. Elias hielt den Atem an – und es tat sich gar nichts. Im Browserfenster drehte sich ein blauer Kreis auf der Stelle, während die Seite langsam geladen wurde.

»Mann, was ist das für eine lahme Kiste?«, beschwerte sich Torben. Shaka schenkte ihm einen giftigen Blick.

»Die Kiste hat mehr Rechenpower, als dein Schrumpfhirn jemals haben wird«, zischte sie. »Aber diese Seite scheint ziemlich aufwendig zu sein – oder zumindest *eigenartig* …«

Dann war der Ladevorgang plötzlich abgeschlossen, und der Bildschirm färbte sich weiß.

»Spannend«, knurrte Torben.

»He, was soll das?« Shaka ruckelte ungeduldig an der Maus herum, doch nicht einmal der Cursor war mehr zu sehen.

»Scheint sich aufgehängt zu haben«, meinte Elias, obwohl er sich nicht wirklich auskannte. »Schade. Es hätte ja …«

Weiter kam er nicht. Plötzlich wurde der weiße Bildschirm *noch* weißer – er leuchtete so grell auf, dass Elias die Augen zusammenkneifen musste. Wie der Strahl eines Suchscheinwerfers flutete der Bildschirm das kleine Zimmer mit seinem beißenden Licht. Alle Konturen zeichneten sich so messerscharf ab, dass es in den Augen wehtat. Das Licht breitete sich aus, es fraß Shakas Schreibtisch und ihr Bett, die Zimmertür und die Wände, schien schließlich die ganze Welt zu verschlingen.

»Was soll das?«, brüllte Torben. Er bekam keine Antwort.

Als Elias wieder etwas erkennen konnte, war Shakas Zimmer verschwunden, ebenso wie alles andere. Nur er selbst war noch da, zusammen mit Shaka, Torben und Niniane. Sie wurde wieder von ihren prachtvollen Schleierflossen umspielt. Diesmal schimmerten sie in verschiedenen Weißtönen – von Cremefarben über Elfenbein bis Marmor.

Die vier Jugendlichen standen mitten in einem weißen, blendenden Nichts, das sich endlos in alle Richtungen zu erstrecken schien. Elias spürte noch nicht einmal einen Fußboden unter seinen Füßen. Es war, als hätte man sie ausgeschnitten und auf ein Blatt Papier geklebt.

»Wo sind wir?«, fragte Shaka. Es sollte bestimmt forsch und entschlossen klingen, doch Elias hörte die Unsicherheit in ihrer Stimme. Niniane wandte sich ihm zu.

»Du spürst es auch, oder?«, fragte sie leise. Elias nickte.

»Wir sind tief im Zwischen«, sagte er. Und seine Hörner waren wieder da. Das konnte er spüren, ohne hinzufassen.

»Ja«, bestätigte Niniane. »Auch wenn ich keine Ahnung habe, was für ein Schwellenort das hier sein soll …«

»Das liegt daran, dass dies das Neue Zwischen ist«, sprach eine Stimme, die keinem der vier gehörte. Sie klang glatt und metallisch.

Elias konnte nun zwei Umrisse erkennen, die sich ihnen aus dem endlosen Weiß heraus näherten. Es waren dunkle, wabernde Flecken, die sich vor dem grellen Hintergrund abzeichneten. Sie veränderten beständig ihre Form, doch Elias konnte die Andeutungen von Armen und Beinen an ihnen erahnen.

»Wer seid ihr?«, rief er den seltsamen Geschöpfen entgegen, weil ihm nichts Besseres einfiel.

»Wir sind Fairybots«, kam die metallisch-glatte Antwort.

Inzwischen waren sie so nah herangekommen, dass Elias immer mehr Details erkennen konnte. Die Wesen schienen aus zahllosen, dunkelgrün schimmernden Zahlen zusammengesetzt zu sein. Es waren ausschließlich zwei Ziffern: 1 und 0.

»Ein Binärcode«, sagte Shaka fasziniert. »Ihr besteht aus Computersprache!«

»Und aus der Magie des Zwischen«, murmelte Niniane.

Die beiden Fairybots schwebten nun vor ihnen im Nichts. Ihre Zahlenkörper erinnerten an grob umrissene Menschengestalten ohne Kopf. Ansonsten hatten sie keine erkennbaren Merkmale, nicht einmal Augen, und wenn sie sprachen, öffnete sich kein Mund.

»Und wer seid ihr, unbekannte Besucher?«, fragte einer der Fairybots.

»Ist eine Audienz erwünscht?«, fragte der andere.

»Öhm, ich bin Elias Karpinski«, antwortete Elias, »und dies sind Shakuntala Thapar, Torben Westermann und Niniane, öhm …«

»Einfach nur Niniane.«

»Was für eine Audienz?«, platzte Torben heraus, der seine Neugier nicht länger bezwingen konnte.

»Eine Audienz bei unserer Herrin«, kam die gleichmütige Antwort, »der Königin auf der Schwelle.«

Das Neue Zwischen

Elias und seine Freunde tauschten einen bedeutungsvollen Blick.

»Ist … die Königin denn hier?«, fragte Elias vorsichtig und schaute sich um. Im Weiß war nichts zu erkennen.

Die beiden Fairybots schwebten unbewegt auf der Stelle. Die grünlichen Einsen und Nullen hingegen, die ihre Körper formten, wirbelten in komplexen Mustern durcheinander.

»Sie ist an keinem Ort und überall«, erwiderte einer von ihnen. »So wie das Neue Zwischen, das ihr Festweltler geschaffen habt.«

»Ihr meint das Internet?«, hakte Shaka fasziniert nach.

»So nennt ihr es wohl«, sagte der zweite Fairybot.

Ninianes Schleierflossen pulsierten aufgeregt. »Die Königin auf der Schwelle ist im Internet?«

»Ist das nicht jeder?«, brummte Torben.

Elias gab sich Mühe, diese neue Info einzuordnen. Irgendwie passte das zu der Art und Weise, wie die Königin zu ihnen Kontakt aufgenommen hatte … »Ja, wir wünschen eine Audienz mit eurer Herrin«, sagte er schließlich.

Die beiden Fairybots streckten die Arme aus, als wollten sie sich bei den Händen fassen. Stattdessen verschmolzen die Arme und wurden zu einer Art Datenkanal. Ein Strom aus Einsen und Nullen raste zwischen den beiden hin und her. Fasziniert begriff Elias, dass sie sich wortlos miteinander verständigten.

Schließlich lösten sie die Berührung wieder. »Es besteht eine Grundwahrscheinlichkeit«, sprach der erste Fairybot, »dass ihr Spione des Spiegelherrn seid.«

»Sind wir nicht!«, rief Elias rasch. »Wir sind hier, weil die Königin um Hilfe gebeten hat.«

Wieder berührten sich die beiden Zahlenwesen und tauschten binäre Impulse aus. »Es besteht eine Grundwahrscheinlichkeit«, sprach dann der zweite Fairybot, »dass ihr die Wahrheit sprecht.«

»Toll«, brummte Torben. »Und was machen wir dann?«

»Wir treffen eine Bauchentscheidung«, erklärte der erste Fairybot.

»Ähm, sorry – aber ihr seid Computerprogramme«, sagte Shaka skeptisch. »Das könnt ihr doch gar nicht.«

»Wir sind keine Programme«, erwiderte der zweite Fairybot. »Wir sind Schwellenwesen, die aus Programmcode bestehen. Erwartet nun die Bauchentscheidung!«

Die beiden Zahlengestalten verbanden sich wieder miteinander. Dann verformten sich ihre Umrisse, und sie bildeten kugelrunde Bäuche aus.

»Die Entscheidung ist getroffen!«, verkündeten sie gleichzeitig. »Wir bringen euch zur Königin auf der Schwelle. Sie wird wissen, was mit euch zu tun ist.«

Die Fairybots trennten sich und nahmen die Neuankömmlinge in die Mitte.

»Sehr gut«, sagte Elias erleichtert. »Wir sind froh, dass … Whoooah!«

Plötzlich ging es rasend schnell voran! Elias breitete erschrocken die Arme aus, um irgendwie das Gleichgewicht zu halten. Er fühlte keinen Fahrtwind, bemerkte keine Veränderungen im ewigen Weiß der Umgebung. Und doch spürte er an einem schwindeligen Gefühl und einem Kitzeln im Bauch deutlich, dass sie mit großer Geschwindigkeit vorwärts rasten.

Schließlich kamen sie abrupt wieder zum Stehen, was Elias nur daran merkte, dass der Ruck ihn fast umwarf. Das allumfassende Weiß hatte sich nicht verändert. Für einen Moment dachte er, dass sie gar nicht vorangekommen waren. Dann bemerkte er *sie*.

Ein Umriss zeichnete sich vor ihm ab. Es war eine hochgewachsene Frauengestalt, und sie leuchtete so hell, dass sie das Weiß ringsum überstrahlte. Die Gestalt schwebte mitten in der Luft, gehüllt in weite Gewänder, die ihren Körper in langen Schleppen umspielten. Ihr Gesicht war nicht zu erkennen, verborgen in silberner Helligkeit wie hinter einer Maske. Elias glaubte jedoch zu erahnen, dass sie feine, marmorweiße Züge hatte – oder stellte er sich das nur so vor? Ihr Haar war scheinbar endlos lang und weit aufgefächert, sodass die einzelnen Strähnen ihren Kopf wie Strahlen umgaben. Sie wurden immer dünner und schließlich zu feinen Fäden, die in alle Richtungen von der Gestalt fortführten und sich in der Unendlichkeit des Weiß verloren. Es sah so aus, als schwebte sie im

Mittelpunkt eines Spinnennetzes, das aus ihren eigenen Haaren gebildet wurde. Immer wieder huschten silbrige Lichtimpulse auf den Strähnen entlang, mal von ihr fort und mal zu ihr hin, ein beständiges Kommen und Gehen mit einem unverrückbaren und doch filigranen Zentrum.

Kribbeln war kein Ausdruck für das elektrisierende Gefühl, das Elias' Hörner durchströmte. Spontan senkte er seinen Kopf zu einer tiefen Verbeugung. Niniane vollführte einen komplizierten Knicks.

Die weiße Gestalt aber hob einfach grüßend eine Hand. »Ich hatte mich schon gefragt, wann ihr hier auftauchen würdet«, sagte sie.

Elias schaute überrascht auf. Er wusste nicht genau, was er erwartet hatte. Vielleicht einen kristallklaren Singsang, oder eine Stimme in seinem Kopf. Doch die weiße Gestalt hörte sich ziemlich menschlich an, durchaus nett, wenn auch ein wenig spöttisch. Aber jedenfalls nicht sehr königlich …

Die Gestalt lachte. »Mach' nicht *mich* dafür verantwortlich«, rief sie. »Ich bin das Herz des ewig wandelbaren Zwischen und habe gar keine Stimme, die irgendwie klingen könnte. Du hörst das, wofür du empfänglich bist.«

»Okaaay«, murmelte Elias, der nicht wirklich verstand.

»Oh silberflammende Hüterin der Schwelle«, sprach Niniane. »Wünscht Ihr, dass wir Euch mit dem Tanz der dreizehn Ungereimtheiten ehren und Euch sieben schöne Träume als Geschenk überreichen, wie es sich nach altem, ewig neuem Zwischenbrauch geziemt?«

»Aber nein, nicht doch«, sprach die Königin auf der Schwelle sanft. »Für solche Formalitäten ist keine Zeit. Es gibt viel zu tun, und Ihr habt gewiss genug offene Fragen.«

»Ja, allerdings«, knurrte Shaka. »Haben Sie uns wirklich diese App geschickt? Und die E-Mail stammt auch von Ihnen? Haben Sie den Graffiti-Puck diese Hinweise verstecken lassen? Und warum …?«

Die Königin auf der Schwelle hob abwehrend beide Hände. »So eilig haben wir es auch wieder nicht«, sagte sie amüsiert. »Bitte nur eine Frage auf einmal. Ich habe die Erfahrung gemacht, dass es euren Festwelt-Köpfen nicht guttut, wenn man zu viel Input auf einmal hineinstopft.«

»Ich kann einigen Input vertragen«, murmelte Shaka ein wenig beleidigt.

»Gewiss«, erwiderte die Königin. »Zu eurer ersten Frage: Ja, ich habe die In-Between-App verschickt, ebenso wie die E-Mail. Allerdings nicht an euch. An niemand bestimmten. Doch euch haben sie erreicht. Offenbar, weil ihr geeignet dafür wart.«

Torben kratzte sich am Kopf. »Das macht ja mal gar keinen Sinn«, sagte er. »Eine Mail kommt bei der Adresse an, die man halt eingibt.«

»Ich tue es nicht gern«, ergänzte Shaka, »aber ich muss Westermann zustimmen.«

»Ich nutze dieses nette Neue Zwischen, das ihr Festweltler gebastelt habt, auf meine ganz eigene Art«, erklärte die Königin auf der Schwelle belustigt. »Und zu eurer nächsten Frage: Ja, ich habe den Graffiti-Puck gebeten, die Adresse gut zu verstecken, unter der ich zu finden bin. So wollte ich verhindern, dass der Herr der Spiegel darüber stolpert, er ist nämlich furchtbar fantasielos … Das ist mir recht gut gelungen, muss ich sagen. Ihr seid die Ersten, die darauf gekommen sind. Offenbar habt ihr etwas richtig gemacht – was wiederum heißt, dass ich etwas richtig gemacht habe.«

»Und Ihr seid verschwunden«, begann Niniane vorsichtig, »weil Ihr Euch vor dem Spiegelherrn verstecken musstet?«

Die Königin auf der Schwelle schnaubte empört. Ein seltsames Geräusch …

»Ich gebe es nicht gerne zu – aber genauso ist es. Der Herr der Spiegel hat mich auf dem falschen Fuß erwischt und überrumpelt. Ich musste vor ihm fliehen und halte mich nun verborgen.«

»Aber warum?«, fragte Niniane ungläubig. »Ich dachte, Ihr wacht Seite an Seite! Ihr seid die Seele des Zwischen, und der Spiegelherr ist das nimmermüde Auge.«

»So sollte es jedenfalls sein«, erwiderte die Königin mit einem Seufzen. »Und der Spiegelherr war immer ein entschlossener Beschützer des Zwischen, das muss frau ihm lassen. Doch in letzter Zeit ist er ein bisschen *zu* entschlossen geworden. Das war schon immer seine Schwäche. Er kennt keine Grenzen. Seltsam für einen Grenzwächter, nicht wahr? Oder vielleicht auch nicht, je nachdem, wie man es betrachtet …«

Elias musste sich zusammennehmen, um den verschlungenen Ausführungen der Königin folgen zu können. »Was genau ist passiert?«, bohrte er nach.

»Der Herr der Spiegel glaubt, dass sich alles schneller verändert, als gut für die Welten ist, auch bei euch Festweltlern«, sagte sie, und ihre Stimme klang nun genervt. »Ihr glaubt gar nicht, wie oft er mir damit in den Ohren lag … Besonders stört ihn das wunderbare Neue Zwischen, das ihr gebaut habt. Darum habe ich mich auch hier versteckt. Weil er sich nicht gerne damit befasst. Und, ich gestehe es, auch um ihn zu ärgern.«

»Sie meinen das Internet?«, wunderte sich Shaka. »Das gibt es doch schon ewig!«

»Für euch junge Festweltler schon«, sagte die Königin. »Doch der Herr der Spiegel ist so alt wie das erste Spiegelbild, das jemals ein Mensch von sich im Wasser sah. Für ihn sind selbst die Dampflokomotiven eurer Vorfahren neu. Seit es das Neue Zwischen gibt, vermischt sich die Festwelt immer mehr und immer schneller mit dem ewigen Wandel des Zwischen. Ich finde das überaus spannend. Der Herr der Spiegel aber macht sich Sorgen, wie es seine Art ist. Und er will um jeden Preis das festhalten, was einmal war.«

»Hat er dafür überall diese Schwarzen Spiegel verteilt?«, fragte Shaka. »Unter dem Vorwand, das Zwischen damit besser überwachen zu können?«

Wieder seufzte die Königin. »Ja, allerdings. Mit ihnen gedenkt er das Zwischen zu erhalten: eingefasst in Spiegelglas und konserviert für die Ewigkeit, wie ein kostbarer Edelstein.«

Elias musste an die gläsernen Seifenblasen im Vier-Winde-Haus denken, an den zu Glas erstarrten Kellersalamander, an das Eichhörnchen im Verbotenen Park. Das alles war auf seine Art wunderschön – doch kalt und ohne Leben.

»Der Herr der Spiegel kam zu mir und unterbreitete mir seinen Plan«, fuhr die Königin auf der Schwelle fort. »Er war sehr erstaunt, dass ich nicht gleichermaßen begeistert davon war. Manchmal fällt es ihm schwer, zu begreifen, dass nicht alle so denken wie er … Jedenfalls war er zu überzeugt von seiner Sache und begann, die Zwischenlande ohne mein Einverständnis in Glas zu fassen.«

Niniane sog empört die Luft ein.

»Und warum mussten Sie fliehen?«, fragte Torben.

»Sein Plan sah vor, *mich* zuerst in Glas zu bannen«, rief die Königin. »Natürlich, ohne mich zuvor nach meiner Meinung zu fragen … Ich bin das Herz des Zwischen, beständig mit allen Schwellenorten verbunden. Ihr könnt euch vermutlich vorstellen, was das für Auswirkungen gehabt hätte …«

Elias schaute auf die Haare der Königin, die sich fächerartig in alle Richtungen erstreckten. Silberfunken huschten auf ihnen hin und her. Und er begriff, dass dies nicht einfach nur eine sehr merkwürdige Frisur war. Ihre Strähnen waren so etwas wie Datenbahnen oder Nervenstränge, verbunden mit dem ganzen Zwischen …

»Glücklicherweise habe ich hier eine angenehme Zuflucht gefunden«, fuhr die Königin auf der Schwelle fort. »Das Neue Zwischen der Festweltler kommt meiner wandelbaren Art sehr entgegen. Ich habe mir schon mein eigenes Reich eingerichtet. Ich nenne es *.iz*. Als Abkürzung für *im Zwischen*. Nett, nicht wahr? Mein verborgenes Reich erstreckt sich mittlerweile weit, über geheime Datenbahnen, die das Zwischen und die Festwelt miteinander verbinden. Und der Spiegelherr hat keine Ahnung davon.«

»Cool«, murmelte Shaka anerkennend.

»Danke«, erwiderte die Königin. »Allerdings ist das Zwischen damit nicht gerettet. Denn der Spiegelherr ist noch immer dabei, seinen Plan umzusetzen. Mit jedem Tag, jeder Stunde erstarrt immer mehr vom Zwischen zu schwarzem Glas.«

»Aber«, rief Torben, »ist diese Aktion von dem Spiegeltypen nicht völlig bescheuert? Ich meine, wenn sich bei Ihnen im Zwischen alles verändert – dann kann er es doch nicht bewahren, indem er es einfrieren lässt? Das ist doch komplett unlogisch!«

»Gut zusammengefasst«, stimmte die Königin auf der Schwelle ihm zu. »Ich fürchte, dass der Herr der Spiegel müde geworden ist. Der jahrtausendelange Wandel hat ihn erschöpft. Er sehnt sich nach der beständigen Ruhe des schwarzen, glänzenden Spiegelglases. Nach Frieden, der unveränderlich fortbesteht. Er glaubt, dass das ein Segen für das ganze Zwischen wäre.«

Elias musste spontan an die orangefarbenen Vorhänge in seinem Zimmer denken. Die Geborgenheit eines Orts, der schon immer so war. Wäre es nicht schön, das behalten zu können? Ohne Veränderungen, die alles infrage stellten? Auf eine seltsame Art konnte er den Herrn der Spiegel verstehen.

»Aber wie ist das überhaupt möglich?«, brach es aus Niniane heraus. »Wie kann der Herr der Spiegel dies alles ohne Eure Zustimmung tun? Ihr beide seid Hüterin und Hüter des Zwischen, wacht gleichgestellt Seite an Seite! Er kann doch nicht mächtiger sein als Ihr …«

»Das sollte man zumindest denken, junge Rusalka«, erwiderte die Königin. »Für gewöhnlich ist unsere Macht ausbalanciert wie zwei Schalen einer Waage. Doch er hat sich im Verborgenen eine besondere Unterstützung beschafft, einen uralten Zaubergegenstand: den Spiegel des Zagreus. Der Meisterspiegel, der über alle anderen herrscht. Fairybots – seid ihr wohl so freundlich?«

Die beiden Zahlenwesen, die sich im Hintergrund bereitgehalten hatten, bewegten sich auf Elias und die anderen zu – und begannen, sich zu verformen. Aus ihren wabernden Körpern wurden die Umrisse von

Bäumen und Berggipfeln. Schließlich sah Elias den dunkelgrün leuchtenden Schattenriss einer Gebirgslandschaft vor sich, gebildet aus winzigen Einsen und Nullen. Es erinnerte an die Bilder der Laterna magica.

»Die alten Griechen berichten, dass ihr Göttervater Zeus einen Sohn namens Zagreus hatte«, erzählte die Königin auf der Schwelle. »Um ihn vor Gefahren zu beschützen, versteckte er ihn in einer Höhle.«

Die Berge verformten sich so, dass ein Hohlraum entstand. Darin hockte eine kleine Gestalt.

»Doch die Titanen, die alten Feinde der Götter, unternahmen alles Mögliche, um Zagreus aus der sicheren Höhle zu locken.«

Grobschlächtige Gestalten tanzten nun vor der Höhlenöffnung herum.

»Mit nichts hatten sie Erfolg – bis sie schließlich einen Spiegel heranschafften.« Eine der Figuren schleppte einen Gegenstand herbei. Es war eine runde Scheibe.

»Zagreus war so fasziniert von seinem eigenen Spiegelbild, dass er alle Vorsicht vergaß und sich aus der Höhle wagte.«

Die kleine Gestalt krabbelte aus dem Hohlraum hervor – und die riesenhaften Umrisse vor der Höhle stürzten sich sofort auf sie.

Die Bilder zerschmolzen zu einem unförmigen Haufen aus Ziffern. »Die Titanen zerrissenen Zagreus und sein Vater Zeus erschlug sie im Zorn darüber. Manche sagen, dass so der Urschlamm entstand, aus dem schließlich die Menschen hervorgingen. Doch das ist eine andere Geschichte. Besten Dank, Fairybots.«

Die Zahlenwesen setzten sich wieder zu ihren ursprünglichen Gestalten zusammen und verbeugten sich.

»Und diesen komischen griechischen Spiegel hat der Herr der Spiegel aufgetrieben?«, fragte Torben.

»Ja. Der Spiegel des Zagreus ist sehr mächtig. Er hat noch immer die Kraft, das zu bannen, was sich in seinem Spiegelbild verliert. All die Schwarzen Spiegel werden vom Spiegel des Zagreus beherrscht. Durch seine Macht lassen sie das Zwischen nach und nach zu Glas erstarren. Es bleibt nicht mehr viel Zeit, bis der Spiegelherr damit alles in eine Glaswüste verwandelt hat.«

»Worauf warten wir dann noch?«, empörte sich Torben. »Lasst uns etwas tun! Die Spiegel müssen weg.«

»Das haben die Kellersalamander doch schon versucht, Westermann«, erwiderte Shaka ungeduldig. »Mit all ihrer Flammenkraft haben sie es nicht geschafft, den Schwarzen Spiegel in den Salamanderkellern zu zerstören oder auch nur zu entfernen.«

»Dann brauchen wir eben den Meisterspiegel, der die anderen kontrolliert«, sagte Elias entschlossen. »Jemand muss dem Spiegelherrn den Spiegel des Zagreus wegnehmen.«

»Und dieser Jemand sind wir«, ergänzte Niniane leise, aber nicht weniger fest.

»Das war meine Hoffnung«, sagte die Königin, die plötzlich wieder zufrieden mit sich klang. »Darum habe ich meine E-Mail in die Welt hinausgeschickt: Damit mich jemand findet, der diese Aufgabe zu übernehmen bereit ist. Doch ihr müsst sehr vorsichtig vorgehen. Der Herr der Spiegel ist mächtig, und er hat Zugriff auf die Festwelt wie auf das Zwischen.«

»Das haben wir auch«, sagte Niniane. »Ich bin ein Schwellenwesen,

Shaka und Torben sind Festweltler. Und Elias ist ...« Sie überlegte kurz. »... beides gleichzeitig?«

»Dem stimme ich zu«, sprach die Königin auf der Schwelle sanft. »Ich sehe hier eine Schleier-Rusalka vor mir, die den Weg in die Festwelt gewagt hat und sich vor einer Gefahr nicht versteckt. Und eine junge Meisterin des Neuen Zwischen, deren Wissensdurst sich durch nichts aufhalten lässt.«

»Auch wenn dieser Meisterin das alles ziemlich unlogisch erscheint«, murmelte Shaka.

»Ich sehe einen Enkel von Spiegelpirschern«, fuhr die Königin fort, »der auf beiden Seiten der Schwelle wandert. Und ich sehe einen Ritter der Flamme, der bereitwillig seine Kraft zu eurer Sache beisteuert.«

Verwirrt schaute Torben sich um. Bis ihm klar wurde, dass dieser letzte Teil nur ihn meinen konnte. »Wie, Ritter der Flamme? Ich mag kein Feuer!«

Die Königin ging nicht weiter darauf ein. »Ihr vier vereint die Stärken von Festwelt und Zwischen in euch«, sagte sie. »Und das müsste doch reichen, um eure Aufgabe zu bewältigen. Leider vermag ich euch nicht zu helfen. Denn dort, wo der Herr der Spiegel das Zentrum seiner Macht hat, versagen meine Kräfte. Doch zumindest kann ich euch den Weg weisen: Der Spiegelherr wird den Spiegel des Zagreus gewiss dort aufbewahren, wo er sich am sichersten fühlt. An dem Ort, von wo aus er herrscht.«

Niniane nickte. »Das ist der Schwarze Spiegelturm in der Innenstadt«, sagte sie beklommen. Elias erinnerte sich dunkel, diesen Namen bei den Richtungsangaben im U-Bahn-Labyrinth gelesen zu haben.

»Und wir sollen dieses Ding kaputt machen?«, fragte Torben unumwunden.

Die Königin auf der Schwelle lachte wieder. »Das wird euch kaum gelingen«, sagte sie. »Es genügt, wenn ihr den Spiegel des Zagreus an euch nehmt und zu mir bringt. Dann hat der Spiegelherr keine Macht mehr über seine Schwarzen Spiegel, und ich werde die Verglasung rückgängig machen.«

»Das werden wir tun«, erwiderte Elias. Er wusste selber nicht so recht, wie es dazu gekommen war – aber irgendwie war die Sache in den letzten Tagen immer mehr zu seiner persönlichen Mission geworden.

»Danke«, sagte die Königin auf der Schwelle schlicht. »Seid vorsichtig und findet den Spiegel, ohne seinen Herrn zu finden.« Elias erschauderte bei der Vorstellung, dem Mann mit den Spiegelaugen noch einmal zu begegnen.

»Holt euch alle Hilfe, die ihr für eure Mission braucht«, fuhr die Königin fort. »Mich werdet ihr auch weiterhin hier antreffen, an diesem Ort. Meisterin des Neuen Zwischen – bitte gib mir dein Handy.«

»Bitte was?«, fragte Shaka irritiert.

»Dein Handy. Ich brauche dein Handy«, wiederholte die Königin sanft, aber unnachgiebig.

»Na schön.« Shaka zog das Gerät aus der Tasche. »Das würde ich aber nicht jedem geben!«

»Ich fühle mich geehrt«, sprach die Königin in unbestimmbarem Tonfall. Ein Fairybot kam herangeschwebt und nahm Shaka das Handy aus der Hand. Er übergab es der Königin, die es huldvoll entgegennahm. Für einen Moment tippte sie darauf herum. Dann brachte der Fairybot das Gerät schließlich zu Shaka zurück.

»Schickes Modell«, sagte die Königin. »Ich habe dir darauf eine Mobilversion des Pfades eingerichtet, der in mein Reich im Neuen Zwischen führt. Sobald ihr den Spiegel des Zagreus gefunden habt, könnt ihr so direkt zu mir kommen. Macht euch nun auf den Weg.«

Wieder hob sie grüßend die Hand. Dann verschmolz ihr Umriss mit dem Weiß der Umgebung, ehe Elias etwas entgegnen konnte. Erneut war er geblendet von beißender Helligkeit, die überall um ihn herum aufflammte.

Als er die Augen wieder aufschlug, befand er sich in Shakas Zimmer, zusammen mit Shaka, Torben und Niniane. Noch immer fiel herbstlichgraues Vormittagslicht durch das Fenster herein. Elias warf einen raschen Blick auf Shakas Radiowecker. Es war praktisch keine Zeit vergangen.

»Wow«, machte Shaka atemlos und streifte ihren dicken Zopf zur Seite. »Ihr habt das gerade auch alle erlebt, oder?«

Die anderen nickten geplättet. Für einen Moment sagte niemand etwas.

»So«, brummte Torben schließlich, »dann sollten wir mal los, oder?«

Alle schauten ihn fragend an.

»Na, sie hat doch gesagt, wir haben nicht viel Zeit«, fügte er ungeduldig hinzu. »Das Zwischen rettet sich nicht von allein. Und bald jagen uns auch diese Spiegeltypen wieder, schließlich läuft heute noch die Frist ab.«

»Das stimmt«, erwiderte Niniane ernst. »Am besten zeige ich euch als Erstes den Schwarzen Spiegelturm, den der Spiegelherr sich errichtet hat. Er steht mitten in der Innenstadt, ein furchtbar protziges Ding. Und dann müssen wir überlegen, wie wir hineinkommen.«

»Und wer uns dabei helfen kann«, ergänzte Elias. »Die Königin hat uns geraten, Hilfe zu suchen. Ich bin jedenfalls kein Einbruchsexperte.«

Sie machten sich auf den Weg. Als sie sich auf dem Flur die Jacken überwarfen, bemerkte Elias, dass ihn Shaka nachdenklich von der Seite musterte.

»Schicke Hörner«, sagte sie und gab ihm einen Klapps auf die Schulter. Unwillkürlich berührte Elias seine Stirn. Die Hörner waren inzwischen wieder verschwunden. Doch bei der Königin hatten sie sich unübersehbar gezeigt. Erst jetzt wurde ihm bewusst, dass seine Freunde ihn die ganze Zeit so gesehen hatten – und niemand hatte ihn entsetzt angestarrt. Vielleicht gehörten die Dinger wirklich auf eine seltsame Weise zu ihm …

»Ja«, sagte er schließlich so cool wie möglich. »Finde ich auch.«

Herolde der Schwelle

»Der Schwarze Spiegelturm ist das höchste Gebäude der Stadt«, erzählte Niniane, während sie die Straße mit den Reihenhäusern entlangliefen, in der Shaka wohnte. »Am Anfang war er noch nicht so gewaltig. Aber irgendwie hat der Herr der Spiegel im Lauf der Zeit immer mehr zusätzliche Stockwerke erschaffen, eines nach dem anderen. Da hätten wir Schwellenwesen wohl schon misstrauisch werden müssen ...«

»Das Ding ist mir jedenfalls noch nie aufgefallen«, murmelte Torben.

»Das könnte gaaanz eventuell daran liegen, dass es sich im Zwischen befindet, Westermann«, erwiderte Shaka genervt.

»Danke, Miss Superschlau ...«

»Psscht!«, flüsterte Elias konzentriert. Er hatte etwas gehört: ein metallisches Klappern und Rattern, das immer näher kam. Nun bog auch schon eine Gestalt um die Ecke, die er inzwischen gut kannte: die Schnabelnärrin. Sie schien es eilig zu haben. Die bunt gemusterten Rieseneier in ihrem Einkaufswagen hüpften durcheinander, während sie durch die Straßen lief.

Elias winkte ihr zu. »Hi.«

»Gut, gut, gut!«, rief die Schnabelnärrin atemlos und strich sich einige Federn zurecht. »Gut, dass ich das Eliaskarpinski noch treffe ... Es ist wichtig! Ich habe nur vergessen, warum ... Tja, ja, ja ...«

Sie hielt mit ihrem Wagen direkt vor Elias. In diesem Wohnviertel, umgeben von perfekt zurechtgestutzten Hecken und Häuschen mit blau glasierten Dachziegeln, wirkte ihre Erscheinung wie ein Fremdkörper.

»Ich habe ein Geschenk«, verkündete die Schnabelnärrin. »Nicht nur für das Eliaskarpinski. Für euch alle! Tja, ja, ja ...«

Mit beiden Händen hob sie stolz ein besonders großes Ei aus dem Wagen. Es war weiß. Weißer als weiß, um genau zu sein – ein strahlendes, fast schon blendendes Weiß, wie Elias es bislang nur einmal gesehen hatte. Vorsichtig nahm er das Ei entgegen.

Sobald er es in den Händen hielt, liefen auch schon feine Risse über seine Oberfläche. Sie bildeten ein verzweigtes Muster und ließen schließlich die Schale zerspringen. Ein länglicher Gegenstand kam zum Vorschein, den Elias sich rasch griff, ehe er auf den Gehsteig fallen konnte.

Es war ein Stab, ungefähr so lang wie sein Arm. Er glänzte weiß, als wäre er aus Marmor geformt, fühlte sich glatt an und lag schwer in der Hand. Seine Spitze wurde von einer merkwürdigen goldenen Skulptur gekrönt. Sie zeigte ein umgedrehtes *U*, das wie ein Hufeisen aussah – oder wie ein Torbogen.

»Was ist das?«, fragte Torben mit großen Augen.

»Wie ich das Zwischen und seinen nicht vorhandenen Bezug zur Logik kenne, bestimmt irgendein Zauberstab«, knurrte Shaka.

»Nein.« Niniane schüttelte den Kopf. »Das ist ein Heroldsstab. Nur wer im Namen der Königin auf der Schwelle spricht, trägt so einen Stab. Im Zwischen erkennt jeder dieses Zeichen. Sie übergibt es an ihre vertrautesten Gefolgsleute.«

»Okay«, murmelte Elias verwirrt und wog den massiven Stab in seinen Händen. Er fühlte sich gut an, schwer und bedeutungsvoll. Ein bisschen wie ein Zepter, als wäre er der Kaiser von Sonstwo. »Öhm ... Das klingt nützlich, oder?«

Die Schnabelnärrin legte den Kopf schief und musterte ihn mit ihren kleinen, schwarzglänzenden Vogelaugen.

»Wer den Stab trägt, spricht für die Königin«, sagte sie. »Also sollte er auch sprechen. Tja, ja, ja ...«

Sie schaute Elias noch einmal bedeutungsvoll an. Dann wandte sie sich abrupt um – und ratterte mit ihrem Einkaufswagen die Straße hinunter. Ein grauhaariger Typ, der gerade seinen Rasen mähte, schaute ihr missbilligend hinterher, als sie um die Ecke bog. Vermutlich sah er in ihr eine abgerissene Figur mit einem Einkaufswagen, die nicht in sein Viertel gehörte.

»Tja«, murmelte Elias nachdenklich. »Ich glaube, sie hat recht. Wir sollten mit ein paar Leuten reden. Es gibt bestimmt Schwellenwesen, die bereit sind, uns zu helfen.«

»Wir könnten die Boreal-Sylphen im Vier-Winde-Haus fragen«, überlegte Shaka. »Und natürlich die Parkfeen. Und diesen Puck, falls wir ihn finden. Vielleicht auch den Vertauscher ...«

»Das dauert dann aber ganz schön lange«, erwiderte Elias besorgt. »Ich weiß nicht, ob wir noch so viel Zeit haben. Das Glas breitet sich immer mehr aus …«

»Wir könnten mit dem Vertauscher anfangen«, schlug Niniane vor. »Als fliegender Händler kommt er viel im Zwischen herum und weiß, wie er seine Kunden findet.«

»Klingt gut«, meine Elias. »Dann müssten wir nur noch den Vertauscher finden. Ob er noch im Vier-Winde-Haus ist?«

»Vermutlich nicht. Meist findet man ihn auf dem Dämmerbasar«, entgegnete Niniane eifrig. »Kommt. Ich zeige euch den Weg!«

Damit war die Sache entschieden. Mit dem Bus fuhren sie wieder in Richtung Innenstadt. Sie stiegen in dem Altbauviertel aus, wo irgendwo auch der Verbotene Park liegen musste. Niniane jedoch schlug einen anderen Weg ein. Es ging durch eine Toreinfahrt, die sich zwischen einer Fahrradwerkstatt und einem kleinen Café öffnete. Dahinter lag ein enger, langweiliger Hinterhof. In einer Ecke drängten sich ein paar Mülltonnen, in der Mitte parkte ein abgedeckter Auto-Anhänger.

»Sieht nicht gerade aus wie ein Basar«, meinte Torben.

»Man muss eben genauer hinsehen«, erwiderte Niniane.

Elias spürte bereits das typische Hörnerkribbeln – und bemerkte einen zusätzlichen Durchgang, drüben, in der Ecke mit den Mülltonnen. Dort war eine alte, angerostete Reklame-Tafel aus Blech an der Wand angebracht. Sie zeigte das umgedrehte U, das Elias inzwischen nur zu gut kannte.

»Aha«, brummte Torben, der zusammen mit Shaka auf das Handy-Display schaute.

Niniane steuerte zielstrebig auf den Durchgang zu, der offenbar zu einem Hinter-Hinterhof führte. Alle vier quetschten sich durch die Öffnung in eine von Backsteinmauern gesäumte Gasse.

Nach einigen Schritten blieb Shaka abrupt stehen. »Was ist *das*?«, fragte sie entgeistert und zeigte auf einen Schatten an der Wand, den eine Mülltonne warf. Dem Schatten fehlte eine Ecke. Man konnte deutlich die Spuren von Zähnen erkennen, als hätte jemand ein Stück herausgebissen. Elias drehte sich zu der Mülltonne um. Sie war völlig intakt, der Deckel nicht einmal eingedellt. Nur ihr Schatten war angenagt.

»Och …«, murmelte Niniane unbehaglich. »Das war vermutlich das Schattending.«

»Mehr Infos, bitte«, erwiderte Shaka.

»Viel mehr weiß man nicht darüber. Es streift durch die Schatten im Zwischen und beißt sich ab und an ein Stück ab. Scheint aber harmlos zu sein – glaubt man jedenfalls.«

»Was passiert, wenn es den Schatten von jemandem frisst?«, fragte Elias.

»Keine Ahnung. Ich wüsste nicht, dass das schon einmal passiert wäre.«

»Vielleicht ist niemand übrig geblieben, um davon zu erzählen«, brummte Torben unheilvoll.

»Das Schattending ist jedenfalls nicht hier«, erklärte Niniane und versuchte, munter zu klingen. »Wer weiß, wo es sich gerade herumtreibt. Kommt, wir sind gleich da!«

Sie folgten dem Gang, bis er an einem Perlenvorhang aus Bambus endete. Niniane schob den Vorhang beiseite. Elias hatte schon vermutet, dass dahinter mehr als grauer Beton und stinkende Biotonnen auf ihn warten würden. Und er wurde nicht enttäuscht.

Obwohl es frühestens Mittag sein konnte, herrschte dämmriges Licht an diesem Ort, als wäre bereits der Abend herangebrochen. An Wäscheleinen, die kreuz und quer über den Hof gespannt waren, hingen Lampions in den verschiedensten Farben und Größen. Aus alten Sonnenschirmen und Pavillonzelten, Tapeziertischen und Getränkekisten hatte man hier eine Reihe von Verkaufsständen zusammengebastelt, wie auf einem Flohmarkt. Jede Menge Marktbesucher drängten sich dort. Alle waren Schwellenwesen.

Ein Geschöpf, das zahlreiche Tintenfisch-Tentakeln als Arme hatte, betrieb einen Imbiss-Stand und kümmerte sich um vier Grills gleichzeitig, auf denen violette Früchte gebraten wurden. Sie rochen intensiv nach Zimt, Zitrone und Zahnpasta. An einer Ecke standen einige Gesichtslose in ihren farbenfrohen Gewändern beieinander und unterhielten sich stumm und gestenreich. Ein Gnom mit borkiger Haut kaufte eine Gartenschere. Er wurde misstrauisch von zwei wandelnden Topfpflanzen beäugt, die mit den Wurzeln über den Boden krochen und ihre Tontöpfe wie Röcke um die Hüften trugen. Ein storchenbeiniges Wesen stakste quer über den Markt und überragte die Menge. Elias musste einen Schritt beiseite gehen, als eine Dame mit einem breitkrempigen, blumengeschmückten Hut an ihm vorüberglitt. Ihr durchsichtiger Körper war wabbelig wie der einer Qualle.

»Hier ist immer viel los«, sagte Niniane laut, um das allgemeine Stimmgemurmel zu übertönen. »Darum kommt der Vertauscher auch gerne her. Gute Geschäfte. Und wir werden uns im Getümmel halbwegs unbeobachtet unterhalten können.«

Elias nickte stumm. Er hatte geglaubt, sich langsam an die merkwürdigen Geschöpfe des Zwischen gewöhnt zu haben. Doch dieses geballte Gewimmel überforderte ihn. Entsprechend hielt er sich dicht an Niniane, während sie über den Dämmerbasar gingen. Der Vertauscher war glücklicherweise nicht schwer zu finden.

Er saß auf einem Perserteppich und war dabei, eifrig die verschiedensten Sachen aus seinen Plastiktüten zu zaubern und wieder darin verschwinden zu lassen. Gerade tauschte eine Zahnbürste ihren Platz mit einer Grillzange, ein Kugelschreiber mit einem Schlüsselbund. Alle sechs Arme hatten gut zu tun.

»Ihr schon wieder«, schnaubte der Vertauscher und schaute kaum zu den Jugendlichen auf. »Wollt ihr wieder etwas eintauschen? Immer nur her damit! Mein Stand ist kein Museum zum Angucken.«

»Öhm …«, machte Elias verlegen. »Wir wollten Sie eigentlich um einen Gefallen bitten, Herr Vertauscher.«

»Einen Gefallen *eintauschen*!«, korrigierte Shaka rasch. »Sie haben doch gute Kontakte zu allen möglichen Schwellenwesen …«

Der Vertauscher blieb unbeeindruckt. »Keine Zeit für so etwas«, brummte er. »Wie ihr seht, habe ich mehr als genug Arbeit.«

Er stopfte eine Kaffeemühle in eine Plastiktüte und ersetzte sie durch einen Schlittschuh.

Elias zog möglichst unauffällig den weißen Heroldsstab aus seiner Jacke hervor.

»Es ist für die Königin auf der Schwelle.«

Das Gesicht des Vertauschers verzog sich, als er den Stab sah. »Da kann ich ja wohl kaum Nein sagen«, seufzte er. »Und die Arbeit bleibt mal wieder liegen …«

»Es ist auch in Ihrem Interesse«, erklärte Niniane ihm leise. »Das da kann doch nicht gut für die Geschäfte sein …«

Sie zeigte rüber auf die andere Seite des Marktes. Jetzt erst bemerkte Elias, dass dort in einem goldenen Rahmen ein großer, schwarzer Spiegel an einer Backsteinwand hing. Davor waren einige schwarzglänzende Umrisse zu sehen. Elias erkannte einen Tisch mit Waren, der komplett in schwarzes Glas verwandelt war. Neben dem Tisch erhob sich eine gläserne Gestalt mit zwei Köpfen, die jeweils von einem stolzen Hahnenkamm bekrönt wurden. Das musste einmal der Verkäufer gewesen sein – bevor er zu Glas erstarrt war.

Alle Besucher achteten darauf, diese unheimliche Ecke zu meiden. Nur einige Froschwesen mit Insektenaugen und gefalteten Libellenflügeln auf dem Rücken standen in der Nähe des Spiegels herum, als wollten sie ihre Furchtlosigkeit demonstrieren. Elias erschauderte, als er die Grotter erkannte.

»Na schön«, brummte der Vertauscher. »Wenn es gegen den ollen Spiegelheini geht, kann die Sache nicht schlecht sein. Schießt los!«

»Wir möchten Sie bitten, dass Sie so schnell wie möglich Kontakt zu Ihren Kunden für uns aufnehmen«, sagte Elias. »Wir müssen mit ihnen sprechen! Zum Beispiel mit den Parkfeen aus dem Verbotenen Park.«

»Und mit den Boreal-Sylphen im Vier-Winde-Haus!«, ergänzte Shaka.

»Und mit den Kellersalamandern«, sagte Niniane. »Falls Sie die kennen …«

Der Vertauscher nickte nur ungeduldig. »Ich kenne jeden.«

»Dieser Graffiti-Typ könnte auch nicht schaden«, warf Torben ein, der das Salamander-Thema offenbar rasch beenden wollte.

»Der U-Bahn-Hausmeister auch nicht«, überlegte Elias. »M. Taurus ...« Er stockte einen Moment. »Und dann sind da noch zwei Spiegelpirscher. Sie heißen Bruchhorn und Feuerhaar.«

Der Vertauscher schaute ihn misstrauisch an. »Spiegelpirscher? Die dienen doch dem Spiegelherrn.«

»Ja, ich weiß. Die Situation ist etwas speziell. Ich habe jedenfalls versprochen, mit den beiden zu reden.«

»Verstehe. Ein Wort ist ein Wort.« Der Vertauscher rieb sich mit einer seiner sechs Hände das Kinn. »Ganz schön viele auf einmal, die ihr da kontaktieren wollt. Kriegen wir aber hin.«

Er langte in zwei Tüten gleichzeitig und griff so tief hinein, dass seine Arme bis zur Schulter darin verschwanden. Schließlich zog er zwei Dinge heraus.

Das eine war ein altmodisches Klapphandy. Das andere zappelte in seiner Hand und blinkte wie kitschiger Weihnachtsschmuck abwechselnd in Rot, Blau und Grün. Elias schaute genauer hin. Er erkannte ein faustgroßes Geschöpf, das nur aus zahllosen, flatternden Flügeln mit buntem Gefieder zu bestehen schien. Jede einzelne Feder leuchtete von innen.

Der Vertauscher kritzelte hastig einige Nachrichten mit einem Kuli auf Notiz-Zettelchen. Dann übergab er sie dem Flatterding. Es nahm sie mit winzigen Vogelkrallen entgegen, die irgendwo zwischen den Leuchtfedern hervorkamen. Der Vertauscher öffnete das Klapphandy und ließ das Geschöpf los. Sofort schoss es voran – und verschwand im Display wie durch ein Fenster.

»Ein Flatter-Kurier«, staunte Niniane.

Der Vertauscher lächelte stolz. »Ich schicke ihn durch das Festwelt-Mobilfunknetz. Dann ist er noch schneller. So erreiche ich alle möglichen Kunden stets als Erster.«

»Cool«, meinte Torben. »Briefpost in Echtzeit.«

»Im Grund nur ein umständlicheres Fax wie von anno dazumal«, erwiderte Shaka skeptisch.

»So ein Fax kann aber nicht fliegen«, schnaubte der Vertauscher. Das musste selbst Shaka zugeben.

Zufrieden konzentrierte sich der Vertauscher wieder auf seine Geschäfte. Ein freundlicher Herr, dessen Kopf an einen Kürbis erinnerte, tauschte bei ihm Duschgel gegen ein trauriges Lied ein. Eine Gesichtslose in einem schillernd-grünen Kleid gab ihm einen Spritzer frisches Grün für ein Paar Ohrenschützer, obwohl sie keine Ohren hatte. Sie sagte kein Wort, und doch schien der Vertauscher sie genau zu verstehen. Elias und die anderen standen unterdessen an seinem Teppich herum und versuchten, möglichst unauffällig zu wirken. Glücklicherweise war das in dem Gewusel des Dämmerbasars nicht besonders schwierig.

Es stellte sich rasch heraus, dass der Flatter-Kurier wirklich fix war. Schon nach kurzer Zeit näherten sich ihnen zielstrebig zwei Spiegelpirscher durch die Menge. Die Marktbesucher machten ihnen respektvoll Platz.

»Ich hoffe, du weißt, was du tust«, flüsterte Shaka.

»Das hoffe ich auch«, erwiderte Elias. Dann wandte er sich den beiden Spiegelpirschern zu.

»Bruchhorn. Feuerhaar. Ich freue mich, dass ihr gekommen seid.«

»Wir würden niemals den Ruf eines anderen Pirschers ignorieren«, erklärte Bruchhorn ernst. Elias kniff die Lippen aufeinander. Er war kein

Pirscher! Oder allerhöchstens ein Achtel-Pirscher oder Sechzehntel-Pirscher, falls es so etwas gab …

»Weiß der Spiegelherr, dass ihr hier seid?«, fragte Shaka misstrauisch.

Bruchhorn schüttelte empört den Kopf. »Natürlich nicht! Wir haben euch einen Tag Zeit für eure Suche nach der Königin gegeben, und der ist noch nicht um. Habt ihr sie denn inzwischen gefunden?«

»Das haben wir. Und sie hat …«

Weiter kam Elias nicht. Wieder wurde die Menge unruhig. Diesmal näherte sich eine Horde kleiner, zierlicher Gestalten, die mit tollkühnen Sprüngen vorwärtsstrebten. Sie alle trugen Bogen über den Schultern. Elias winkte den Parkfeen zu. Die Ober-Fee in ihrer Cola-Rüstung erwiderte den Gruß. Dann blieb sie abrupt stehen, als sie die beiden Spiegelpirscher bemerkte.

»Was soll das?«, verlangte sie sofort zu wissen. »Was machen die Gehörnten hier? Bei uns im Park wird es immer schlimmer! Drei Feen sind inzwischen zu Glas erstarrt …«

»Darum habe ich euch gerufen«, erklärte Elias so sachlich wie möglich. »Und darum sind auch Bruchhorn und Feuerhaar gekommen. Wir haben mit der Königin gesprochen.«

Dann zog er verstohlen den weißen Heroldsstab hervor. Sofort brach aufgeregtes Getuschel unter den Parkfeen los.

»Wir sollten vielleicht etwas leiser sein«, sagte Niniane besorgt und nickte zu den Grottern rüber, die gerade langsam über den Markt schlenderten.

Auch der Vertauscher räusperte sich. »Warum besprecht ihr die Sache nicht in Ruhe unter euch? Dieser ganze Aufstand hier ist schlecht fürs Geschäft. Nehmt von mir aus mein Hinterzimmer dafür. Meinen Stand und meinen Flatter-Kurier habt ihr ja auch schon in Beschlag genommen ...«

Er schnaubte und zeigte mit einem seiner sechs Arme auf eine unscheinbare Metalltür in der Wand hinter sich – natürlich ohne dabei mit dem Herumtauschen aufzuhören.

»Ja, sehr gerne!« Dankbar öffnete Elias die Tür und warf einen Blick hinein. Drinnen warteten keine weiteren Wunder des Zwischen auf ihn – nur ein kleiner, kahler Raum mit einem alten Holztisch und einigen Gartenstühlen aus Plastik.

Eine nackte Glühbirne spendete Licht. Der einzige andere Ausgang war ein Belüftungsschacht, in dem sich ein Ventilator drehte.

Die Parkfeen und die beiden Spiegelpirscher folgten ihnen hinein. Sobald alle sich im Raum verteilt hatten, begann Elias mit seiner Erzählung: »Wir haben die Königin auf der Schwelle gefunden. Und ihr werdet nicht glauben, wo sie steckt ...« Er war kaum bei den Fairybots angelangt, als plötzlich die Tür aufflog und sich ein massiger Umriss ins Zimmer schob. Die Pirscher griffen nach ihren Peitschen.

Elias wich unwillkürlich einen Schritt zurück – als auch schon eine mächtige Pranke nach ihm griff! Sie umfasste seine Hand – und schüttelte sie sanft. Nun erst erkannte er, dass der breitschultrige Neuankömmling einen blauen Arbeitsanzug trug. »M. Taurus« stand auf seinem Namensschild. Der Stierköpfige brummte grüßend und senkte die Stierhörner zu einem Nicken. Elias atmete aus. »Danke, dass auch du gekommen bist, öhm, Hausmeister Taurus«, sagte er. »Am besten fange ich noch einmal von vorne an ...«

Der Gehörnte brummte etwas.

»Labyrinthmeister«, übersetzte Feuerhaar. »Es heißt Labyrinthmeister. Er kümmert sich um ein Labyrinth und nicht um ein Haus.«

»Verstehe. Nun ja, wir haben also die Königin auf der Schwelle gesucht …«

Doch sofort wurde er von einer weiteren Stimme unterbrochen: »Bin ich etwa zu spät?«

In der Öffnung des Lüftungsschachtes hockte der Graffiti-Puck und ließ die Beine baumeln. Seine Stachelhaare schimmerten heute metallisch-knallrot.

»Wir sind froh um jeden, der dazukommt«, erwiderte Elias. »Magst du dich zu uns setzen?«

»Danke, ich balanciere lieber.« Und das tat er auch. Auf einer Hand hüpfte der Puck vor dem Luftschacht auf und ab und schien beim Herumhampeln zuhören zu wollen. Ein wenig irritiert setzte Elias wieder zu sprechen an – und wurde von Niniane unterbrochen.

»Bevor du jetzt wieder von vorne anfangst«, sagte die Schleier-Rusalka, »würde ich noch auf die Boreal-Sylphen warten. Mir war so, als plapperte da etwas in den Lüften …«

»Sehr fein erspürt«, lobte Feuerhaar.

Keine Minute später huschte ein ganzer Schwarm der nordlichtglänzenden Wesen durch die Ventilatoröffnung. Sie wuselten kreuz und quer durch den Raum, und Elias brauchte eine ganze Weile, um sie zur Ruhe zu bringen. Erst als Bruchhorn einmal streng mit dem Huf aufstampfte, wurden sie halbwegs leise. Elias begann noch einmal mit seinem Bericht und konnte ihn dieses Mal tatsächlich beenden. Die Schwellenwesen folgten ihm aufmerksam. Selbst der Puck hielt sein freches Mundwerk.

»Und das ist nun also der Auftrag der Königin«, sagte Elias schließlich, wobei er nervös mit dem Heroldsstab herumspielte. »Diesen Spiegel des Zagreus irgendwie aus dem Schwarzen Spiegelturm zu holen.«

Für einen Moment war es völlig still in dem Raum. Schließlich traten Bruchhorn und Feuerhaar vor.

»Wir danken dir, dass du dein Wort gehalten und uns zu dir gerufen hast, junger Pirscher«, sagte Bruchhorn ernst zu Elias.

»Und wir haben unseren Teil der Abmachung eingehalten und uns angehört, was die Königin auf der Schwelle zu sagen hat«, ergänzte Feuerhaar.

»Und?«, fragte Elias bang. »Zu welchem Schluss seid ihr gekommen?«

»Du trägst den Stab der Königin«, entgegnete Bruchhorn. »Du sprichst in ihrem Namen, und wir glauben dir. Also werden wir dich bei ihrem Auftrag unterstützen.«

Elias atmete erleichtert aus.

»Ihr wendet euch also gegen den Herrn der Spiegel?«, fragte Shaka vorsichtig.

»Wir Spiegelpirscher wachen über das Zwischen«, erklärte Feuerhaar stolz. »Das ist unsere Aufgabe. Nicht blinder Gehorsam gegenüber dem Spiegelherrn.«

»Wenn der Herr der Spiegel seinen Pflichten wieder nachkommt, werden wir ihm gerne folgen«, ergänzte Bruchhorn. »Doch vorerst werden wir seinen unglückseligen Plan verhindern. Wir wollen nicht über ein Zwischen wachen, das nur aus einer Glasödnis besteht.«

»Bekommt ihr da keinen Ärger?«, fragte Torben geradeheraus.

Die beiden Pirscher tauschten einen Blick.

»Das wird sich zeigen«, sagte Bruchhorn dann.

»Vielleicht klärt sich alles, wenn erst einmal die Königin zurückgekehrt ist und wieder an der Seite des Spiegelherrn herrscht«, ergänzte Feuerhaar.

»Dann lasst uns dafür sorgen, dass das bald der Fall ist«, sagte Elias und nickte den Pirschern dankbar zu.

»Und wie machen wir das?«, fragte Torben.

Die Anführerin der Parkfeen stemmte die Hände in die Hüften. »Das ist ja wohl klar! Wir gehen in diesen Turm, treten dem Typen in seinen verspiegelten Hintern und kommen mit dem Spiegel wieder raus.«

Große Pläne

Alle Schwellenwesen nickten beifällig, und auch Shaka, Niniane und Torben sahen ziemlich entschlossen aus. Elias spürte Hoffnung in sich aufsteigen. Vielleicht war die Sache wirklich schaffbar!

Dann wurde ihm klar, dass ihre Verbündeten unter anderem ein Schwarm flatterhafter Sylphen, ein rebellischer Puck und eine Horde streitlustiger Parkfeen waren. »Aber wir sollten es vielleicht nicht überstürzen«, sagte er vorsichtig.

»Hat jemand eine Idee, wie man in diesen Schuppen reinkommt?«, fragte Shaka in die Runde.

»Jedenfalls nicht einfach durch den Haupteingang«, erwiderte Bruchhorn sofort. »Der Schwarze Spiegelturm wird von Spiegelpirschern bewacht. Sie wissen, was sie tun.«

»Könnte man sie nicht davon überzeugen, uns zu helfen?«, fragte Shaka. »Wir haben diesen Stab der Königin. Dann hören sie uns vielleicht zu, und Bruchhorn und Feuerhaar können erklären, was Sache ist.«

»Einige von ihnen würden sich bestimmt darauf einlassen«, überlegte Feuerhaar. »Aber Pirscher sind, öhm, manchmal ein wenig starrköpfig. Es könnte Streit untereinander geben. Lauten, auffälligen Streit. Und wenn auch nur ein Pirscher nicht mitmacht und alles dem Herrn der Spiegel verrät, haben wir ein Problem.«

»Dann sollten wir vermeiden, die Spiegelpirscher da mitreinzuziehen«, überlegte Elias.

»Wir kennen uns im Turm bestens aus«, merkte Bruchhorn stolz an. »Sobald wir erst einmal drin sind, finden wir den Weg zum Büro vom Chef.«

»Kommen wir vielleicht von unten durch die Kanalisation rein?«, fragte Torben. »Das habe ich mal in einem Film gesehen.«

Bruchhorn schüttelte nachdrücklich die Hörner. »Keine Chance. Die Kanäle unter dem Spiegelturm sind mit den Kachelgrotten der Grotter verbunden. Sie ziehen jeden in die Tiefe, der dort eindringt.«

Elias erschauderte. »Dann ist das auf keinen Fall unser Weg«, sagte er matt.

»Aber von unten ist vielleicht trotzdem nicht ganz blöd«, warf der Graffiti-Puck ein und jonglierte beiläufig mit seinen Farbdosen. »Ich habe gehört, dass euer großer Ober-Spiegelmacker eine private U-Bahn hat. Ich wette, er hat auch seine eigene Station unter dem Turm. Der lässt doch keine Gelegenheit für eine Extrawurst aus.«

»Ja, das ist richtig«, erwiderte Feuerhaar. »Es gibt wirklich eine U-Bahn-Station im Keller, nur für den Sonderzug des Spiegelherrn. Sie ist an das U-Bahn-Labyrinth angeschlossen.«

»Aber natürlich ist sie massiv abgeschirmt«, erklärte Bruchhorn. »Hochsicherheitsschlösser aus der Festwelt und sehr kräftige Schloss-und-Riegel-Zauber aus dem Zwischen. Da kommt keiner rein, der nicht den richtigen Schlüssel hat.«

M. Taurus schaute sich verdutzt um, als plötzlich alle Blicke auf ihm lagen – und auf dem großen Schlüsselbund, der am Gürtel seines Arbeitsanzuges hing. Dann blitzte Verstehen in seinen Augen auf. Abwehrend hob er die Pranken und stieß ein Schnauben aus.

»Labyrinthmeister Taurus sagt, dass er den passenden Schlüssel hat«, übersetzte Feuerhaar. »Aber er darf ihn nicht benutzen. Er hat ausdrückliche Anweisung, die Tür zur Station *Schwarzer Spiegelturm* nur für notwendige Wartungsarbeiten zu öffnen.«

Shaka verdrehte die Augen. »Das ist jetzt nicht wahr, oder?«

Der Graffiti-Puck aber sprang tatendurstig vom Lüftungsschacht auf den Tisch. »Kein Problem«, grinste er und schüttelte eine Dose mit grellpinker Farbe. »Ich sorge dafür, dass der Sonderzug seiner Spiegeligkeit gewartet werden muss. Bring einen großen Schrubber mit.«

M. Taurus rieb sich die Nase und knurrte etwas.

»Er ist sich nicht sicher, ob das zählt«, sagte Feuerhaar.

»Natüüürlich zählt das!«, rief der Puck eindringlich. »Er muss doch nur weggucken, wenn ich aufbreche. Dann weiß er gar nicht, dass ich das war …«

M. Taurus brummte.

»Jetzt weiß er es aber«, übersetzte Feuerhaar.

»Nicht sicher«, sagte der Puck schlau. »Vielleicht war es ja auch jemand anders, der zufällig zur gleichen Zeit etwas mit dem Zug angestellt hat – könnte doch sein …«

»Unwahrscheinlich«, ließ der Labyrinthmeister ausrichten.

»Aber möglich!«, beharrte der Puck.

M. Taurus seufzte und knurrte etwas in sich hinein.

»Der Labyrinthmeister sagt, dass er jedenfalls aufschließen wird, wenn es etwas zu warten gibt«, sagte Feuerhaar. »Und alles andere will er gar nicht wissen.«

»Dann machen wir es so«, fasste Elias erleichtert zusammen. »M. Taurus schließt die Tür auf, und wir gehen durch diesen U-Bahnhof rein. Bruchhorn und Feuerhaar kommen mit und führen uns durch den Turm bis ins Büro des Spiegelherrn.«

»Ich weiß nicht recht«, überlegte Niniane. »Ich kann mir nicht vorstellen, dass wir diese Aktion hinkriegen, ohne entdeckt zu werden.«

»Wir werden aufpassen!«, rief eine Boreal-Sylphe mit der üblichen hellen Glockenstimme.

»Wir sind nämlich viele!«, ergänzte eine ihrer Schwestern.

»Und wir sehen viel!«, fügte eine dritte hinzu. »Wir werden uns einfach überall um den Turm verteilen und euch warnen, wenn es brenzlig wird.«

»Euer Leuchten ist aber nicht gerade unauffällig«, warf Shaka misstrauisch ein.

»Nicht, wenn wir beim Fliegen unsere Regenmäntel überziehen. Es kann ja nicht jede Nacht Nordlichter geben.«

»Das klingt gut«, meinte Elias hoffnungsvoll. Vielleicht war das alles doch gar nicht so wahnwitzig …

»Bleibt nur noch das größte Problem«, sagte Shaka trocken und zerstörte zielsicher seine Zuversicht. »Der Herr der Spiegel. Was machen wir, wenn wir in sein Büro stürmen – und der Kerl sitzt am Schreibtisch und liest gerade Zeitung? Der zerdeppert uns doch mit der linken Hand zu Spiegelscherben, ohne auch nur hochzugucken.«

»Vielleicht muss der auch mal aufs Klo?«, fragte Torben. Shakas Antwort war ein entnervtes Schnauben.

»Überlasst das uns!«, rief die Ober-Parkfee eifrig und schlug sich auf ihre Cola-Rüstung, dass es schepperte. »Wir begleiten euch ebenfalls. Unseren Dämmerpfeilen kann niemand widerstehen.«

Bruchhorn hüstelte. Elias unterdrückte ein Lächeln. »Vielleicht wäre es doch klüger«, sagte er, »wenn wir den Turm beobachten und erst zuschlagen, sobald der Spiegelherr in der Stadt unterwegs ist.«

Niniane seufzte. »Er bewegt sich auf vielen Pfaden, über viele Schwellen«, sagte sie. »Vermutlich bekommen wir gar nicht mit, wie und wo er aus und ein geht. Er wird gewiss nicht den Haupteingang benutzen wie ein Festweltler.«

»Muss bei euch im Zwischen immer alles so kompliziert sein?«, schimpfte Shaka.

Elias sagte nichts. Hinter seiner Stirn kribbelte es plötzlich alarmierend! Er konzentrierte sich. Und spürte die Anwesenheit eines Schwellenwesens. Es kam ihm vage vertraut vor – und es war keines der vielen Wesen hier im Raum. Das machte ihn irgendwie nervös …

Er atmete durch und bemühte sich, der Sache weiter nachzuspüren. Bruchhorn und Feuerhaar tauschten zufriedene Blicke, als Elias' Hörner sich ganz wie von selbst zeigten. Sein Verdacht aber verdichtete sich. Sie waren nicht so ungestört, wie sie glaubten.

»Ich gehe mal kurz raus«, murmelte Elias.

Er eilte zur Tür und ignorierte dabei die erstaunten Gesichter der anderen. Draußen war der Vertauscher gerade dabei, mit einem schwarz bepelzten Zottelwesen, das ein geblümtes Sonnenschirmchen trug, über den Preis für ein Nudelsieb zu verhandeln. Elias quetschte sich an den beiden vorbei und bog in eine schmale Gasse ein. Irgendwo hier musste die äußere Mündung des Luftschachts liegen. Tatsächlich! Sein Verdacht wurde zur Gewissheit.

Vor dem Schacht flatterte eine kleine, graue Gestalt in der Luft. Der Lästerspeier gab sich große Mühe, durch die Öffnung in das Zimmer zu starren, und steckte seine spitze Nase fast in das Sicherungsgitter. Durch eine seiner Lederschwingen lief ein grob genähter Riss.

Darum also diese vage Vertrautheit. Er kannte den Typen nur zu gut. Und der Lästerspeier kannte *ihn* offenbar auch – jedenfalls hatte er Elias wieder einmal aufgespürt, wie auch immer er das machte.

Vorsichtig trat Elias einen Schritt vor, um sich von hinten an den Geflügelten anzuschleichen. Es klackerte, als seine Fußspitze ein Steinchen wegtrat. Der Lästerspeier zuckte zusammen. Der Blick seiner wachen Augen traf Elias für einen kurzen Moment. Dann flatterte er mit schlagenden Flügen los, ehe dieser auch nur den Arm heben konnte!

»He!«, rief Elias. »Dageblieben!« Doch der Lästerspeier sauste bereits durch die Luft davon – und prallte plötzlich unsanft auf den Boden. Ein schwarzer Riemen, der sich um seinen Bauch geschlungen hatte, hielt ihn auf. Elias drehte sich um – und entdeckte Bruchhorn, der seine Peitsche in der Hand hielt.

»Sehr gute Wahrnehmung!«, lobte der Spiegelpirscher. »Wir hätten den kleinen Spion fast übersehen.« Nun trat auch Feuerhaar hinzu. Bruchhorn zog den Lästerspeier unterdessen mit der Peitsche zu sich heran.

Dieser war ganz und gar nicht glücklich darüber. »Ihr hässlichen Hornochsen!«, zeterte er. »Ziegenfüßige Ziegenhirne! Lasst mich gefälligst los! Ich habe Geschäfte zu erledigen! Geschäfte!«

»Du hast uns belauscht«, sagte Elias ruhig. »Und du willst nun dem Herrn der Spiegel melden, was du gehört hast, oder?«

»Natürlich!«, krakeelte der Lästerspeier. »Das ist mein Job, du Genie! Ich bin ein Gerüchtehändler. Schon vergessen?«

»Das können wir nicht zulassen«, knurrte Bruchhorn und baute sich drohend vor dem gebundenen Lästerspeier auf. Elias hielt ihn mit einer Handbewegung zurück.

»Warte mal. Ich rede mit ihm.«

»Klar tust du das«, meckerte der Lästerspeier. »Das hört man doch. Und du atmest. Und der Himmel ist blau.«

Elias ignorierte das Gekeife. »Was habt ihr Lästerspeier eigentlich davon, dem Herrn der Spiegel zu dienen?«, fragte er.

»Pfüh!«, machte der Lästerspeier verächtlich. »Wir dienen dem doch gar nicht! Wir arbeiten nur für ihn. Ist halt ein guter Kunde. Mit einem Exklusiv-Vertrag für die frischesten Gerüchte.«

»Verstehe«, murmelte Elias. »Und was haltet ihr von diesen Schwarzen Spiegeln?«

»Was sollte damit sein?«

»Sie lassen das ganze Zwischen nach und nach zu Glas erstarren, das ist damit! Was wird dann aus euren Geschäften? Wenn nichts mehr passiert, gibt es keine Gerüchte mehr.«

Der Lästerspeier schüttelte unwillig den Kopf. »Kann ich mir nicht vorstellen. So schlimm wird es schon nicht werden.«

»Wenn du meinst«, erwiderte Elias. »Sollte der Plan des Spiegelherrn aufgehen, dürfte es übrigens auch keine Überschneidungen zur Festwelt mehr geben. Davor will er das Zwischen nämlich bewahren. Das heißt für euch: Vogelfutter ade!« Mal schauen, was er dazu sagen würde …

Sein Gefangener verzog das Gesicht. »Njaaa … Um die Futterpartys bei Frau Kieselbeck wäre es schon schade. Aber was soll man machen? Auch Gerüchtehändler haben eine Berufsehre.«

»Und wenn es ein noch viel frischeres Gerücht gäbe?«, fragte Elias mit einem kleinen Lächeln. »So groß, dass es möglichst viele Lästerspeier beschäftigt? Am besten alle? Sollte das der Herr der Spiegel dann nicht so schnell wie möglich erfahren? Und sollte unser kleines Gerücht hier dann nicht ein bisschen warten, wenigstens ein paar Stunden?«

»Was für ein großes, frisches Gerücht denn?«, fragte der Lästerspeier mit plötzlichem Interesse.

»Flieg doch mal zum Opernplatz«, sagte Elias. »Und nimm deine Kumpels mit! Dort könnte sich schon sehr bald etwas tun, das den Spiegelherrn äußerst interessieren dürfte.«

»Und du erzählst auch keinen Quatsch?«

»Wenn ich die Wahrheit sage, macht ihr ein Riesengeschäft. Und wenn ich lüge, erzählst du dem Spiegelherrn einfach, was du gerade gehört hast. Du hast quasi schon ein Ersatz-Gerücht.«

»Na gut«, knurrte der Lästerspeier. »Abgemacht. Wenn das Gerücht am Opernplatz groß genug ist, kann die Sache hier warten.«

»Hand drauf.« Elias drückte dem Geflügelten die Klaue. Dann band er den Peitschenriemen los, der noch immer um den Bauch des Lästerspeiers geschlungen war.

»Bist du dir sicher …«, setzte Bruchhorn an, doch Elias nickte nur entschlossen.

Als der Lästerspeier endlich befreit war, reckte er sich und breitete die Flügel aus. Misstrauisch schaute er Elias an. Dann wurde ihm klar, dass die Sache tatsächlich keinen weiteren Haken hatte. Er grinste breit, tippte sich mit der Klaue grüßend an ein Horn – und flatterte in den dämmrigen Himmel über den Basar davon.

»Hrrrm«, machte Feuerhaar unzufrieden. »Das gefällt mir nicht. Hätten wir ihn mal besser zusammengeschnürt und in irgendeinem Besenschrank versteckt. Sobald er bemerkt, dass am Opernplatz nicht wirklich etwas los ist …«

»Das wird er nicht bemerken«, erwiderte Elias. »Denn am Opernplatz wird etwas los sein. Kommt!«

Er ging an den verwirrten Spiegelpirschern vorbei nach drinnen.

Zahlreiche fragende Blicke wandten sich ihm zu, als er wieder in das Hinterzimmer des Vertauschers trat. Nur M. Taurus war damit beschäftigt, einige Boreal-Sylphen abzuwehren, die offenbar versuchten, ihm seine Werkzeuge abzuschwatzen.

Mit knappen Worten erklärte Elias, was gerade draußen passiert war. Dann wandte er sich direkt an den Graffiti-Puck, der ungeduldig mit seinen spitzen Ohren wackelte.

»Kannst du dich um die Sache kümmern? Die Lästerspeier müssen am Opernplatz ein richtiges Spektakel vorfinden.«

Die Augen des Graffiti-Pucks blitzten. »Spektakel? Ich mag das Wort! Sprich weiter.«

»Das ist eigentlich schon alles. Du kannst machen, was du willst –

eine große Kunst-Performance oder was auch immer! Hauptsache, die Lästerspeier sind damit beschäftigt, es zu beobachten.«

»Ja!«, rief Shaka begeistert. »Und beleidige am besten den Spiegelherrn! Mach etwas, das er sich unbedingt selbst ansehen muss, dann ist er zumindest nicht mehr in seinem Turm.«

Der Puck vollführte einen begeisterten Überschlag.

»Soll ich dabei meine Farben verwenden?«

»Aber ja!«

»Viel Farbe? Richtig, richtig viel Farbe?«

»Natürlich.«

»Und Lärm? Musik? Bunten Rauch?«

»Was du willst«, sagte Elias. »Sorge nur dafür, dass niemand zu Schaden kommt«, fügte er rasch besorgt hinzu.

»Bin schon weg!«

»Aber denk daran, dass du auch noch etwas in der U-Bahn zu tun hast!«

»Pah, Chaos an zwei Stellen auf einmal – das ist eine Kleinigkeit für mich!«

Damit verschwand er durch den Lüftungsschacht, schneller, als Elias gucken konnte.

Niniane strich sich das Haar zurück. »Für Ablenkung wäre dann wohl gesorgt«, sagte sie. »Wenn der Puck etwas kann, dann ein gehöriges Durcheinander veranstalten.«

»Aber ob das gut geht?«, fragte Torben. »Vielleicht schreckt er den Spiegeltypen einfach nur auf.«

»Klar geht das gut«, schnaubte Shaka ungeduldig. »Denk doch mal nach, Westermann! Wenn wir ...«

»Stell dir vor, manchmal denke ich tatsächlich nach!«, unterbrach Torben sie ärgerlich. »Auch wenn du das nicht glauben kannst. Darum mache ich mir ja Sorgen.«

Bevor Shaka etwas erwidern konnte, klopfte es an der Tür, und der Vertauscher steckte seinen Kopf herein.

»Mein Flatter-Kurier ist zurückgekehrt«, sagte er. »Und er hat noch jemanden für euch mitgebracht.«

Er trat einen Schritt beiseite. Es zischte und knackte feurig, als sich drei weitere Gestalten in den kleinen Raum schoben. Flammen tanzten über ihre Körper, von der länglichen Schnauze bis zur Schwanzspitze. In der Armbeuge trug jeder von ihnen einen schlanken, rotglühenden Dreizack.

Natürlich! Die Kellersalamander aus den Salamanderkellern hatten sie in der Aufregung ganz vergessen …

Die Hitze der Feuerwesen wogte schwer durch das Zimmer. Torben wurde blass wie ein Stück Wand. Er wich unwillkürlich einen Schritt zurück, sodass er erst Shaka anrempelte und dann auch noch polternd einen Stuhl umwarf.

»Ich hoffe, wir kommen nicht ungelegen«, zischte einer der Kellersalamander und verschränkte missbilligend die Arme.

»Überhaupt nicht!«, rief Elias. Er zwang sich, einen Schritt auf die glutheißen Schwellenwesen zuzugehen. »Wir planen gerade unser Vorgehen gegen den Spiegelherrn. Im Auftrag der Königin auf der Schwelle!« Er präsentierte den weißen Heroldsstab. Die Flammenwesen musterten ihn unbeeindruckt.

»Unsere Mission besteht darin, möglichst unbemerkt in den Schwarzen

Spiegelturm zu gelangen. Und wir sind dankbar um jede Hilfe, die wir dabei kriegen können.«

Die Kellersalamander fauchten abfällig. »Wir Flammengeborenen sssind Krieger«, erklärte der vorderste von ihnen. »Einschleichen issst nicht unsssere Sssache. Wir stellen unsss offen zum Kampf.«

»Wir wissen nicht, wie die Sache laufen wird«, erwiderte Elias beklommen. »Vielleicht werden wir die Unterstützung durch Krieger gebrauchen können. Auch wenn ich das nicht hoffe.«

Der Kellersalamander machte sich plötzlich groß – wie eine Flamme, in die man Öl gegossen hatte. »Wir kämpfen nur an der Ssseite von würdigen Gefährten!«, rief er. »Dasss sssind wir dem Urfeuer schuldig, dem wir entsprungen sssind.«

Er warf einen strengen Blick in Torbens Richtung. Dieser straffte sich und zeigte auf den Heroldsstab in Elias' Hand »Wir sprechen für eure Königin. Ihr seid Krieger. Ihr müsst tun, was sie verlangt!«

»Die Königin issst die Ssseele desss Zwischen, nicht ssseine Tyrannin«, fauchte der Kellersalamander. »Wenn sssie Schwellenwesssen zwingen würde, gegen ihre Natur zu handeln, wäre sssie nicht bessser alsss der Herr der Spiegel.«

»Wir wollen euch doch gar nicht zwingen!«, beeilte sich Elias hinzuzufügen. »Wir würden uns nur über Hilfe freuen.«

»Dann verdient sssie euch!« Die drei Feuerwesen hoben stolz ihre Dreizacke zum Gruß. Und verschwanden so abrupt nach draußen, wie sie gekommen waren. Ihre Hitze lastete noch immer im Raum.

»Pah«, schnaubte die Ober-Parkfee. »Die alten Hitzköpfe nehmen sich mal wieder sehr wichtig.«

Shaka seufzte. »Trotzdem hätte es nicht schaden können, eine Horde zu allem entschlossener Flammenkrieger zur Unterstützung zu haben«, sagte sie. »Aber *irgendjemand* hat das wohl vermasselt – nicht wahr, Westermann?«

Torben war noch immer ein wenig blass um die Nase. Doch nun verfärbten sich seine Wangen rot.

»Und du machst natürlich immer alles richtig – nicht wahr, *Steffi*?«, rief er wütend. »Aber weißt du was – ich werde euch nicht länger auf die Nerven gehen. Ich bin draußen. Ab jetzt kannst du ungestört so genial sein, wie du willst.«

Er kickte den Stuhl zur Seite, den er versehentlich umgestoßen hatte, und stürmte zum Ausgang.

»Torben, warte!«, rief Elias erschrocken. »Wir brauchen dich!«

»Du hast doch Steffi«, rief Torben und knallte die Tür hinter sich zu.

Für einen Moment herrschte betretenes Schweigen im Raum. Noch nicht einmal die Sylphen plapperten.

»Ach«, brummte Shaka schließlich. »Der kommt schon wieder.« Sie versuchte, locker zu klingen, doch Elias hörte Unsicherheit aus ihrer Stimme heraus.

»Wir können aber nicht darauf warten«, sagte Niniane ernst. »Der Puck ist vielleicht schon mit der U-Bahn des Spiegelherrn fertig und auf dem Weg zum Opernplatz.« Elias erinnerte sich nur zu gut, wie gedankenflink der kleine Kerl war. »Die Ablenkung beginnt gewiss jeden Moment. Wir müssen sofort handeln.« Niniane seufzte in sich hinein. »Und wir sollten bitte keine weiteren Verbündeten mehr vergraulen.«

Die gläserne Festung

Wie eine scharfkantige Scherbe fraß sich der Schwarze Spiegelturm in den Herbsthimmel. Stolz überragte er sämtliche anderen Gebäude der Stadt. Seine komplette Fassade war mit dunklem Glas verkleidet, das das Sonnenlicht zu verschlucken schien. Dadurch wirkte er wie ein Spalt im Himmel, ein schwarzer Scherenschritt vor dem Wolkengrau.

Für Elias fühlte sich der Anblick einfach nur falsch an. Der Turm gehörte nicht hierher, war kein Teil der Innenstadt, die er sein Leben lang gekannt hatte. Und doch erhob er sich über ihren Dächern, als hätte man ihn ausgeschnitten und auf den Himmel geklebt. Er erinnerte Elias an das Vier-Winde-Haus am Stadtrand, das es ebenfalls nicht geben durfte. Doch die Boreal-Sylphen gaben sich alle Mühe, ihre Behausung in die Festwelt einzufügen, als gehörte sie dazu. Der Spiegelturm hingegen wollte bewusst herausstechen und das Bild beherrschen. Das Gebäude hatte nur eine Aussage: Hier residiert der Boss – und das ist der Herr der Spiegel und niemand sonst.

Elias musste schlucken. Der Schwarze Turm machte überdeutlich, wie die Macht verteilt war: nicht zu ihren Gunsten.

»Dort oben ist das Büro des Chefs«, erklärte Bruchhorn sachlich und deutete mit seinem muskulösen Arm auf das oberste Stockwerk. »Und da drüben, an der Außenseite, befindet sich der Fahrstuhlschacht, den wir nehmen werden.«

Elias konzentrierte sich darauf, den Erklärungen des Spiegelpirschers zu folgen. Sie standen auf der Dachterrasse eines Kaufhauses nahe der Innenstadt, von wo aus sie einen guten Blick auf den Turm hatten. Auch Feuerhaar war bei ihnen, ebenso wie Niniane, Shaka und eine Handvoll bewaffneter Parkfeen. Gemeinsam bildeten sie den Einsatztrupp, der gleich in den Turm eindringen würde. Hoffentlich sorgte der Graffiti-Puck für ausreichend Ablenkung …

In ihrer Nähe flatterte außerdem eine einzelne Sylphe herum. Sie hielt den Kontakt zu den zahllosen Windgeschöpfen aufrecht, die sich rings um den Turm in der Luft verteilt hatten, um alles im Auge zu behalten. Als Elias zu ihr aufschaute, streckte sie aufmunternd ihren winzigen Daumen hoch.

»Gehen wir also«, sagte Shaka knapp. Sie wirkte ziemlich schlecht gelaunt, was vermutlich nicht nur mit ihrer Anspannung zu tun hatte, sondern auch damit, dass Torben nicht mehr dabei war.

Noch vor ein paar Tagen wäre Elias froh gewesen, den nervigen Trottel loszuwerden, dessen nicht-witzige Aktionen er hasste. Nun vermisste er Torbens tatkräftige Art. Und er spürte, dass Shaka immer noch ein schlechtes Gewissen hatte.

Gemeinsam verließen sie die Dachterrasse und fuhren mit dem Aufzug ins Erdgeschoss. Draußen war es nicht weit bis zur nächsten U-Bahn-Station. Sie liefen die Treppen hinab und tauchten schließlich ins U-Bahn-Labyrinth ein.

Vor ihnen erstreckten sich die gekachelten Gänge weit verzweigt in alle Richtungen, beleuchtet von flackernden Neonröhren. Es roch ein wenig nach altem Gummi. Bis vor Kurzem hatte Elias die In-Between-App auf seinem Handy gebraucht, um sich hier zurechtzufinden. Inzwischen konnte er spüren, welches Linienmuster auf den Kacheln welchen Weg markierte.

»Unser gehörnter Vetter hat hoffentlich schon die geheime Station für seine Wartungsarbeiten aufgeschlossen«, sagte Feuerhaar tatendurstig.

M. Taurus war vorgegangen, um sich darum zu kümmern, während die Spiegelpirscher Elias und den anderen noch eine Lageübersicht zum Turm ihres Chefs gegeben hatten. Elias fragte sich, was Feuerhaar mit »Vetter« meinte. War er etwa auch über irgendwelche Ecken mit dem Stierköpfigen verwandt? Eine merkwürdige Vorstellung, über die er nachdachte, als sie der schwarzen Linie auf den Kacheln folgten. Es ging einmal nach rechts und zweimal nach links, eine ewig lange Rolltreppe hinab und weitere Gänge entlang.

Elias erinnerte sich noch gut, welche Angst er damals davor gehabt hatte, hier dem Gehörnten zu begegnen. Nun freute er sich darauf, seine massige Gestalt wiederzusehen. Mit den Schwellenwesen und ihren verschiedenen Fähigkeiten an der Seite war die Sache bestimmt zu schaffen, und heute Abend war das Zwischen vielleicht schon wieder im Lot. Dann würde er Gelegenheit haben, es in Ruhe zu erkunden. Und herauszufinden, was er wirklich von seinen Hörnern hielt …

Sie bogen um eine weitere Ecke – und Elias hielt abrupt an. Vor ihnen stand M. Taurus mitten auf dem Gang. Er hatte seinen Schlüsselbund vom Gürtel gelöst und ihn erhoben, offenbar um die schwere Stahltür am Ende des Ganges aufzuschließen. Doch er rührte sich nicht, war mitten in der Bewegung erstarrt. Sein Körper glänzte und wirkte seltsam durchscheinend. Denn er bestand aus schwarzem Glas. An der gekachelten Wand des Ganges, gleich neben M. Taurus, hing ein dunkler Spiegel mit einem üppigen Goldrahmen.

»Oh nein«, keuchte Niniane.

Elias ließ wie betäubt die Arme hängen. Der Spiegelherr hatte M. Taurus erwischt ...

»Ein Grund mehr, den Typen endlich in seine Schranken zu verweisen!«, knurrte Shaka trotzig. Für Elias hörte sich ihre Entschlossenheit seltsam hohl an. Es war eine Sache, irgendwelche verglasten Schwellenwesen im Hintergrund herumstehen zu sehen – aber eine ganze andere, wenn man jemanden als Glasfigur vor sich hatte, den man kannte, der fast schon ein Freund war ...

Eine der Parkfeen huschte an der Glasstatue vorbei, die bis vor kurzem noch der Labyrinthmeister gewesen war, sorgsam darauf bedacht, dem Spiegel nicht zu nah zu kommen. Sie sprang hoch und ruckelte an der Klinke der Stahltür. Es war noch abgeschlossen. Die geheime U-Bahn-Station war unerreichbar. Sie hatten nicht nur einen Freund verloren, sondern waren auch aufgehalten worden, bevor die Sache überhaupt richtig begonnen hatte.

Elias schaute auf die erstarrte Hand des Stierköpfigen. Auch der Schlüsselbund zwischen seinen Fingern bestand nun aus Glas. Die Hoffnung, die er eben noch empfunden hatte, fiel von ihm ab wie Laub von einem toten Baum.

Feuerhaar stieß ein frustriertes Schnauben aus. »Unser Weg endet, bevor er richtig begonnen hat.«

»Dann kommen wir halt später wieder«, flüsterte Shaka, »mit einem besseren Plan.« Ihre Stimme zitterte.

»Es gibt kein *Später*«, erwiderte Elias, ohne sie anzusehen. »Der Puck zieht seine Ablenkung genau jetzt durch. Danach wird der Spiegelherr gewarnt sein.«

Er hatte das Gefühl, als sei er selbst in seinem Inneren zu Glas erstarrt.

»Lasst uns einen anderen Weg nehmen!«, rief eine helle, zirpende Stimme. Das war die Boreal-Sylphe, die noch immer neben ihnen herflog. Elias hatte sie fast vergessen.

»Das funktioniert doch nicht«, knurrte Bruchhorn. »Ihr wisst, dass die anderen Spiegelpirscher das Gebäude bewachen. Durch die Vordertüren schaffen wir es nie.«

»Dann kommen wir eben von oben!«, rief die Sylphe. »Meine Schwestern und ich werden euch helfen.«

»Von oben?«, fragte Niniane skeptisch.

»Natürlich!«, strahlte die Sylphe. »Durchs Fenster. Direkt ins Büro des Spiegelherrn. So umgehen wir die ganzen Pirscher, die im Gebäude lauern.«

»Das liegt so ungefähr im zwölftausendsten Stock!«, rief Shaka empört.

»Na und?«

»Wir können nicht fliegen«, wandte Feuerhaar ein.

»Das tun wir schon für euch.«

»Und die Lästerspeier überwachen den Luftraum«, sagte Bruchhorn.

»Derzeit nicht. Die sind alle am Opernplatz und sammeln Gerüchte. Meine Schwestern sehen gerade keinen einzigen von ihnen.«

»Aber trotzdem«, murmelte Shaka. »In den obersten Stock – durch das Fenster?!«

»Wie soll das bitte gehen?« Bruchhorn schnaubte ratlos.

»Mit Windkraft natürlich«, erklärte die Sylphe seelenruhig. »Die Winde sind unsere Freunde. Sie werden auch euch unterstützen. Im Vier-Winde-Haus haben wir den Wind schon mal dazu gebracht, einen echten Festwelt-Tischkicker in den fünften Stock hochzutragen. Das schaffen wir mit euch auch.«

»Ich bin kein Tischkicker«, murrte Feuerhaar, »was immer das auch sein soll.«

»Und der fünfte Stock ist nichts gegen diesen Turm«, flüsterte Shaka, die zusehends blasser wurde.

»Ach«, machte die Boreal-Sylphe wegwerfend, »wollen wir da nun rein oder nicht?«

Niemand sagte etwas. Alle schauten Elias an. Ihm wurde klar, dass sie offenbar eine Entscheidung von ihm erwarteten. Warum ausgerechnet von ihm …

»Gut«, sagte er so gefasst wie möglich, den Blick immer noch auf die Glasfigur gerichtet, die einmal M. Taurus gewesen war. »Wir kommen von oben.«

Shaka seufzte, sagte aber nichts dagegen. Elias wandte sich noch einmal an den erstarrten Labyrinthmeister. »Wir bringen das wieder in Ordnung«, flüsterte er der kalten Glasstatue zu. Und hoffte, dass das keine Lüge war. Dann machte die Gruppe kehrt und ließ den Gehörnten allein zurück.

Es ging durch einige Seitengänge und weitere Rolltreppe hinunter, tiefer und tiefer. Schließlich durchschritten sie eine kleine Seitentür – und standen plötzlich auf der regennassen Straße. Elias machte sich gar nicht erst die Mühe, darüber nachzudenken, wie das räumlich möglich war.

Stattdessen schaute er auf den Bretterzaun, der hier das Grundstück eines alten Abrisshauses sicherte. Er war mit zahllosen wetterzerfetzten Plakaten zugekleistert. Darüber blickten die Fenster des Gebäudes leer und gelangweilt ins Nichts. In der Festwelt war dies ein trüber Ort, an dem man rasch vorbeieilte. Im Zwischen hingegen thronte hier der Schwarze Spiegelturm. Sein Sockel bedeckte das gesamte Grundstück.

Elias legte den Kopf in den Nacken und schaute an der glänzenden Glasfassade hinauf, die nun vor dem nebelgrauen Himmel erschien. Ihm wurde schwindelig. Er hatte das Gefühl, vor einer gewaltigen Säule zu stehen, die die mächtigen Wolkenbänke stützte.

»Tatsächlich keine Lästerspeier zu sehen«, murmelte die Ober-Parkfee, die sich aufmerksam umschaute.

»Das Büro vom Chef ist auf dieser Seite.« Feuerhaar zeigte an der Fassade hinauf. »Die Fenster ganz oben rechts sind es, dort müssen wir hin.«

»Die Sache gefällt mir nicht«, knurrte Bruchhorn. »Der Spiegelherr lässt bestimmt keine Lücken in der Bewachung.«

»Und mir ist immer noch nicht klar, wie wir da hochkommen sollen«, ergänzte Shaka, »und außerdem …«

Sie wurde von einem fröhlichen »Yiiiih!« unterbrochen. Der Sylphenschwarm war angekommen! Unbeschwert plappernd versammelten sich die kleinen Windkreaturen von allen Seiten um die Gruppe. Plötzlich war Elias von flatternden Flügelchen und filigranen Gestalten umgeben, unter deren Regenmänteln es bunt hervorleuchtete. Dann kitzelte es auch schon in seinem Bauch, und er verlor den Boden unter den Füßen. Die Sylphen hoben ihn auf den Schwingen des Windes dem Himmel entgegen!

Neben ihm hing auch Shaka mit strampelnden Beinen in der Luft. Niniane ließ sich von den Sylphen mit gelassener Ruhe tragen, die beiden Spiegelpirscher gaben sich alle Mühe, unbeeindruckt auszusehen. »Dort hinauf, zu diesen Fenstern!«, gab Bruchhorn die Richtung an.

Die Parkfeen jubelten laut, als der Wind sie mit Macht anhob und nach oben trieb. Die quirligen Geschöpfe schienen die Einzigen zu sein, die den Flug genossen. Shaka hingegen sah immer panischer aus, je weiter der Boden unter ihr zurückblieb. Ihr war ja schon Elias' Lieblingsdach zu hoch gewesen …

Dann war der Aufstieg auch abrupt wieder vorbei, und die Sylphen setzten Elias ab. Das ging ja schnell … Verwirrt schaute er sich um. Er befand sich zusammen mit den anderen auf einem Fensterabsatz aus grauem Beton, vier Stockwerke über dem Boden.

Nun erkannte er, dass die Fassade des Schwarzen Spiegelturms nicht so glatt war, wie sie aus der Entfernung aussah. Ein Netzwerk aus Betonpfeilern und Zwischenstreben überzog seine Außenwände, sodass es vor jedem Stockwerk einen Absatz gab, gerade breit genug, um darauf zu stehen. Die Turmspitze jedoch lag noch viele, viele Stockwerke entfernt.

»Ich glaube, das war noch nicht hoch genug«, sagte Elias vorsichtig.

»Es ist jedenfalls schon hoch genug, um abzustürzen und als blutiger Klumpen auf dem Pflaster zu landen«, presste Shaka durch ihre zusammengebissenen Zähne hervor.

Die Boreal-Sylphen tanzten vor ihnen in der Luft herum und zogen bunte Streifen hinter sich her. »Ihr Festweltler seid ziemlich schwer«, erklärte eine von ihnen.

»Da müssen wir kurz ein bisschen verschnaufen«, sagte eine zweite.

»Geht gleich wieder!«, fügte eine dritte munter hinzu.

»Ihr müsst das nicht machen, wenn das zu viel für euch ist!«, sagte Shaka rasch.

»Aber nein!«, zirpten die Sylphen. »Das ist gar kein Problem!«

»Wollen wir nicht lieber ... Heee!«

Sie schrie auf, als die Sylphen ihre Passagiere packten und weiter emportrugen. Diesmal schafften sie fünf Stockwerke, bis sie ihre Last absetzen mussten. Die Straßen lagen nun schon verflixt tief unter ihnen.

»Mistmistmist ...« Shaka fluchte mit zusammengekniffenen Augen vor sich hin.

»So ging es Torben in den Salamanderkellern«, sagte Niniane ruhig. Es war kein Vorwurf, nur eine Feststellung. Dennoch funkelte Shaka sie wütend an.

»Und weiter geht's! Yiiih!« Wieder trugen die Sylphen sie hinauf. Vier Stockwerke – Absatz. Nochmal fünf Etagen – wieder auf den Absatz. Schritt für Schritt kämpften sie sich an der Fassade des Turmes hinauf, während Elias der Wind immer forscher durch das Haar fuhr. Inzwischen hatte er sich an dieses schwebende Gefühl gewöhnt und genoss es fast. Dann musste er daran denken, dass nur die durchscheinenden Hände winziger Flatterwesen ihn von dem Sturz auf den Asphalt tief unter ihm trennten. Und plötzlich war alle Leichtigkeit wieder verflogen.

Beim nächsten Halt – sie waren schon höher als die mächtigsten Baukräne – hob Bruchhorn plötzlich eine Hand.

»Ich spüre etwas«, zischte er und deutete auf seine Hörner. Feuerhaar nickte zustimmend. Elias konzentrierte sich. Tatsächlich – nun bemerkte er es auch! Ein fremdes Schwellenwesen kam auf sie zu. Es war irgendwo hier am Turm. Und es näherte sich schnell.

»Was ist das?«, fragte er Unheil ahnend.

»Ärger«, knurrte Bruchhorn und zeigte nach oben.

Von dort bewegte sich etwas die Fassade entlang. Es war eine gebückte, grob menschenähnliche Gestalt, deren Körper von schwarzen Panzerplatten bedeckt war, wie bei einem gewaltigen Käfer. Mühelos hielt sie sich auf der senkrechten Oberfläche. Denn ihre Hände waren Spinnen. Sie hatten keine Finger, sondern acht lange, krabbelnde Beine – und sogar Spinnenköpfe mit glänzenden Facettenaugen und spitzen Greifzähnen! Auch die Beine der Kreatur endeten nicht in Füßen, sondern in kugeligen Spinnenkörpern.

Auf diesen vier Spinnen kroch das Ding zielstrebig und erschreckend flink auf sie zu. Nun konnte Elias sehen, dass es kein erkennbares Gesicht hatte – nur eine glatte, schwarze Panzerplatte am Kopf. Einzig eine runde, rötliche Öffnung war dort zu erkennen, wo man ihren Mund erwartet hätte.

»Was ist *das*?«, keuchte Elias entsetzt. An manche Überraschungen im Zwischen würde er sich nie gewöhnen! Die Sylphen, die sich gerade ihre Fluggäste greifen wollten, verharrten vor Schreck auf der Stelle.

Das Spinnenwesen warf den Kopf zurück – und spuckte aus der runden Öffnung ein klebriges Netz in ihre Richtung! Die Sylphen stoben auseinander, als das Geschoss mitten durch ihren Schwarm rauschte – und schließlich von einem Windstoß davongetragen wurde, ohne ein Ziel gefunden zu haben.

»Der Herr der Spiegel hat den Schwarzen Spinnerich als Fassadenwächter rekrutiert«, knurrte Feuerhaar. »Das ist schlecht. Hier an der Fassade haben wir keine Chance gegen ihn.«

»Schnell!«, rief Niniane den Sylphen zu. »Tragt uns fort! Weiter hinauf!«

»Geht nicht!«, kam die Antwort aus dem Schwarm.

»Wenn wir euch tragen, können wir seinen Netzen nicht ausweichen«, ergänzte eine zweite Sylphe.

»Und wenn er uns mit dem Ding die Flügel verklebt, stürzen wir ab«, seufzte eine dritte.

Unerbittlich kam der Spinnerich auf seinen schwarzen Spinnenhänden herangekrabbelt. Schon setzte er dazu an, ein weiteres Netz zu speien – da ertönte eine entschlossene Stimme: »Feuer!«

Sie gehörte der Ober-Parkfee. Ein Dutzend winziger, aber nadelspitzer Dornenpfeile prasselte auf den Körper des Wächters ein. Sie zerbrachen allesamt an seinen Panzerplatten.

»Der ist zu hart für euch«, knurrte Feuerhaar frustriert.

»Aber er hat uns bemerkt«, sagte die Ober-Parkfee zuversichtlich. Tatsächlich bewegte der Spinnerich suchend den Kopf hin und her, als wollte er herausfinden, woher genau der Beschuss gekommen war.

»Wir halten ihn beschäftigt«, entschied die Parkfee. »Ihr fliegt weiter hoch. Bis ihr oben angekommen seid, können wir ihn hinhalten. Vorwärts!«

Noch ehe Elias gegen den gefährlichen Plan protestieren konnte, legten die Parkfeen auch schon los. Sie schwärmten in alle Richtungen aus und huschten mit gewagten, absurd weiten Sprüngen von einem Betonabsatz zum anderen. Eine Fee mit einer Art Rüstung aus Styropor-Plättchen beschoss den Spinnerich von links, ihre Schwester, die ein Kettenhemd aus Büroklammern trug, von rechts unten. Die Ober-Fee feuerte ihren Bogen ab, noch während sie durch die Luft sprang, und schickte gleich einen zweiten Pfeil hinterher, sobald sie dicht neben dem Spinnerich aufkam.

Dieser setzte ihr sofort nach, sodass sie sich mit einem kühnen Salto in Sicherheit bringen musste. Keine Sekunde später waren zwei weitere Parkfeen zur Stelle, um ihn mit Beschuss aus einer anderen Richtung abzulenken.

»Los!«, rief Bruchhorn. »Wir müssen weiter, solange sie ihn noch fortlocken können!«

Dann spürte Elias auch schon, wie die Sylphen wieder nach ihm griffen. Höher und höher trugen sie ihn und die anderen hinauf, an der Fassade des Spiegelturms entlang, während unter ihnen der Spinnerich noch immer die Parkfeen über die Fensterabsätze jagte.

Diesmal mobilisierten die kleinen Windgeister das letzte bisschen ihrer beachtlichen Kräfte. Sie hielten nicht an, bis sie den höchsten Absatz erreicht hatten. Nun waren sie am obersten Turmstockwerk! Über ihnen lag nur noch das Dach mit seinem Gewirr aus Funkmasten und Sendeschüsseln.

Mit weichen Knien klammerte Elias sich an einer Betonsäule fest, während der Wind ungestüm durch sein Haar fuhr, als wollte er ihn zu einem kleinen Flug überreden.

»Viel Glück im Turm!«, rief ihm eine der Sylphen zu.

»Ihr werdet es brauchen«, ergänzte eine zweite.

»Wir passen weiter auf, was rund um den Turm geschieht«, schloss eine dritte. Dann schwärmten sie aus, um genau das zu tun.

Elias warf einen Blick über die Stadt, die sich ringsum in alle Richtungen erstreckte – zahllose graue Flachdächer, backsteinrote Altbau-Straßenzügen und gelegentliche Kirchtürme, durchteilt von den schwarzen Adern der Bahngleise. Weiter hinten waren auch die grünen Gärten der Vorstadt-Wohnviertel zu erkennen, überragt von den fernen, schlanken Umrissen einiger Windräder. Der Lärm der Stadt drang nur als gedämpftes Rauschen zu ihm herauf, als stünde er an einem Meer mit Wogen aus Beton.

»Und was jetzt?«, fragte Shaka mit zitternder Stimme, während sie sich mit dem Rücken ganz eng an die Wand presste.

»Jetzt gehen wir da rein«, erklärte Bruchhorn selbstbewusst.

»Sind wir hier denn richtig?«, fragte Elias, der sich inzwischen umgedreht hatte und vergeblich versuchte, durch die verspiegelte Scheibe etwas zu erkennen.

»Ja, die Sylphen haben ihre Sache gut gemacht«, erwiderte Feuerhaar. »Hinter diesem Fenster liegt das Büro vom Chef.«

»Super«, murmelte Shaka, und ihre Stimme klang zunehmend panisch. »Allerdings haben wir noch ein Problem: Wie kommen wir da überhaupt rein? Das ist doch bestimmt irgendein Mega-Sicherheitsglas!«

»Dieses Problem kannst du uns überlassen, Festweltlerin«, erwiderte Bruchhorn mit einem stolzen Lächeln.

Er legte seine schwielige Hand auf die Fensterscheibe. Schon nach wenigen Sekunden ging eine Veränderung mit ihr vor. Sie verfärbte sich schwarz und nahm einen spiegelartigen Glanz an, so wie die Hörner des Pirschers. Dann tauchte Bruchhorns Arm mühelos in die Scheibe ein, als wäre sie lediglich ein Wasservorhang.

»Ihr müsst mich oder Feuerhaar berühren und gut festhalten«, erklärte er. »Dann werden wir euch durch das Glas geleiten.«

»Cool«, sagte Elias gleichermaßen anerkennend und erleichtert. »Öhm … können das alle Spiegelpirscher?«

»Wenn sie ihre Kräfte ausreichend trainieren«, erwiderte Bruchhorn mit einem vielsagenden Seitenblick. »Und jetzt kommt!«

Elias streckte den Arm aus und fasste den Gehörnten an der Schulter, Niniane griff nach Feuerhaar. Shaka zögerte kurz. Die Sache war ihr sichtlich nicht geheuer. Sie warf einen letzten, unbehaglichen Blick in die Tiefe. Dann nahm sie Bruchhorns Hand.

»Und los!« Die beiden Spiegelpirscher traten einen Schritt vor – und schoben sich durch die Scheibe. Elias spürte einen kühlen Schauer, als sie das Glas durchquerten. Dann hatte er auch schon gemeinsam mit seinen Gefährten den Schwarzen Spiegelturm betreten.

19

Der Spiegel des Zagreus

Auf der anderen Seite der Fensterscheibe erwartete sie ein heller, großzügiger Raum mit weißem Teppichboden. Überrascht schaute Elias sich um. Er hatte damit gerechnet, dass der Spiegelherr in einer Art dunklem Thronsaal residieren würde, vielleicht auch in einer gläsernen Kathedrale oder in einem Spiegelverlies.

Stattdessen lag vor ihnen ein sauberes und penibel aufgeräumtes Büro. In der Mitte des Raumes thronte ein mächtiger Leder-Chefsessel hinter einem Schreibtisch, dessen Platte aus schwarzem Glas bestand. Bis auf ein paar aufgestellte Bilderrahmen war der Schreibtisch leer, nicht einmal ein verirrter Kugelschreiber lag herum.

Dem Schreibtisch gegenüber standen zwei Stühle, die deutlich weniger pompös und fast verschämt wirkten. Ansonsten war der Raum weitestgehend leer – keine Topfpflanzen, keine Aktenschränke, keine Kunstwerke an der Wand. Er wirkte klar – aber auch kahl und ungemütlich.

»Es scheint niemand da zu sein«, flüsterte Elias erleichtert.

»Wie man's nimmt«, erwiderte Niniane und zeigte in die Ecke bei der Eingangstür. Dort lag etwas, das Elias erst für einen Haufen schwarzer Decken hielt – bis er bemerkte, dass es lediglich ein unförmiger Schatten an der Wand war. Ein Schatten, der von nichts und niemandem geworfen wurde. Sein Umriss bewegte sich leicht, ein gleichmäßiges Heben und Senken. Das waren Atemzüge!

»Was ist das?«, flüsterte Elias alarmiert.

»Ich glaube … das ist das Schattending!«, erwiderte Niniane.

»Du meinst das Schwellenwesen, das diese Mülltonne beim Dämmerbasar angenagt hat?«, fragte Elias. »Was macht das hier?«

»Der Chef hat wohl einen neuen Wachhund«, erklärte Bruchhorn missbilligend. »Als wenn Spiegelpirscher nicht reichen würden …«

»Es scheint jedenfalls zu schlafen«, fügte die Schleier-Rusalka hinzu.

»Ähm, Niniane …«, meldete sich nun Shaka zu Wort. »Bist du dir ganz sicher, dass es nichts ausmacht, wenn das Ding einem den Schatten wegfrisst?«

»Das habe ich so nicht gesagt …«

»Irgendwie fallen mir gerade sehr viele Antworten ein, die ich lieber gehört hätte.«

Gebannt beobachtete Elias den dunklen Umriss an der Tür. Das Schattending schien sich auf dem Boden zusammengekauert zu haben. Aus seinem gewölbten Rücken schauten scharfkantige Konturen hervor, die vielleicht Stacheln oder Panzerplatten waren, wie bei einem Dinosaurier.

»Und was machen wir jetzt?«, fragte er schließlich.

»Wir suchen den Spiegel des Zagreus«, erwiderte Bruchhorn entschlossen. »Und wir sind leise dabei. Wofür sind wir Pirscher?«

»Das trifft nicht auf alle von uns zu«, brummte Shaka.

Bruchhorns Plan hielt etwa drei Schritte weit vor. Sie hatten den Schreibtisch noch nicht erreicht, als plötzlich ein Zittern durch den schwarzen Umriss des Schattendings ging.

»Vorsicht!«, zischte Bruchhorn. Alle erstarrten auf der Stelle. Doch es war schon zu spät. Das Schattending regte sich.

Aus seinem schwarzen Nicht-Körper formte sich ein rundlicher Auswuchs, der sich suchend hin und her bewegte. Das musste der Kopf sein! Etwas Längliches hing aus dem Umriss heraus. Hechelnde Geräusche waren zu hören.

Niniane wich unwillkürlich einen Schritt zurück. Sofort fuhr der Kopf des Schattendings herum! Mit hängender Zunge näherte es sich dem Schatten der Schleier-Rusalka über die Wand, wobei es schnüffelnde Geräusche von sich gab. Nun glaubte Elias, auch so etwas wie ein Maul mit dolchartigen Zähnen im Schatten zu erkennen. Das Schattending machte einen langen Hals, hatte Niniane fast erreicht …

»Stopp!« Elias hob hilflos die Arme. Sofort fuhr das Schattending erneut herum, fixierte nun Elias' Schatten – und näherte sich ihm begierig hechelnd. Es schien auf Bewegungen zu reagieren.

Ein neuer Wachhund … Irgendwie hatte das Schattending wirklich etwas von einem Hund an sich! Nur dass ein Hund keine Panzerplatten auf seinem Körper aus Dunkelheit hatte – und keine Schatten fraß …

Ohne weiter nachzudenken griff Elias in seine Tasche und zog den kleinen Flummi hervor, den er seit einigen Tagen mit sich herumtrug.

Eine durchsichtige Kunststoffkugel, in die bunte Buchstaben mit der Geheimbotschaft einer Königin eingelassen waren. Er warf den Flummi und ließ ihn auf dem Boden aufprallen, wobei er beobachtete, wie sein Schatten über die Wand hüpfte. Geschickt fing er ihn wieder auf.

Das Schattending erstarrte. Sein ganzer schwarzer Umriss schien nur aus Anspannung zu bestehen. Vor Aufregung hechelnd belauerte es den schwarzen Kreis, den der Flummi als Schatten warf.

»Na los«, flüsterte Elias. »Hol ihn dir!«

Wieder ließ er den Flummi über den Boden hüpfen und den schwarzen Kreis verführerisch tanzen, fort von Ninianes Schatten.

Der Wachhund des Spiegelherrn sprang darauf an. Das Schattending verfolgte den schwarzen Kreis begeistert. Unterdessen hüpfte der Flummi gegen die Wand, prallte ab – und kehrte in Elias' Hand zurück. Da erst bemerkte er seinen Fehler. Das Schattending riss sein zahnbewehrtes Maul auf und setzte dazu an, den Flummi-Schatten zu verschlingen, mitsamt dem Schatten von Elias' Hand! Gerade noch rechtzeitig warf er die Gummikugel von sich. Das Schattending sprang hinterher. Diesmal erwischte es seine Beute – und vertilgte den Flummi-Schatten mit einem schmatzenden Geräusch, das Elias eine Gänsehaut machte. Misstrauisch verfolgte er, was es als Nächstes tun würde.

»Jetzt nicht bewegen«, flüsterte er.

Doch das Schattending beachtete die Eindringlinge gar nicht mehr. Zufrieden zog es sich in seine Ecke neben der Tür zurück und rollte sich zusammen. Wenige Sekunden später war bereits wieder zu erahnen, wie sich seine Umrisse regelmäßig hoben und senkten.

»Es scheint wieder zu schlafen«, flüsterte Shaka.

Niniane atmete aus. »Es beißt auch immer nur ein bisschen ab und hat dann genug«, erklärte sie. »Vielleicht sind Schatten ja schwer verdaulich …«

»Pfff«, machte Feuerhaar. »Als Wachhund taugt es jedenfalls nichts.«

Elias straffte sich. »Lasst uns nach dem Spiegel suchen.«

Das taten sie, sorgfältig darauf bedacht, das leise schnarchende Schattending nicht weiter zu stören. Es gab in dem kahlen Büro nicht viele Möglichkeiten, etwas zu verstecken. Rasch stellten sie fest, dass der Spiegel des Zagreus weder unter dem Schreibtisch noch im Papierkorb lag, und es hatte ihn auch niemand unter die Sitzpolster der Stühle geschoben.

»Warum hängt der Spiegel nicht einfach an der Wand?«, knurrte Shaka frustriert.

Das fragte Elias sich auch. Er hatte fest damit gerechnet, dass der Spiegel des Zagreus hier irgendwo prangen würde – noch mächtiger und dunkler als die Schwarzen Spiegel, die überall im Zwischen verteilt waren, und natürlich an einem zentralen Ort, als Herz der Macht des Spiegelherrn. Doch die Wände waren allesamt kahl – und spiegellos.

»Sind wir vielleicht doch ins falsche Büro eingestiegen?«, fragte Niniane beunruhigt.

»Nein.« Bruchhorn schüttelte grimmig den Kopf. »Dies ist das Zimmer vom Chef. Feuerhaar und ich waren schon hier. Außerdem riecht es nach ihm.«

»Und wenn der Spiegelherr den Spiegel des Zagreus gar nicht hier aufbewahrt«, überlegte Elias, »sondern in irgendeinem Banktresor oder so?«

»Die Königin auf der Schwelle hat gesagt, dass sie den Spiegel an diesem Ort vermutet, im Zentrum der Macht des Spiegelherrn«, wandte Niniane ein.

»Außerdem sieht es dem Herrn der Spiegel nicht ähnlich, etwas Wichtiges außerhalb seiner Reichweite aufzubewahren«, stimmte Feuerhaar ihr zu. »Er behält gerne die Kontrolle. Und was sollte sonst das Schattending hier machen? Bis vor Kurzem hatte er es jedenfalls noch nicht in seinem Büro.«

»Dann müssen wir eben noch besser suchen«, entschied Shaka und wandte sich entschlossen dem gläsernen Schreibtisch zu. Elias trat an ihre Seite, um zu helfen. Aus der Nähe konnte er erkennen, dass die Bilder, die jemand auf der Schreibtischfläche im Halbkreis aufgestellt hatte, nicht wirklich Bilder waren. Es waren Spiegel. Sieben kleine, goldgerahmte Spiegel von der Größe einer Handfläche. Auf ihren Rahmen waren verschlungene Verzierungen angebracht.

»Könnte einer von denen der Spiegel des Zagreus sein?«, fragte Shaka skeptisch.

»Nee«, murmelte Elias. »Die sind doch viel zu klein. Außerdem würde man das bestimmt irgendwie spüren …«

Er wollte sich gerade frustriert abwenden – da bemerkte er, dass die Spiegel mehr zeigten als sein Spiegelbild. Tief unter ihrem Glas schien sich etwas zu bewegen. Man musste nur genau hinschauen … Aufgeregt beugte er sich vor.

Es war, als würde auf der Spiegelfläche ein Film ablaufen. Auf einem der Spiegel sah Elias den Verbotenen Park, wo gerade ein Vogel durch das Geäst der Bäume flatterte. Mit Schrecken realisierte er, wie viele der

Wipfel bereits verglast waren. Ein anderer Spiegel zeigte einen Treppenabsatz im Vier-Winde-Haus, der leer und verlassen dalag. Daneben war eine enge, von bunten Laternen erhellte Gasse zu sehen, durch die gesichtslose Gestalten in farbenprächtigen Gewändern huschten. Sie mussten sich an einigen Statuen aus schwarzem Glas vorbeidrängen, die mitten im Weg herumstanden, in der Bewegung erstarrt.

»Von hier kann der Spiegelherr durch die Schwarzen Spiegel schauen, die er überall aufgehängt hat!«, rief Niniane, die sich über seine Schulter gebeugt hatte.

Elias nickte »Ja. Die Dinger funktionieren wie die Bildschirme von Überwachungskameras.«

Shaka fuhr unterdessen mit den Fingern über die Verzierungen an den Spiegelrahmen, die ein wenig an Schaltknöpfe erinnerten.

»Ich frage mich, ob sich damit die Feineinstellungen bedienen lassen«, murmelte sie. »Offenbar hat sich der Spiegeltyp von unserer Festwelt-Technik inspirieren lassen. Wartet, ich versuche mal was …«

Sie beugte sich vor und berührte den Rahmen des Spiegels, der den Park zeigte, mit den Fingerspitzen. Das Bild auf seiner Oberfläche wurde erst ein wenig heller, dann dunkler. Anschließend stellte sie es unscharf, um daraufhin das Blatt eines Baumes ganz nah heranzuzoomen.

»Was soll das bringen?«, knurrte Bruchhorn, der Shakas Treiben ungeduldig beobachtete.

»Nun wartet doch mal ab«, erwiderte Shaka, ohne aufzublicken. »Ich hab's gleich … Tadaaa!«

Sie grinste triumphierend, als das Bild auf dem Spiegel sich veränderte. Jetzt war die Ecke des Dämmerbasars zu sehen, wo der doppelköpfige

Händler noch immer zu Glas erstarrt war. Shakas Finger verharrte auf dem Knopf. In rascher Folge wechselten nun die Bilder. Elias erkannte die Salamanderkeller, die Kachelgrotten, den Gang im U-Bahn-Labyrinth, wo M. Taurus herumstand, und noch ein Dutzend Zwischenorte mehr, die er noch nie zuvor gesehen hatte. Dann zeigte der Spiegel plötzlich etwas, das ihm auf seltsame Art bekannt vorkam.

Elias sah einen Schreibtisch, auf dem sieben kleine Spiegel standen. Ein Mädchen mit einem langen, schwarzen Zopf beugte sich gerade über einen von ihnen. Daneben standen zwei Spiegelpirscher, eine Schleier-Rusalka und er selbst. Sie alle waren von hinten zu sehen.

»Dachte ich mir's doch!«, rief Shaka stolz. »Der Typ hat *garantiert* auch hier einen Spiegel installiert. Und ganz gewiss nicht einfach nur irgendeinen Spiegel ...«

»Wenn das Bild uns von hinten zeigt«, sagte Elias und drehte sich um, »müsste er ja eigentlich genau in unserem Rücken hängen.«

Niniane nickte. Sie räusperte sich und deutete auf die nackte, weiße Wand hinter dem Schreibtisch. »Ich zweifele an, dass es dort wirklich nichts zu sehen gibt«, sagte sie laut und deutlich.

Plötzlich flimmerte die Stelle, als läge sie hinter einem Schleier aus Hitze. Dann hing dort etwas, das vor einer Sekunde noch nicht da gewesen war: eine runde, schwarze Scheibe.

»Schützende Tarnzauber verschwinden, wenn man ihnen offen widerspricht«, erklärte Niniane, und ihr Lächeln sah ein klein wenig stolz aus.

Elias näherte sich vorsichtig der Scheibe. Sie warf sein Spiegelbild zurück. Der Spiegel des Zagreus, da war er sich ganz sicher.

Nichts an ihm erinnerte an die protzigen, goldgerahmten Dinger, die der Herr der Spiegel überall im Zwischen verteilt hatte. Der runde Spiegel an der Wand war nicht besonders beeindruckend und vielleicht so groß wie ein Topfdeckel. Er hatte keinen Rahmen, und seine Oberfläche schimmerte seltsam matt. Sie schien nicht aus Glas zu sein, sondern aus irgendeinem schwarzen Metall, das man glatt poliert hatte.

Der Spiegel war alt, das spürte Elias sofort. Sehr, sehr alt. Vielleicht stammte er aus einem fernen Zeitalter, in dem es noch gar keine Spiegel aus Glas gegeben hatte. Ob ihn wirklich irgendwelche altgriechischen Titanen erschaffen hatten?

»Gute Arbeit«, schnaubte Bruchhorn anerkennend, und auch Feuerhaar nickte.

»Das ist also der berühmte Spiegel des Zagreus«, stellte Shaka fest. »Ich hatte ihn mir größer vorgestellt. Aber umso besser, da haben wir weniger zu schleppen.«

»Wir sollten ihn so rasch wie möglich zur Königin bringen«, erwiderte Elias. »Öffnest du den Link mit deinem Handy?«

»Bin schon dabei«, murmelte Shaka und begann, auf ihrem Gerät herumzutippen.

Elias streckte unterdessen den Arm nach dem Spiegel des Zagreus aus. Seine Oberfläche war so schwarz wie die mondlose Nacht. Er vermied es, direkt hineinzublicken, musste an den Gott Zagreus denken, den der Spiegel angeblich einst aus seiner schützenden Höhle gelockt hatte. Und all die Zwischenwesen, die zu Glas erstarrt waren, gefangen in sich selbst.

Und doch fühlte sich der Spiegel nicht wirklich unheilvoll an, als er ihn schließlich berührte. Er war einfach nur da, so alt, mächtig und gnadenlos wie die Nacht oder das Meer. Vielleicht war er wirklich älter als die sterblichen Menschen …

Entschlossen nahm Elias ihn von der Wand. Er ließ sich ganz einfach lösen, als sei er ein gewöhnliches Einrichtungsstück.

Bruchhorn schnaubte erleichtert. »Das wäre geschafft.«

»Und nun zur Königin«, ergänzte Feuerhaar.

»Es wäre klug, sich zu beeilen, denn der Herr der Spiegel hat soeben gespürt, dass du sein Kleinod geraubt hast«, sagte der dritte Spiegelpirscher.

Drei Spiegelpirscher? Elias fuhr herum. Hinter Feuerhaar und Bruchhorn stand ein weiterer Gehörnter, die Arme vor der Brust verschränkt, als wäre das die selbstverständlichste Sache der Welt. Seine Augen funkelten tiefrot wie zwei flammende Rubine.

»Wir beobachten«, sprachen die Rubinroten Augen mit der Zunge des Pirschers. »Und manchmal kommentieren wir. Doch wir handeln nie. Das ist nun an euch.«

Dann löste sich die Gestalt in nichts auf. Für einen Moment schwebten die tiefroten Augen noch allein in der Luft. Kurz darauf verschwanden auch sie.

Feuerhaar lief nervös auf und ab. »Okay, ihr habt es gehört, Leute! Wenn der Chef weiß, was Sache ist, wird er jeden Augenblick hier sein. Wir müssen mit dem Spiegel verschwinden, so schnell wie möglich …«

»Ist die Verbindung zur Königin endlich offen?«, wandte sich Elias an Shaka.

»Ich komme nicht durch«, kam die gestresste Antwort. »Dieser Bereich scheint irgendwie abgeschirmt zu sein.« Shaka schaute von ihrem Handy auf. »Wir müssen hier weg!«

»Dann los!«, drängte Bruchhorn und lief voraus in Richtung Fenster.

In diesem Moment tauchte eine der Boreal-Sylphen draußen vor der Scheibe auf. Sie winkte hektisch mit beiden Ärmchen. Bruchhorn streckte den Kopf durch die Scheibe, um mit ihr zu reden. Kurz darauf zog er ihn wieder nach drinnen.

»Sie hat erzählt, dass der Schwarze Spinnerich die Parkfeen in seinem Netz verschnürt und an einen Balken gehängt hat«, berichtete er. »Jetzt hockt er an der Fassade und lauert auf uns. Auf diesem Weg kommen wir hier nicht mehr weg.«

Niniane eilte zur einzigen Tür des Raumes. Sie drückte die Klinke herunter. Und ruckelte verzweifelt daran. »Abgeschlossen!«, rief sie über die Schulter.

»Gibt es dafür vielleicht auch einen Spiegelpirscher-Trick?«, fragte Elias hoffnungsvoll.

»Nur, wenn die Tür aus Spiegelglas wäre«, erwiderte Feuerhaar.

»Aber es geht vielleicht auch weniger elegant«, schnaubte Bruchhorn. »Zur Seite!« Er nahm quer durch das Büro Anlauf, senkte seinen Kopf – und stürmte mit den Hörnern voran auf die Tür zu! Es krachte, als er ungebremst dagegenprallte und sich auf seinen Hintern setzte. Die Tür jedoch wirkte völlig unbeeindruckt.

»Können wir durch die Spiegel auf dem Schreibtisch schlüpfen?«, fragte Shaka.

»Da passt ja kaum meine Hand durch!«, empörte sich Bruchhorn.

Shaka verdrehte die Augen. »Ich kann nicht glauben, dass wir im Büro des Herrn der Spiegel festsitzen – weil es keine vernünftigen Spiegel gibt!«

»Überleg lieber, wie wir hier wegkommen«, rief Elias, in dem Panik aufstieg.

Der Weg tiefer ins Gebäude war verschlossen, und draußen lauerte der Schwarze Spinnerich. Vielleicht sollten sie hinauf aufs Dach, zu den Funkmasten und Sendeschüsseln? Aber da konnte das Spinnen-Vieh sie genauso erreichen, und weiter ging es von dort auch nicht. Oder ein Versteck suchen und rasch hinausschlüpfen, sobald jemand ins Büro kam? Doch wo? Hier gab es doch noch nicht mal einen Aktenschrank!

Verzweifelt betrachtete Elias den Spiegel des Zagreus. Sie waren so weit gekommen, hatten das Ding sogar schon in den Händen – und nun war es doch aus und vorbei.

Von draußen war plötzlich das Gekreische der Sylphen zu hören. Elias drehte sich zum Fenster. Dort schob sich ein großer, dunkler Umriss vor die Scheibe. Es war eine Art Luftschiff, das direkt an ihrem Stockwerk anlegte!

Das Gefährt hatte eine Gondel aus dunklem Glas. Sie war wie ein Cabrio nach oben offen und windschnittig geformt, mit flossenartigen Tragflächen, als sollte sie wie ein Rochen durch die Luft gleiten. Große Propeller am Heck dienten als Antrieb. Ihre klingenartigen Blätter kamen gerade zum Stehen.

Vier Seilstränge verbanden die Gondel mit einem dicken Fesselballon – nur dass dieser Ballon gar kein Ballon war, sondern eine übergroße Qualle. Ihr durchscheinender, kugeliger Körper sah so aus, als wäre er mit zusammengeballten Wolken gefüllt. Er pulsierte langsam wie ein schlagendes Herz. Zahllose lange, dünne Fangarme hingen von ihm herab, die ebenfalls durchsichtig waren und sanft im Wind hin und her schaukelten.

Eine Laufplanke fuhr von der Gondel aus und berührte sanft den Fenstersims. Fast zeitgleich bewegte sich die Fensterscheibe lautlos zur Seite und öffnete sich wie eine Balkontür.

Dann sprang auch schon eine massige Gestalt vom Steuer auf, überquerte die Planke mit festen Schritten und betrat den Raum durch die Öffnung. Der Herr der Spiegel.

Elias wich vor ihm zurück. Der Spiegelherr schaute zu der leeren Stelle, wo eben noch sein wichtigster Besitz an der Wand gehangen hatte. Sein Blick wanderte zu Elias, der den Spiegel panisch an sich drückte. Eine glänzende Sonnenbrille verdeckte wieder die Augen des Spiegelherrn – doch Elias war sich sehr sicher, dass sie hinter dem schwarzen Glas zornig funkelten.

»Du!«, sprach der Herr der Spiegel entgeistert. Dann seufzte er tief. »Ich habe dir einen guten Rat gegeben. Habe dich eindrücklich gewarnt. Warum hast du nicht auf mich gehört? Nun ist meine Geduld am Ende.«

»Ich lasse mich nicht einschüchtern!«, rief Elias, doch seine Stimme klang so dünn, dass es sich nach dem Gegenteil anhörte.

Ein Lächeln zerteilte den Bart des Spiegelherrn. »Ich weiß deinen naiven jugendlichen Idealismus zu schätzen«, sagte er. »Leider darf ich trotzdem nicht zulassen, dass du mit Dingen spielst, die eine Nummer zu groß für dich sind. Gib den Spiegel her, Junge.«

»Nein!«, knurrte Elias und umklammerte die runde Metallscheibe umso fester. »Ich werde den Spiegel der Königin auf der Schwelle übergeben und sonst niemandem.«

Der Spiegelherr hob wissend die Augenbrauen. »Die Königin hat euch für sich eingenommen, was? Ja, das kann sie gut. Aber ich bin nicht euer

Feind und auch nicht der Feind des Zwischen. Ich will nicht zerstören. Ich will *bewahren.*«

»Die Natur des Zwischen ist die Veränderung«, erwiderte Niniane ruhig.

Der Herr der Spiegel verzog das Gesicht. »Aber es verändert sich in letzter Zeit immer rascher – und daran ist die Schnelllebigkeit der Festwelt schuld!«, erwiderte er. »Ich werde verhindern, dass das Zwischen sich ganz verliert. Das ist meine Aufgabe als sein Wächter. Und dafür brauche ich diesen Spiegel. Her damit!«

Er streckte gebieterisch die Hand aus.

»Nein!«, wiederholte Elias und wich weiter vor ihm zurück.

»Ich würde sagen: *doch*«, sprach der Spiegelherr und griff nach seiner Sonnenbrille, um sie abzusetzen. Verzweiflung breitete sich in Elias aus. Er wusste, dass er dem abgrundartigen Spiegelblick dieser Augen nichts entgegenzusetzen hatte …

Dann keuchte der Herr der Spiegel überrascht auf – und setzte sich auf seinen Hosenboden. Feuerhaar stand da, wo sich seine massige Gestalt eben noch erhoben hatte, die Hörner zum Stoß gesenkt. Er hatte den Spiegelherrn einfach umgeschubst, wie eine wütende Wildziege.

»Rasch!«, brüllte Bruchhorn und eilte an seine Seite. »Haut ab! Wir kümmern uns um den Spiegelherrn!« Er schaute zum Herrn der Spiegel, der sich fluchend wieder auf die Füße kämpfte. »Tut uns leid, Chef«, murmelte der Pirscher. »Muss aber sein.«

Elias reagierte sofort. Er presste den Spiegel des Zagreus dicht an sich und rannte er rüber zum Fenster, begleitet von seinen Freunden.

In diesem Moment flog die Tür auf. Eine Horde Spiegelpirscher mit mächtigen Hörnern und wolligen Ziegenbeinen strömte in den Raum.

Sie alle trugen schwarze Cappies, wie von einem Sicherheitsdienst, und lange Peitschen an den Gürteln.

»Schnappt sie euch!«, rief der Herr der Spiegel.

»Nun verschwindet endlich mit dem Spiegel!«, brüllte Bruchhorn, während er seine Peitsche zog und sich der Spiegelpirscher-Security zuwandte.

Niniane stieg inzwischen als Erste durch das geöffnete Fenster auf den Betonabsatz. Erstaunlich flink huschte sie über die Laufplanke rüber zum Luftschiff. Shaka fluchte leise in sich hinein, während sie Niniane über die Planke folgte – auf allen vieren, denn der Wind zerrte heftig an ihnen.

Direkt hinter Shaka schwang sich Elias auf den Fenstersims – da spürte er einen Widerstand am Bein. Ein Spiegelpirscher hatte sich aus dem Fenster gebeugt und umklammerte seinen Fußknöchel! Elias trat mit dem freien Fuß einmal kräftig nach hinten, doch der Gehörnte hielt ihn eisern fest.

»Lass mich«, presste Elias zwischen den Zähnen hervor. Dann zischte und brauste es, und Wassertropfen sprühten auf ihn herab. Plötzlich war er wieder frei! Der Pirscher wurde von einem Wasserstrahl zurückgeschleudert, der knapp über Elias hinwegzischte und ihm eine unfreiwillige Dusche bescherte.

»Los jetzt!« Niniane senkte den Arm. Elias quetschte sich zu ihr und Shaka in die offene Kabine des schwarzglänzenden Luftschiffs. Den Spiegel des Zagreus verstaute er sicher zwischen seinen Beinen. Über ihren Köpfen schwebte die Wolkenquelle sanft in ihren Fesselseilen.

»Stehen geblieben!« Ein weiterer Pirscher mit Security-Mütze begann, durch das Fenster zu klettern. Elias ignorierte ihn und schaute stattdessen über die komplizierte Ansammlung aus Hebeln, Knöpfen und Steuerknüppeln, die offenbar die Steuerung dieses seltsamen Gefährts bildeten. Sie leuchteten edel in einem matten Bronzeton.

»Hat jemand eine Ahnung, wie man dieses Ding bedient?«, fragte er hektisch.

»Keinen Schimmer«, knurrte Shaka. »Aber das hier sieht ziemlich nach Vollgas aus!«

Sie griff nach einem Regler, der mit einem Blitz-Symbol beschriftet war, und drückte ihn ganz nach vorne. Die Propeller sprangen röhrend an. Ruckartig setzte das Luftschiff sich in Bewegung. Es gab ein knirschendes Geräusch, als die Laufplanke abbrach, die immer noch ausgefahren war. Der Pirscher am Fenster wich erschrocken zurück.

»Yeah!«, jubelte Shaka, während das Luftschiff Fahrt aufnahm und sich vom Turm entfernte. »Macht's gut, ihr Spiegelschergen!« Sie winkte den ziegenbärtigen Wachmännern zu, die sich am Fenster drängten und ihnen hinterherglotzten.

»Pass auf!«, rief Niniane plötzlich warnend und zeigte nach unten. Dort klebte der Schwarze Spinnerich mit ausgebreiteten Armen und Beinen am Gebäude, dicht unterhalb der Gondel. Dann stieß er sich ab – und sauste mit einem gewaltigen Satz durch die Luft. Elias zuckte zusammen, als das Spinnenwesen die Brüstung des Luftschiffes mit einer Hand zu fassen bekam. Nun hing es direkt unter ihnen und setzte dazu an, sich ganz hinaufzuziehen. Ohne nachzudenken, holte Elias den weißen Heroldsstab aus seiner Jacke und schlug damit kräftig auf die Spinnenhand. Die krabbelnden Beine, die ihre Finger waren, zuckten. Und verloren den Halt. Der Schwarze Spinnerich rutschte ab und stürzte in die Tiefe. Für einen Moment strampelte er im freien Fall. Dann spie er ein großes Netz aus und ergriff es mit beiden Armen. Wie ein Fallschirm aus Spinnenseide trug es ihn sanft nach unten.

»Den sind wir los«, rief Elias. »Schaffst du es, uns von hier wegzubringen, Shaka?«

»Denke schon«, murmelte diese und griff nach dem Steuerknüppel. Das Luftschiff machte einen eleganten Bogen über die Dächer der Stadt.

»Da soll noch mal einer sagen, dass Games nicht aufs Leben vorbereiten!«

Im raschen Flug ging es fort vom Schwarzen Spiegelturm, der sich scharfkantig und drohend hinter ihnen erhob.

Ewige Geborgenheit

Die Rotoren des Luftschiffes schnurrten wie zufriedene Katzen, während Elias, Shaka und Niniane mit dem seltsamen Gefährt über den Dächern der Stadt dahinrauschten. Selbst die Wolkenqualle, an deren Ballonkörper die Gondel befestigt war, stieß wohlig-blubbernde Laute aus und schien den Flug zu genießen. Gelegentlich machte das Luftschiff unvermittelt eine scharfe Kurve oder sackte sogar einige Meter ab, wenn Shaka mit der ungewohnten Steuerung kämpfte. Doch das tat dem Gefühl von Erleichterung keinen Abbruch, das sich in Elias' Bauch ausbreitete.

Sie hatten es geschafft! Sie waren in den Schwarzen Spiegelturm eingedrungen, waren lebend wieder aus dieser gläsernen Festung entkommen – und hatten den Spiegel des Zagreus als Beute dabei. Zufrieden blickte Elias auf die Baumwipfel des Zoos rund um die flache Kuppel des Tropenhauses herab, die unter ihnen hinwegzogen. Die Innenstadt lag nun schon hinter ihnen – und mit ihr der Spiegelturm.

»Hier, übernimm mal«, sagte Shaka schließlich nach einiger Zeit und drückte Elias den Steuerknüppel in die Hand. »Ich versuche noch mal, die Webseite der Königin zu erreichen. Langsam dürften wir weit genug vom Spiegelturm weg sein …«

Elias nickte und bewegte den Knüppel vorsichtig zur Seite, woraufhin das Luftschiff fast einen Looping flog und die Qualle ein empörtes Gurgeln ausstieß. Shaka schaute unterdessen stirnrunzelnd auf ihr Display und tippte dann ungeduldig darauf herum.

»Das sind immer noch ziemliche Datenmengen«, knurrte sie. »Die Königin hätte ihre Mobil-Version ruhig etwas schlanker programmieren können. Oder progra-zaubern oder was auch immer sie gemacht hat …«

»Auf jeden Fall solltest du dich beeilen«, sagte Niniane plötzlich in einem beunruhigenden Tonfall. Elias folgte ihrem Blick – und entdeckte eine Wolke aus kleinen, flatternden Gestalten, die das Luftschiff zielstrebig auf ledrigen Fledermausschwingen verfolgten. Lästerspeier!

Er ruckelte am Geschwindigkeitshebel herum. Vergeblich. Das Luftschiff flog bereits so schnell, wie es die Rotoren hergaben. Die quirligen Lästerspeier hingegen waren deutlich flinker und näherten sich beständig.

»Wie kommst du voran?«, fragte er Shaka, den Blick nach vorne gerichtet.

»Geht so«, brummte Shaka nervös. »Ich habe gerade keinen guten Empfang mit meinen mobilen Daten. Vielleicht solltest du an irgendein Gebäude heranfliegen, das öffentliches WLAN hat, ein Hotel oder so.«

»Sonst noch was?«, beschwerte sich Elias. »Ich bin froh, wenn ich das Ding halbwegs in der Luft halten kann …«

Er wurde von einem schrillen Ausruf unterbrochen: »Vorwärts! An die Arbeit!«

Inzwischen hatten die Lästerspeier sie fast erreicht. Einer von ihnen gestikulierte wichtigtuerisch, die anderen strebten weiter voran. Nun erkannte Elias mit Entsetzen, dass sie alle kleine Messer zwischen den Zähnen trugen.

»Vorsicht!«, warnte er. »Sie sind bewaffnet!«

Der Lästerspeier-Schwarm ergoss sich flatternd und krakeelend über das Luftschiff. Elias befürchtete, dass sie mit ihren Klingen wie geflügelte Piraten das Luftschiff entern würden. Doch stattdessen klammerten die Kreaturen sich an den Seilen fest, mit denen die Gondel an der Wolkenqualle befestigt war. Je zwei bis drei Lästerspeier hängten sich mit ihren Krallen an ein Seil. Dann griffen sie ihre Messer – und begannen, eifrig daran herumzusäbeln!

»Stopp! Aufhören!«, brüllte Elias panisch.

»Wir können nicht fliegen!«, rief Niniane den Lästerspeiern zu. »Wenn ihr damit weitermacht, stürzen wir ab.«

»Ich habe den Verdacht, dass sie genau das wollen«, knurrte Elias.

Die Lästerspeier aber ließen sich nicht stören und säbelten weiter vor sich hin.

»He! Du da!« Elias hatte einen alten Bekannten unter ihnen entdeckt – den Lästerspeier mit dem auffälligen Riss im Flügel. »Wir beide hatten eine Vereinbarung!«

Der Lästerspeier schaute zu ihm hinab, ohne mit dem Schneiden innezuhalten. »Und ich habe mich auch daran gehalten!«, rief er stolz. »Wir haben das Gerücht von eurem kleinen Treffen auf dem Dämmerbasar brav zurückgehalten, während der Graffiti-Puck seine Show durchgezogen hat. Möchte mal wissen, wie sie das Opernhaus wieder sauber kriegen … Der Herr der Spiegel ist von allein darauf gekommen, dass etwas nicht stimmt.«

»Und was soll diese Aktion jetzt?«, fragte Elias mit einem Anflug von Panik in der Stimme.

»Sorry«, erwiderte der Lästerspeier. »Unsere Abmachung beinhaltet nicht, dass wir keine Luftschiff-Seile durchschneiden. Das hättest du vorher sagen müssen.«

»Aber warum tut ihr das überhaupt?«

»Direkte Anweisung vom Boss.«

»Ich dachte, er ist nicht euer Boss?«

»Ist er auch nicht. Aber der Spiegelherr wurde fuchsteufelswild, nachdem er geschnallt hatte, dass die Sache am Opernplatz eine Ablenkung war. Er hat sogar gedroht, Frau Kieselbeck in Glas zu verwandeln! Also gehorchen wir ihm lieber mal, bis er wieder runterkommt. Das müsst ihr verstehen. Ist nichts Persönliches.«

»Klar! Natürlich!«, rief Shaka erbost. »Wir nehmen es überhaupt nicht persönlich, dass ihr uns abstürzen und auf dem Boden zerschellen lasst.«

»Dann ist ja gut«, sagte der Lästerspeier glücklich und säbelte weiter.

Plötzlich machte es *Twäng*! Eines der Fesselseile war in zwei Teile zerrissen. Die Lästerspeier flatterten auf. Das Luftschiff schwankte bedenklich, und die Wolkenqualle stieß ein fragendes Blubbern aus.

»Halt das Ding noch ein Momentchen in der Luft, Elias«, presste Shaka konzentriert hervor. »Die Verbindung zur Königin auf der Schwelle steht fast. Dann kann sie hoffentlich irgendetwas für uns tun …«

»Aha«, machte Elias skeptisch. »Und wie soll das gehen?«

Sie flogen inzwischen mit gefährlicher Schlagseite dicht über den Dächern dahin. Elias zog an Hebeln und drückte Knöpfe, doch die Gondel wackelte höchstens ein bisschen.

Twäng!

Ein weiteres Seil zerriss knallend. Die Gondel erbebte, als wäre sie ein Schiff auf sturmgepeitschter See.

»Hab's ... gleich ...«, knurrte Shaka. Niniane rief den Lästerspeiern irgendetwas zu, doch die schienen sie gar nicht zu hören. Elias ruckelte an seinen Hebeln. Vergeblich.

Twängtwäng!

Die letzten beiden Seile zerfetzten fast gleichzeitig. Die Qualle stieß ein überraschtes Pfeifen aus, als sie plötzlich senkrecht nach oben davonzischte. Leider bewegte sich die Gondel in die entgegengesetzte Richtung. Die Lästerspeier blieben zurück und winkten ihnen hinterher.

Elias' Magen schlug einen Salto, während es beängstigend schnell abwärts ging. Dann bemerkte er, dass die Gondel nicht einfach nur fiel. Sie glitt auf ihren Rochen-Flossen voran, als wäre sie ein Segelflugzeug.

»Geh in den Gleitflug-Modus!«, rief Shaka und griff ein, indem sie an den Hebeln zog. Ein winziger Funke Hoffnung stieg in Elias auf. Würde dieses Ding auch ohne die Ballon-Qualle einfach weiterfliegen, nur vom Wind getragen? Doch sie sackten beständig ab, in einer immer steileren Kurve. Verzweifelt hämmerte Shaka auf irgendwelche Knöpfe ein, während die Dächer näher und näher kamen.

»Notlandung!«, schrie Niniane.

Elias nickte und brach beinahe den Steuerknüppel ab, um die Gondel in einem möglichst flachen Winkel zum Boden zu halten. Plötzlich tauchte ein gemauerter Schornstein vor ihnen auf! Elias riss den Hebel herum. Mit einem krachenden Geräusch brach eine Flossen-Tragfläche ab. Die Gondel trudelte seitwärts durch die Luft. Ein Flachdach näherte sich so schnell, als würde es sie anspringen. Dann gab es einen furchtbaren Ruck, und Elias schlug hart gegen die Brüstung. Knirschend holperte die Gondel über den Boden. Und da vorne kam schon die Dachkante! Völlig sinnlos riss Elias weiter am Steuerknüppel, Hauptsache, irgendwas tun! Dann drehte die Gondel sich zur Seite – und kam kurz vorm Ende des Daches zum Stehen.

Sie waren gelandet – wenn man das denn so nennen konnte.

»Aua«, schimpfte Shaka und hielt sich die Stirn, wo ihr ein Hebel eine Beule verpasst hatte. Niniane hatte sich irgendwie in ihre Schleierflossen verwickelt und schälte sich gerade daraus hervor. Doch zum Glück schien niemand sich etwas Ernstes getan zu haben. Elias atmete aus.

Dann schaute er sich um. Sie befanden sich auf einem kiesbedeckten Flachdach. Hinter ihnen verlief eine Furche, die der Rumpf des Luftschiffes in den Kies gezogen hatte. Vom Wrack aus konnte Elias in einen Innenhof schauen. Auf einigen Balkonen waren Bananenkisten, Kinderwagen oder alte Katzen-Kratzbäume abgestellt, andere waren überfrachtet mit Topfpflanzen und Plastiktieren. In der Ferne ragte ein Hochhaus über den Dächern auf. An seinem zentralen Treppenhaus leuchtete mattblau das Symbol eines umgedrehten Hufeisens. Der Anblick kam Elias mehr als bekannt vor.

»Wir sind auf *meinem* Dach«, flüsterte er ungläubig. Von allen Dächern der Stadt waren sie ausgerechnet hier gelandet!

»Shaka«, drängte Niniane, die inzwischen ihre Flossen wieder geordnet hatte, »konntest du mittlerweile den Pfad zur Königin auf der Schwelle öffnen? Wir müssen uns beeilen! Die Lästerspeier leiten den Herrn der Spiegel gewiss direkt hierher.«

Shaka zog ihr Handy hervor – und sog scharf die Luft ein. »Das Display ist beim Sturz gesprungen!«, stöhnte sie.

Sie hielt das Gerät hoch. Ein hässlicher Riss zog sich einmal quer über seinen kleinen Bildschirm.

»Es funktioniert doch trotzdem noch?«, fragte Elias. An der Schule liefen einige mit so einem angeschlagenen Gerät herum.

Shaka wischte mit dem Finger über das Display. Und ihre Augen weiteten sich entsetzt.

»Der Riss geht quer über eine Stelle, die ich zum Entsperren brauche«, rief sie. »Das Ding nimmt meine Eingabe nicht mehr an. Maximaler Mega-Mist!«

»Heißt das, wir kommen nicht zur Königin durch?«, fragte Elias mit einem kalten Angstklumpen im Bauch.

»Mal schauen«, knurrte Shaka konzentriert. Sie öffnete ihren Rucksack und zog einen kleinen Laptop hervor, den sie auf der Steuerkonsole abstellte. »Ich greife von außen auf das Handy zu«, erklärte sie, während sie den Rechner hochfuhr und schon ein Verbindungskabel an das Gerät anschloss. »Das habe ich schon mal geschafft. Dauert nur ein bisschen …«

Elias klemmte sich den Spiegel des Zagreus unter den Arm und schwang sich aus der Gondel. Ihre elegante Rochenform war durch den Aufprall so zusammengestaucht, dass sie eher einem verunglückten Pottwal glich.

»Vielleicht sollten wir erst einmal von hier verschwinden, bevor du es mit dem Handy versuchst«, sagte Elias. »Hier wird der Herr der Spiegel doch als Erstes nach uns suchen. Und wenn er uns findet …«

»… habt ihr ein Problem«, beendete eine tiefe Stimme seinen Satz.

Elias fuhr herum. Der Spiegelherr stand mitten auf dem Dach. Sein feiner Anzug saß schlecht, das Hemd sah zerknittert aus. Seine grauen Haare flatterten zerzaust im Wind und ein Bügel seiner Sonnenbrille war verbogen. Neben ihm schwebte ein seltsames Fluggerät in der Luft: eine rechteckige Platte aus schwarzem Glas, wie der hypermoderne Cousin eines fliegenden Teppichs. Elias erkannte die Schreibtischplatte aus dem Büro.

»Ihr habt sicher Verständnis, wenn ich angesichts der Umstände auf weitere Höflichkeiten verzichte«, sagte der Herr der Spiegel mit gefährlich ruhiger Stimme und ging auf Elias zu. Dabei streifte er das Jackett ab und ließ es achtlos auf den Kies fallen, dann lockerte er die schlechtsitzende Krawatte.

»Sie kriegen den Spiegel nicht!«, rief Elias trotzig und umfasste ihn mit beiden Händen, während er zurückwich. Die scharfe Kante der Metallscheibe schnitt unangenehm in seine Haut.

»Ich besitze ihn bereits«, sagte der Herr der Spiegel. »So, wie ich über alle Spiegel gebiete. Du hältst ihn lediglich kurz für mich.« Abrupt setzte er seine Sonnenbrille ab und verstaute sie in der Hemdtasche. Der Blick seiner kalten, pupillenlosen Spiegelaugen lag nun direkt auf Elias.

Dieser versuchte, sich abzuwenden. Doch es war schon zu spät. Die Augen des Spiegelherrn wurden zu Abgründen, in denen die ganze Welt verschwand – so wie damals in der U-Bahn-Station. Elias sah sein Spiegelbild vor sich.

Er sah, wie er in seinem Zimmer am Schreibtisch saß und in einem Buch las. Dann war er plötzlich wirklich dort, spürte den Bürostuhl unter sich, hörte das leise Rauschen der Heizung. Die orangefarbenen Vorhänge waren geschlossen und tauchten alles in ihr warmes Licht. Aus der Küche war Pfannengeklapper zu hören, und es roch süß und verführerisch. Sein Vater backte Pfannkuchen. Die guten mit Apfelschnitzen und Zimt, auf die er dann immer noch einen Riesenberg Apfelmus kleckste. Sobald Mama nachher vom Sport nach Hause kam, würde ein ganzer Stapel davon auf dem Esstisch warten. Elias freute sich auf das Essen, wenn es draußen schon dunkel war und die Lichter der Stadt ins Esszimmer hereinleuchteten … Alles war gut.

»Gefällt es dir?«, flüsterte der Herr der Spiegel. Seine Stimme sprach direkt in Elias' Kopf. »Ein perfekter Moment, nicht wahr? Würdig, zu einem Splitter Ewigkeit zu werden.«

Elias hörte ihn kaum. Er war ganz in dieses warme Gefühl eingetaucht, das sich wie eine kuschelige Decke über die Welt gelegt hatte.

»Man nennt es Geborgenheit«, sagte der Herr der Spiegel. »Sie entsteht, wenn alles so ist, wie es sein sollte. Wie es bleiben sollte.«

Draußen fuhr rumpelnd ein Lastwagen vorbei, eine Pfütze rauschte. Elias hatte es hier drinnen, in seinem Zimmer, warm und trocken. Ob er es schaffen würde, vor dem Abendessen noch das letzte Kapitel zu lesen? Die Geschichte war gerade unglaublich spannend – aber er hatte auch Lust auf Pfannkuchen!

»Und wenn alles so ist, wie es sein sollte«, fuhr der Herr der Spiegel fort,

»warum sollte es sich dann ändern? Warum sollte es nicht genau so bleiben – für immer?«

Elias spürte einen kalten Stich, die Erinnerung an etwas Unangenehmes. Etwas, woran er nicht denken wollte. Er beeilte sich, den Gedanken beiseitezuschieben, sich ganz auf die Wärme des Moments zu konzentrieren.

»Siehst du«, sagte der Herr der Spiegel, »ich finde auch, dass das für immer so bleiben sollte. Ich kann das regeln. Ich kann den Moment in kostbares schwarzes Glas einschließen, damit er in Ewigkeit bewahrt wird.«

In Ewigkeit bewahrt … Elias schaute von seinem Buch hoch und blickte nachdenklich auf die orangefarbenen Vorhänge.

»Dafür brauche ich nur den Spiegel des Zagreus, den du in den Händen hältst.«

Spiegel des Zagreus? Elias horchte auf. Das sollte ihm etwas sagen. Es gab Dinge, an die er sich erinnern musste.

»Du willst dich erinnern?«, fragte der Herr der Spiegel tückisch. »Bist du sicher? Nun gut.«

Und Elias erinnerte sich. Papa packte gerade sein Zeug zusammen, die Wohnung fühlte sich seltsam leer an ohne ihn. Bald würde er ganz woanders wohnen, alles würde anders werden, würde sich anders anfühlen. Auch orangefarbene Vorhänge konnten ihn davor nicht schützen. Die Wärme verflüchtigte sich, wich langsam klammer Kälte. Elias versuchte, das Gefühl von Geborgenheit festzuhalten, klammerte sich verzweifelt an seinen Schreibtisch.

Hilfe suchend schaute er auf die Vorhänge, deren Anblick einst so tröstlich für ihn gewesen war. Sie hingen in langen Bahnen von der Stange, bewegten sich leicht, als seien sie Schleier im Wind. Und schienen plötzlich bunter zu werden, verschiedene Farben anzunehmen, sanftes Rot und wässriges Grün. Dann begannen sie von innen heraus zu schillern – wie die Flossen eines prachtvollen Schleierfisches. Und Elias erinnerte sich weiter.

Es gab mehr, so viel mehr, als er sich bislang hatte vorstellen können. Er hatte Wunder hinter dem grauen Beton der Stadt kennengelernt. Hatte Schwellenorte zur Dämmerzeit bereist. Das Zwischen mit seinen zahllosen Bewohnern erforscht. Und Freundschaften geschlossen.

Niniane! Vor Kurzem war sie nicht mehr als die Neue gewesen, verhuscht und unauffällig. Nun war sie eine Freundin. Und Torben. Früher ein gefürchteter Anblick auf dem Schulhof, inzwischen ein Verbündeter. Jedenfalls war er das bis vorhin gewesen … Alles veränderte sich.

So wie das bunt schillernde Zwischen. Das Zwischen, das der Spiegelherr immer mehr erstarren ließ!

»Gib mir den Spiegel«, sprach der Herr der Spiegel, »und ich fasse deine Geborgenheit für immer unveränderlich in schwarzes Glas.«

Elias umklammerte die Tischkante so fest, dass Schmerz durch seine Hand zuckte. »Nein«, flüsterte er. Dann schrie er es heraus: »NEIN!«

Plötzlich stand er wieder auf dem Flachdach im Wind und hielt den Spiegel des Zagreus umklammert. Seine Handfläche schmerzte. Elias schaute hin und sah, dass ein dünner, roter Blutfaden über seinen Ärmel lief. Er hatte den scharfen Rand des Spiegels so krampfhaft festgehalten, dass er durch seine Haut geschnitten hatte. Etwas stach in seiner Wunde.

»Na schön«, sagte der Herr der Spiegel, der direkt vor ihm aufragte. »Dann eben nicht.« Und er streckte die Hand aus, um Elias den Spiegel mit Gewalt zu entreißen.

In diesem Moment durchbrach ein machtvolles Brausen die Stille. Und plötzlich umhüllten Flammenwände das Dach von allen Seiten.

Spiegel und Schwelle

Der Herr der Spiegel fuhr zusammen. Elias nutzte seine Chance und stolperte einige Schritte zurück, den blutigen Spiegel noch immer umklammert. Hitze wallte über das Dach, tanzende Flammen tauchten alles in ein rotes, unruhiges Licht. Jemand rief etwas, und es klang wie das Zischen des Feuers. Zahlreiche Stimmen antworteten, trotzig und angriffslustig. Von überallher sprangen gedrungene Gestalten auf das Dach. Flammen umspielten ihre geschuppten Körper. Kellersalamander.

Die Feuerkrieger trugen ihre rotglühenden Dreizacke, schwenkten sie kampfbereit. Es waren viele, bestimmt zwanzig oder mehr. Einige von ihnen bildeten einen dichten Ring um das Wrack der Luftschiff-Gondel, wo Shaka noch immer mit dem Laptop beschäftigt war. Andere schoben sich zwischen Elias und den Spiegelherrn. Dieser hob wütend die Arme – und wich vor den Spitzen der Dreizacke zurück.

»Ich gebiete euch, sofort damit aufzuhören!«, brüllte der Herr der Spiegel, doch seine Stimme ging fast im Brüllen, Knistern und Fauchen der

Flammen unter. Unterdessen kam einer der Salamander an Elias' Seite, um ihn mit seinem Dreizack zu beschirmen.

»Danke!«, rief Elias dem Flammenwesen zu, auch wenn er sich zusammennehmen musste, um nicht vor der Hitze zurückzuweichen. »Danke, dass ihr uns doch noch zu Hilfe kommt …«

»Hilfe musss man sssich verdienen«, zischte der Salamander. »Dasss haben wir euch schon erklärt. Zu eurem Glück issst genau dasss geschehen.«

Eine weitere Gestalt kam über die Feuerleiter auf das Dach geklettert. Das war Torben! Seine Haare waren angesengt, seine Wangen rußgeschwärzt. Seine Augen aber glänzten stolz.

»Hi!«, sagte er etwas verlegen. »Ich dachte, dass wir diese Typen vielleicht gebrauchen könnten … Also bin ich zur Schule und habe sie geholt. Sorry, dass es etwas länger gedauert hat.«

»Diessser junge Ritter der Flamme hat esss gewagt, unsss um Hilfe zu ersssuchen – und im Zweikampf für sssein Anliegen einzustehen. Er war erfolgreich«, erklärte der Salamander neben Elias gewichtig. »Er issst würdig, an unsssserer Ssseite zu kämpfen.«

»Du hast einen Kellersalamander besiegt?«, fragte Elias überrumpelt.

»Och, gewinnen war zum Glück nicht nötig«, murmelte Torben, während er zu Elias herüberging. »Ihnen reichte schon, dass ich mich getraut habe. Gab sogar trotzdem ein Geschenk.«

Er hielt einen glühenden Dreizack hoch, der genauso aussah wie die Waffen der Kellersalamander.

»Wow!«, sagte Elias ehrlich. »Und wie habt ihr …«

»Achtung!«, brüllte der Salamander dazwischen. Torben sprang vor und stieß Elias mit Wucht zur Seite. Es gab ein schreckliches, kreischendes Geräusch, wie tausend Klauenhände auf einer Schultafel. Ein Hagelschlag aus schwarzen Glassplittern peitschte knapp an ihnen vorbei. Der Herr der Spiegel war nun richtig wütend. Allein stand er mehr als einem Dutzend Kellersalamandern gegenüber, seine Haare waren zerzaust, der Bart angesengt. Doch er machte keine Anstalten, aufzugeben. Mit beiden Händen schleuderte er klirrende Scherbenwolken auf die Flammenkrieger, die seinen Attacken tänzelnd auswichen. Elias warf einen hastigen Blick über die Schulter, rüber zur Gondel. Die Salamander beschirmten das Wrack noch immer mit erhobenen Dreizacken. Hinter ihrem Feuerschleier konnte er Shaka erahnen, die über den Laptop gebeugt dahockte und hektisch vor sich hin tippte. Niniane schaute ihr über die Schulter und sagte irgendetwas.

Dann gingen die Flammenkinder zum Gegenangriff über. Aus ihren Dreizacken lösten sich pfeifende und zischende Feuerkugeln, die von allen Seiten auf den Spiegelherrn einprasselten. Für einen Moment hoffte Elias, dass er unter dem flammenden Ansturm zu Boden gehen würde.

Doch der Herr der Spiegel wich keinen Schritt zurück und streckte stattdessen die Arme aus. Eine Wolke aus messerscharfen Spiegelscherben ergoss sich aus seinen gespreizten Fingern und begann, seinen Körper wie ein schwarzer Tornado zu umkreisen. Sämtliche Feuerbälle, die in die Scherbenwolke eintauchten, wurden von den Splittern zerfetzt und verpufften zu schwefligem Nichts. Der Glastornado schützte den Spiegelherrn wie eine undurchdringliche Rüstung.

Mit langsamen, unaufhaltsamen Schritten bewegte der Herr der Spiegel sich auf Elias zu. Seine Spiegelaugen blitzten vor Zorn.

Da sprang Torben entschlossen vor und stach mit seinem Feuer-Dreizack nach dem Spiegelherrn. Die Spitzen durchdrangen die Tornado-Scherben, die klirrend zu allen Seiten davongewirbelt wurden. Der Spiegelherr stolperte zurück, entging dem Dreizack nur um Haaresbreite. Wütend zeigte er auf Torben. Eine einzelne, armlange Spiegelscherbe löste sich aus dem Tornado und sauste wie ein Pfeil auf Torben zu. Schwarz, schlank und tödlich spitz, dafür geschaffen, sich durch Fleisch und Bein zu bohren. Elias reagierte. Rasch streckte er den Spiegel des Zagreus vor und hielt ihn wie einen schützenden Schild vor Torbens Brust. Die Scherbe prallte gegen die Metallscheibe und zerbarst in tausend Splitter.

Der Aufprall war so heftig, dass Elias ins Stolpern geriet. Er kämpfte um sein Gleichgewicht und ruderte mit den Armen. Diesen Moment der Schwäche nutzte die Gegenseite aus. Sofort kamen zwei graue Schemen aus der Luft herabgestürzt. Krallenhände griffen sich den Spiegel und rissen ihn Elias aus den Händen, während er noch um einen sicheren Stand rang.

»Tut mir wirklich leid, Kumpel«, rief einer der Lästerspeier beim Abflug. Sein Flügel hatte einen genähten Riss. Gemeinsam mit seinem Kollegen trug er die schwarze Metallscheibe zum Herrn der Spiegel. Elias blieb nichts anderes übrig, als entsetzt zuzusehen, wie die beiden Lästerspeier den Spiegel des Zagreus mitten in den Glas-Tornado fallen ließen.

Die wirbelnden Scherben wurden langsamer, sanken zu Boden und verschwanden schließlich ganz. Der Herr der Spiegel stand nun ohne die schützende Mauer aus wirbelndem Glas auf dem Dach. Er sah plötzlich wieder ordentlich aus, trug Anzug und Sonnenbrille. In den Händen hielt er den Spiegel des Zagreus und betrachtete ihn fast liebevoll.

Die Kellersalamander nutzten die Chance und formierten sich hastig zu einer Kampfreihe, die Dreizacke in seine Richtung gesenkt. Der Spiegelherr aber seufzte tief.

»Ich hätte es wirklich vorgezogen, die Sache zivilisiert zu regeln«, sagte er vorwurfsvoll zu Elias.

Dieser erwiderte nichts. In seine Handfläche bohrte sich noch immer ein stechender Schmerz. Etwas Blut lief über sein Handgelenk. Er ignorierte es. Der Spiegelherr hatte den Spiegel des Zagreus wieder in seiner Gewalt. Nach allem, was sie durchgemacht hatten!

»Auch ich würde es vorziehen, wenn es im Zwischen wieder zivilisiert zuginge«, sagte eine helle Stimme, die eine kristallklare Melodie hinter Elias' Stirn erklingen ließ. Mit klopfendem Herzen wandte er sich um.

Ein grelles, weißes Licht ergoss sich aus der Luftschiff-Gondel. Seine Quelle war der Bildschirm von Shakas Laptop, der sich in einen Flutlichtscheinwerfer verwandelt zu haben schien und einen gleißenden Kegel in den Himmel warf. Mitten in seinem Licht schwebte eine blendend helle filigrane Gestalt, deren zahllose Haarsträhnen sich in der Unendlichkeit verloren.

»Ich hoffe sehr, dass wir auf weiteren kriegerischen Unfug verzichten können, Speculus«, sprach die Königin auf der Schwelle. »Was sollen sonst unsere Festwelt-Gäste denken?«

Die Kellersalamander verbeugten sich tief und salutierten mit ihren Dreizacken. Auch Niniane vollführte wieder den komplizierten Schleierflossen-Knicks, und selbst die Lästerspeier oben in der Luft tippten sich grüßend an die Hörner. Elias aber atmete erleichtert aus. Shaka hatte es geschafft! Sie hatte den Pfad zum Versteck der Königin im Internet geöffnet.

»Ich freue mich, dich zu sehen, Liminia«, sagte der Herr der Spiegel, und sein tiefer Bass bildete einen seltsamen Kontrast zur hellen Stimme der Königin. »Natürlich können wir diesen Unfug, wie du es nennst, sofort beenden. Ich nehme an, dass du inzwischen nachgedacht und dich meiner Sichtweise angeschlossen hast.«

»Nachgedacht habe ich allerdings«, sagte die Königin auf der Schwelle leichthin. »Dazu hatte ich ausreichend Gelegenheit – nachdem du so freundlich warst, mir ein wenig Ruhe im Exil zu verschaffen. Und meine Meinung ist die gleiche geblieben: Du wirst das Zwischen *nicht* verglasen. Das ist eine dumme Idee, aus der Angst vor dem Neuen geboren – und die ist niemals ein guter Ratgeber. Das Zwischen wird frei und wandelbar bleiben.«

Der Herr der Spiegel schnaubte verächtlich. »Warum bist du dann gekommen?«, fragte er. »Es ist sinnlos, sich mir entgegenzustellen. Wir wachen Seite an Seite über das Zwischen. Unsere Kräfte halten sich die Waage.«

»Ich bin nicht allein.« Die Königin breitete die Arme aus. Mit ihrer Geste umfasste sie die Kellersalamander ebenso wie Shaka, Niniane, Torben und Elias.

»Deine Schergen haben versagt«, höhnte der Herr der Spiegel. »Es ist ihnen nicht gelungen, mir den Spiegel des Zagreus zu rauben! Und wir wissen beide, dass ich dir mit seiner Macht überlegen bin.«

Die Königin auf der Schwelle schüttelte den Kopf. »Dass du dich immer noch ständig vergleichen musst ... Gerade du solltest wissen, dass man dabei stets nur in den Spiegel schaut. Nun gut. Lass es uns hinter uns bringen, wenn es denn sein muss.«

Sie erhob sich schwebend in die kühle Abendluft, glitt langsam und lautlos auf den Herrn der Spiegel zu. Dieser blickte ihr angespannt entgegen. Kampfbereit straffte er sich und ballte die Fäuste. Die Königin jedoch hob lediglich eine Hand, als wollte sie ihm zuwinken – und deutete beiläufig in seine Richtung.

Eine Strähne ihres weißen Haares schwebte auf den Spiegelherrn zu, sanft wie ein Spinnenfaden im Wind. Ärgerlich wischte er die Haarsträhne beiseite. Doch da kam schon die nächste angeschwebt. Und noch eine. Und noch eine. Zahllose feine, weiße Haare griffen nach dem Herrn der Spiegel, als würde ein Krake mit seidenweichen Fangarmen nach ihm gieren. Von allen Seiten legten sie sich um seinen Körper, umfingen ihn wie hauchdünne Fesseln. Es sah so aus, als sei er von zarten Spinnweben bedeckt.

Doch nur für einen Moment. Die Fäden wurden in Sekundenschnelle dicker und dichter, vermehrten sich um ein Vielfaches – und ein schimmernder Kokon schloss sich um den Spiegelherrn, so eng, dass von seinem Körper nichts mehr zu sehen war. Silberne Lichtfunken spielten über die Fäden, die noch immer durch zahllose Strähnen mit der Königin verbunden waren. Manche Lichter huschten von ihr zum Spiegelherrn, andere sprangen zu ihr zurück.

Dann gab es plötzlich ein reißendes Geräusch. Die Faden-Hülle zerbarst in weiße Fetzen, die in alle Richtungen geschleudert wurden und sich in Luft auflösten. Der Herr der Spiegel stand unbeeindruckt auf dem Dach. Beiläufig ließ er eine armlange Spiegelscherbe in seinem Anzug verschwinden, die an ein scharfkantiges Schwert erinnerte und aus irgendeinem Grund in seiner Westentasche Platz fand. Er hatte sich freigeschnitten.

»So kommen wir nicht weiter«, sagte der Spiegelherr und zupfte ein weißes Haar von seinem Anzug. »Ich könnte das jetzt beantworten, indem ich einen Glassplitter-Sturm auf dich schleudere. Du würdest ihn in deinem weißen Licht verdampfen lassen, ohne dass er dich auch nur berührt hätte. Dann würdest du vielleicht versuchen, mich mit deinem sternenhellen Lied zu bannen, ich würde dem widerstehen – und immer so weiter. Aber wir sparen viel Zeit, wenn ich einfach das einsetze, was den entscheidenden Unterschied macht.«

Er hob den Spiegel des Zagreus, streckte ihn triumphierend mit beiden Händen dem Himmel entgegen. Dann ließ er ihn wieder sinken – und holte aus. Wie einen Diskus schleuderte er die Metallscheibe auf die Königin. Der Spiegel durchfurchte mit einem sirrenden Geräusch die Luft, schneller, als Elias gucken konnte. Er traf die weiße Gestalt der Königin direkt am Oberkörper. Für den Bruchteil einer Sekunde flackerten ihre silbrigen Umrisse. Dann verschwand die Königin auf der Schwelle. Der Spiegel des Zagreus leuchtete weiß auf, als ihr Licht von seiner Schwärze geschluckt wurde.

»Nein!« Jemand schrie auf. Elias merkte, dass er es selbst war. Der gierige Spiegel aber machte einen Bogen und landete wieder in der Hand des Spiegelherrn.

»Damit dürfte geklärt sein, wer über das Zwischen herrscht«, sprach der Herr der Spiegel ruhig. Dann erhob er seine Stimme, als würde er eine Ansprache halten, und seine Worte hallten weithin durch die Dämmerung: »Hört mich, ihr vielgestaltigen Kinder des Zwischen! Ich, der Meister aller Spiegel, Hüter der Grenzen, gebiete nun über die Macht der Schwellenkönigin. Denn sie ist in den Spiegel gebannt, den ich hier in den Händen halte – und doch noch immer verbunden mit allen Schwellenorten zu allen Dämmerzeiten. Mit ihrer Kraft werde ich dafür sorgen, dass die Schönheit des Zwischen auf ewig bewahrt wird.«

Er hielt den Spiegel erneut hoch über seinen Kopf. »Ewige Schönheit!«, rief er, und es klang wie ein machtvoller Zauberbann.

Durch Elias' Hörner fuhr Schmerz. Ungezählte Eindrücke umbrandeten zugleich seine feinen Pirscher-Sinne. Vor seinem inneren Auge zogen all jene Orte auf, an denen der Spiegelherr seine Schwarzen Spiegel aufgehängt hatte: der Treppenabsatz im Vier-Winde-Haus und der Dämmerbasar, die Salamanderkeller und der Verbotene Park, das U-Bahn-Labyrinth und noch viele weitere Zwischenorte, die er kaum erkennen konnte. Lautlos, aber unaufhaltsam breitete sich die Macht des schwarzen Glases aus. Es flutete durch die Zwischenorte und überzog sie mit seinem dunklen Schimmer wie mit einer Eiskruste.

Elias musste mit ansehen, wie Gruppen von Konturlosen in ihren farbenprächtigen Gewändern plötzlich mitten in der Bewegung erstarrten. Die bunten Farben ihrer Kleidung hatten sich in glänzendes Schwarz verwandelt. Er sah Schleier-Rusalkas, die frei durch das Wasser tauchten und prachtvolle Flossen hinter sich herzogen. Sie wurden zu schwarzen Schatten, die auf der Stelle verharrten. Er sah den Dämmerbasar mit seinem lebendigen Treiben. Das Gemurmel der Händler und Kunden verstummte, als sie allesamt zu gläsernen Statuen wurden.

Elias wollte schreien, wollte irgendetwas tun. Doch das schwarze Glas wuchs unaufhaltsam, war allgegenwärtig, wurde allmächtig. Und er konnte nichts dagegen ausrichten.

Die Bilder verschwammen vor seinen Augen, und er stand wieder auf dem Flachdach, dem Spiegelherrn gegenüber und umgeben von verstreuten Kellersalamandern. Direkt vor ihm erhob gerade ein Feuerkrieger verzweifelt seinen Dreizack gegen den Spiegelherrn. Mitten in der Bewegung wurde er in glänzendes Glas verwandelt. Selbst die Flammen, die über seine Schuppen tanzten, verharrten plötzlich in Reglosigkeit und färbten sich dunkel. Mit der emporgereckten Waffe wirkte er wie eine groteske, heldenhafte Brunnenfigur.

Ein zweiter Salamander näherte sich ihm, rüttelte am Arm seines Gefährten, als ob er ihm irgendwie helfen könnte. Auch er erstarrte zu Glas. Ebenso wie ein dritter Salamander, der gerade eine sinnlose Feuerkugel auf den Spiegelherrn schoss. Und ein vierter, der den Mund zu einem Wutschrei geöffnet hatte. Einer nach dem anderen wurden ihre Verbündeten zu glänzenden Glasfiguren.

Elias ließ die Arme hängen. Er konnte nicht glauben, dass der Herr der Spiegel gewonnen hatte!

Fassungslos wandte er sich um, hielt Ausschau nach Niniane. War sie auch schon zu glänzendem Glas erstarrt? Erleichtert bemerkte er, dass die Schleier-Rusalka noch immer lebendig beim Wrack der Luftschiff-Gondel kniete. Irritiert starrte sie irgendetwas an. Elias folgte ihrem Blick.

Er sah einen Kellersalamander, dessen Körper von den Füßen bis zur Hüfte gläsern erstarrt war. Sein Oberkörper jedoch wurde nach wie vor von zuckenden Flammen umspielt. Verwirrt schaute er an sich herunter. Nun bemerkte Elias, dass auch einige seiner Kampfgefährten noch immer lebendig waren. Irgendetwas musste die Verglasung aufgehalten haben. Jemand stieß einen leisen Fluch aus. Es war der Herr der Spiegel.

Mit gerunzelter Stirn stand er da und starrte in den Spiegel des Zagreus. Dann schüttelte er die Metallscheibe, als sei sie ein billiger Apparat mit einem Wackelkontakt. Elias hörte seine Stimme wie aus weiter Ferne: »Was soll das? Warum gehorchst du mir nicht?«

Der Spiegelherr schaute auf. »Warum verweigert der Spiegel des Zagreus mir den Dienst?«, rief er wütend in die Dämmerung hinaus, als wäre das Universum selbst verpflichtet, ihm eine Antwort zu geben.

Elias aber spürte ein schmerzhaftes Stechen in seiner Handwunde. Er schaute hin. Eine winzige Scherbe aus tiefschwarzem Metall ragte aus seiner Handfläche hervor.

Nur eine Scherbe

Der Spiegelsplitter zitterte in Elias' Wunde. Es war, als würde ein machtvoller Magnet daran ziehen – am letzten Fragment des Spiegels, das der Spiegelherr noch nicht beherrschte.

Dieser schaute sich suchend um, als hätte er bemerkt, dass dem Spiegel ein Teil fehlte. Sein Blick verharrte auf Elias, die Augenbrauen finster zusammengezogen.

Hastig ballte Elias die Hand zur Faust, versuchte die Scherbe irgendwie zu verbergen.

»Du hast schon wieder etwas, das mir gehört, Elias.« Der Herr der Spiegel gab sich keine Mühe mehr, den Zorn in seiner Stimme zu verbergen. »Langsam wird das zu einer schlechten Angewohnheit.«

Elias stolperte vor ihm zurück – und hatte keine Hoffnung, dass es etwas nützte. Wie sollte er dem Spiegelherrn entkommen? Was sollte ihn daran hindern, sich den Spiegelsplitter einfach zu holen?

Spiegelsplitter … Spiegel … Plötzlich kam ihm der Trick der Spiegelpirscher in den Sinn: Wie sie durch spiegelnde Oberflächen sprangen, indem sie selbst für kurze Zeit zu lebendigem Glas wurden. Etwas, das jeder Pirscher lernen konnte, hatte Bruchhorn gemeint … Dann war es jetzt wohl an der Zeit dafür!

Elias konzentrierte sich auf seine geballte Faust. Für einen Moment tat sich nichts. Dann wanderte ein Kribbeln durch seinen Arm, wie er es nur zu gut von seinen Hörnern kannte. Mit Befriedigung beobachtete er, wie sich eine Schicht aus schwarzglänzendem Spiegelglas über seine Hand zog, seinen Unterarm bis zum Ellenbogen hinaufkroch – und dort verharrte. Elias hatte einen gläsernen Arm! Sein Herz schlug schneller vor Aufregung. Die Spiegelscherbe war nun sicher im Glas seiner Faust eingeschlossen. Er besaß ebenfalls die Fähigkeiten der Spiegelpirscher, war einer von ihnen – jedenfalls irgendwie.

»Versuchen Sie es gar nicht erst!«, rief er dem Spiegelherrn trotzig entgegen. »Sie kommen da nicht dran!«

»Ach nein?«, knurrte der Spiegelherr. »Wirklich nicht?« Er griff in seine Westentasche und zog das lange, scharfkantige Scherbenschwert heraus. Elias' trotzige Hoffnung schlug in Verzweiflung um. Vielleicht war das doch keine so gute Idee gewesen … Der Kerl würde sich einfach seinen Arm mitsamt der Scherbe nehmen!

In diesem Moment spürte Elias die Königin auf der Schwelle. Es fühlte sich so an, als stünde sie direkt neben ihm. Er schaute sich um – doch da war niemand. Aber er war sich sicher, dass sie ihm ganz nah war. Sein Blick senkte sich auf seine gläserne Hand, auf die Spiegelscherbe, die sie umschlossen hielt. Auf irgendeine Weise schien Elias durch sie mit der Königin auf der Schwelle verbunden zu sein. Er konnte sogar spüren, wie es ihr ging. Seltsamerweise wirkte sie nicht verzweifelt, noch nicht einmal ängstlich. Im Gegenteil, sie wartete ruhig und gelassen, mit der Gewissheit, dass alles gut werden würde.

Ihre Zuversicht ging auf Elias über. Und plötzlich wusste er, was er zu tun hatte.

Er wandte sich vom Herrn der Spiegel ab und lief zu Shaka und Niniane, die beim Laptop in der Gondel saßen und das Geschehen besorgt beobachteten. Noch immer strahlte weißes Licht aus dem Bildschirm.

»Junge!«, rief ihm der Spiegelherr zu, während er sich mit gezogener Waffe weiter näherte. »Wann siehst du endlich ein, dass es sinnlos ist?«

Elias ignorierte ihn und das hässliche Schwert.

»Darf ich mal kurz?«, fragte er Shaka und griff nach ihrem Rechner.

Erstaunt hob sie die Augenbrauen. »Was hast du vor?«

Elias hatte keine Zeit für eine Antwort. Er konzentrierte sich ganz auf den Laptop, auf das strahlende Weiß, das die Domäne der Königin war. Das Reich, das sie sich eingerichtet hatte. Er musste sie wieder damit in Verbindung bringen. Sie vernetzen.

Shaka und Niniane schauten ihn groß an, während er seine gläserne Hand ausstreckte. Ganz sachte berührten seine Finger den Bildschirm von Shakas Laptop – und drangen mühelos durch seine Oberfläche. Elias' Arm prickelte leicht beim Eintauchen in das blendende Weiß.

Wärme durchflutete seinen ganzen Körper, als die Königin aus der Spiegelscherbe heraus von ihrem Reich im Web Besitz ergriff. *Ich bin ein Anschluss*, dachte Elias. *Ein Anschluss, der die Königin mit dem Web verbindet.*

In diesem Moment bemerkte er ein grelles Leuchten in seinem Augenwinkel. Elias schaute auf. Es war der Spiegel des Zagreus, der so strahlte. Seine Oberfläche hatte sich blendend weiß verfärbt.

»Die Verbindung steht«, flüsterte Elias aufgeregt.

»Was ist das nun wieder für eine Festwelt-Hexerei?«, stöhnte der Spiegelherr entnervt. Er hatte das Schwert fallen lassen und starrte den Spiegel fassungslos an.

»Keine Hexerei«, rief Shaka, die nun auch verstand. »Elias hat den Spiegel des Zagreus an das Internet-Netzwerk der Königin angeschlossen.«

»Die Macht des alten Zwischen verbindet sich mit dem neuen«, ergänzte Niniane.

Der Spiegel des Zagreus leuchtete so grell auf, dass Elias die Augen zukneifen musste. Sanft und lautlos erhob sich die filigrane Gestalt der Königin wieder aus dem Spiegel. Ihre feinen Haarsträhnen erstreckten sich fächerartig in alle Richtungen.

Sie nickte Elias kurz zu. Dann wandte sie sich an den Herrn der Spiegel: »Scheint so, als wärest du nicht der Einzige mit einem neuen Spielzeug, Speculus. Mein Netzwerk im Neuen Zwischen kann ganz erstaunliche Dinge. Magst du mal sehen?«

Eine helle Melodie hallte durch Elias' Hörner. Wieder erschienen die verschiedenen Orte des Zwischen vor seinem inneren Auge. Sie hatten sich verändert. Weißes Licht ergoss sich aus dem Spiegel im Vier-Winde-Haus, und weißes Licht quoll aus dem Spiegel am Dämmerbasar – ebenso wie aus den Spiegeln im Verbotenen Park, im U-Bahn-Labyrinth und überall sonst. Die Schwarzen Spiegel waren verschwunden – sie waren zu Weißen Spiegeln geworden, als Elias ihren Meisterspiegel mit der Macht der Königin vernetzt hatte.

Wo immer ihr Licht auf die verglasten Gestalten von Schwellenwesen trafen, begannen diese von innen zu strahlen. Für einen Moment sah es so aus, als bestünden sie aus erstarrten, leuchtenden Regenbögen. Dann glitt der gläserne Glanz von ihnen ab, wurde heruntergewaschen wie von unsichtbarem Regen. Und sie bewegten sich, wurden wieder lebendig.

Verwundert schaute M. Taurus auf den Schlüsselbund in seiner Hand. Die Händler auf dem Basar schüttelten sich und begannen gleich wieder, ihre Waren anzupreisen. Die Schleier-Rusalkas zogen ihre Bahnen durch das Wasser. Die Bäume im Verbotenen Park wiegten sanft ihre Äste im Wind, nicht länger zur Glasödnis erstarrt. Ein Eichhörnchen setzte zufrieden seinen Weg über die Rinde fort.

Auch rings um Elias regten die Kellersalamander sich, reckten ihre Dreizacke und ließen ihre Flammen tanzen.

Ungläubig starrte der Herr der Spiegel auf den weißen Spiegel des Zagreus in seinen Händen. »Liminia«, keuchte er, »was hast du getan?«

»Deine Spiegel sind ein Teil von meinem Netzwerk geworden, Speculus«, erklärte die Königin ruhig. »Sie sind nun wie das Netz, das die Festweltler zwischen ihren faszinierenden Rechnern errichtet haben.«

Sie winkte in die Richtung von Elias und seinen Freunden. Dieser erwiderte die Geste matt. Seine Knie waren weich. Die Wunde in seiner Handfläche aber tat nicht länger weh. Er schaute auf seine Hand, die inzwischen nicht mehr gläsern schimmerte. Gerade löste sich das Spiegelfragment sanft aus dem blutigen Schnitt und begann, durch die Luft zu schweben. Langsam bewegte es sich auf die Königin und den Spiegelherrn zu. Dann verband es sich mit dem Spiegel des Zagreus, von dem es ein Teil war.

»Nun gebietest du wieder über den ganzen Spiegel, Speculus«, sagte die Königin auf der Schwelle. »Nutze ihn weise, um das Netzwerk zu schützen, das ich erschaffen habe.«

»Gar nichts werde ich«, fluchte der Herr der Spiegel mit hochrotem Kopf. »Das kannst du nicht machen, Liminia! Das Zwischen verändert sich ohnehin viel zu schnell. Mit dieser Festwelt-Netzhexerei geht es noch viel schneller. Alles wird immer schlimmer! Du bist die Seele des Zwischen. Das darfst du nicht zulassen!«

»Ich bin die Seele des Zwischen«, bestätigte die Königin auf der Schwelle seufzend. »Gerade darum umarme ich den Wandel und heiße ihn willkommen. Was lebt, wandelt sich. Das Zwischen ist lebendiger als jemals zuvor.«

»Damit kommt ihr nicht durch!«, schnaubte der Spiegelherr und warf den weißen Spiegel des Zagreus angewidert von sich. Die Königin fing ihn sanft mit einer ihrer Haarsträhnen auf.

»Ich werde mich sofort in den Schwarzen Spiegelturm begeben und Gegenmaßnahmen einleiten!«

»Das kannst du gerne tun«, erwiderte die Königin. »Du wirst allerdings feststellen, dass auch dein Turm dem Wandel nicht trotzen kann.«

Sie deutete hinüber in Richtung Innenstadt. Elias folgte der Geste mit dem Blick. In der Ferne überragte stolz und unnahbar der Spiegelturm die Dächer. Doch er schimmerte nicht länger schwarz. Stattdessen leuchtete seine verspiegelte Fassade nun in sanftem Weiß. Von seiner Spitze gingen Lichtstrahlen in alle Richtungen aus, die sich in der Unendlichkeit verloren.

Der Herr der Spiegel starrte fassungslos auf den Weißen Spiegelturm. Für einen Moment sagte er gar nichts. Dann riss er sich die Sonnenbrille von der Nase und schleuderte sie zu Boden, dass die Gläser klirrend zersprangen. Er wandte ruckartig den Kopf und fixierte Elias mit seinen abgrundtiefen Spiegelaugen.

»Du!«, zischte er. »Das hast *du* verbrochen!«

»Nein, habe ich nicht«, erwiderte Elias stolz. »Das war Teamwork.« Shaka, Niniane und Torben traten an seine Seite.

»Das werde ich nicht hinnehmen!«, brüllte der Spiegelherr. »Ich bin noch nicht fertig mit euch!«

Seine Augen wurden groß und größer. Einmal mehr sah Elias sein Spiegelbild darin: ein blasser, ziemlich abgekämpfter Junge, der neben Shaka, Niniane und Torben stand. Auf seiner Stirn waren seine schwarzen Hörner als sanfte Andeutung zu erahnen, zugleich da und doch nicht da. Doch das Bild, das die Spiegelaugen zeigten, zog ihn diesmal nicht in einen Abgrund aus Selbstzweifeln. Es gefiel ihm. Er nickte sich selbst zu.

Dem Herrn der Spiegel schien das den Rest zu geben. »Das ist eine Unverschämtheit!«, krakeelte er. »Ich werde … ich kann … ich sollte …«

Seine Stimme überschlug sich und wurde zu einem metallischen Kreischen. Schwarze Risse breiteten sich auf seinem Körper aus. Sie krochen über seinen Anzug und über seine Hände, über seinen Bart und über sein Gesicht – als wäre ein Spiegel heruntergefallen. Dann zerbarst der Herr der Spiegel mit einem scharfen Knall in tausend Scherben.

»Whoa!«, machte Torben erschrocken. »Krass. Ist er … …?«

»Aber nein«, erwiderte die Königin auf der Schwelle fröhlich. »Das tut er gelegentlich, wenn er sich zu sehr aufregt. Es wird eine Weile dauern, bis er sich wieder verkörpert hat.«

»Und dann?«, fragte Niniane besorgt.

»Dann wird der Spiegelherr sich an das Neue Zwischen gewöhnen müssen«, erwiderte die Königin auf der Schwelle. »Und das wird er auch.«

Elias nickte und atmete zum ersten Mal seit Langem tief aus. Er hatte sich schon gedacht, dass sie den Spiegelherrn nicht so einfach loswerden konnten. Im Zwischen waren die Dinge halt auch nicht simpel, genauso wenig wie in der Festwelt. Aber sie hatten das schwarze Glas aufgehalten. Elias spürte, wie sich ein warmes Gefühl von Erleichterung in seinem Bauch breitmachte. Plötzlich fühlte er sich leicht wie eine Sylphe. Er grinste breit.

»Das hätten wir also geschafft«, sagte Shaka und erwiderte sein Grinsen.

»Und wir waren gar nicht schlecht, oder, Steffi?«, ergänzte Torben mit stolzgeröteten Wangen.

»Nee, waren wir nicht«, brummte Shaka. »Aber dein Schienbein hat trotzdem gleich ein Problem.«

Niniane beobachtete die beiden Streithähne lächelnd und sah ziemlich zufrieden mit der Welt – und dem Zwischen – aus. Zusammen mit seinen Freunden stand Elias im Abendwind und schaute über die Dächer. In der Ferne ragte das Vier-Winde-Haus auf, umflattert von schillernden Boreal-Sylphen, die wahre Freudentänze in der Luft aufführten. Ein perfekter Moment, der sich wie Ewigkeit anfühlte – ganz ohne schwarzes Glas.

Plötzlich erfüllte ein bunter Lichtschein den Abendhimmel. Elias fuhr herum. Irgendwo über der Stadt stiegen Feuerwerksraketen auf, um zu farbenprächtigen Flammenblumen und Funkenregen zu zerbersten.

»Was ist das?«, fragte er überrascht.

»Das kommt vom Dämmerbasar«, erwiderte Niniane lächelnd. »Das Zwischen feiert.«

»Und das habt *ihr* euch auch verdient«, ergänzte die klare Stimme der Königin auf der Schwelle. »Kommt.«

Sie breitete die Arme aus und wurde immer heller, noch weißer als weiß, bis ihre Umrisse verschwammen und die Helligkeit schließlich aus ihr herausströmte und die gesamte Umgebung verschlang. Für einen Moment hatte Elias das Gefühl, mitten im Nichts zu schweben. Dann war es auch schon vorbei.

Er stand nicht länger auf seinem Dach neben dem Wrack der Luftschiff-Gondel. Stattdessen befand er sich zwischen den bunten Ständen des Dämmerbasars. Alles war voller Schwellenwesen, die durcheinanderwuselten. Niemand von ihnen interessierte sich für die Stände der Händler. Überall plapperte es aufgeregt. Vereinzelt war Lachen zu hören. Jemand drückte Elias einen großen Krug mit vulkanartig brodelnder Limonade in die Hand, die gleichzeitig supersüß und irre scharf schmeckte.

Irgendwo zwischen den Feiernden wuselten die Parkfeen herum. Offenbar erzählten sie jedem, der es hören oder nicht hören wollte, von ihrem glorreichen Kampf gegen den Schwarzen Spinnerich. Elias atmete erleichtert aus. Niemandem schien etwas passiert zu sein!

Dann teilte sich die Menge, und Bruchhorn und Feuerhaar schoben sich auf ihn zu, begleitet von einigen anderen Spiegelpirschern. Bruchhorn hatte ein blaues Auge und Feuerhaars Ziegenbart sah zerrupft aus, doch ansonsten wirkten die beiden unverletzt.

»Du hast es geschafft.« Stolz legte Bruchhorn Elias eine Hand auf die Schulter.

»Wir haben es gemeinsam geschafft«, erwiderte Elias sofort. »Danke, dass ihr geholfen habt.«

Bruchhorn grinste. »Danke, dass wir dich als Spiegelpirscher an unserer Seite haben!«, rief er stolz.

Unwillkürlich fasste sich Elias an die Stirn. »Ich bin mir nicht sicher, ob ich wirklich einer bin. Vermutlich schon. Oder auch nicht. Vielleicht manchmal?«

»Dann wirst du uns *vermutlich vielleicht manchmal* bei unserer Arbeit unterstützen?«, fragte Feuerhaar. »An Schwellenorten zur Dämmerzeit gibt es immer etwas zu tun!«

Elias nickte nachdenklich. »Ich denke darüber nach.«

Er besorgte sich noch eine Limonade. Diesmal schmeckte sie nach seltsam salzigen Früchten, die er nicht benennen konnte. M. Taurus trat an ihn heran, und es gelang ihnen tatsächlich, sich irgendwie zu unterhalten. Elias konnte ihn jedenfalls immer besser verstehen – ob das auch an den Hörnern lag? Die Boreal-Sylphen sausten übermütig kichernd durch die Luft. Der Graffiti-Puck hockte auf einer Mauer und prahlte mit seinen Heldentaten. Plötzlich stand wieder Niniane vor ihm und stellte ihm zwei Wesen mit prachtvollen, regenbogenbunten Schleierumhängen vor – ihre Eltern. Elias wusste kaum, wo ihm der Kopf stand.

»Schau mal, da drüben«, sagte Niniane schließlich und zeigte in eine Ecke des Basars. Dort hatte der doppelköpfige Händler seinen Stand. An der Wand dahinter hing in einem goldenen Rahmen der schwarze Spiegel – der inzwischen gar nicht mehr schwarz war, sondern weiß leuchtete.

Shaka stand davor und probierte offenbar gerade herum, was man mit dem Spiegel anfangen konnte. Ihre Finger tippten über das Glas, als wäre es ein Touchscreen. Torben schaute ihr neugierig über die Schulter, zusammen mit einigen Kellersalamandern.

»Shaka zeigt den Schwellenwesen, wie das Spiegel-Netz funktioniert«, murmelte Elias.

»Ich bin gespannt, was man damit alles machen kann«, erwiderte Niniane. »Vielleicht kann man sich damit von Schwellenort zu Schwellenort unterhalten? Oder etwas ganz anderes damit tun? Da gäbe es viele großartige Möglichkeiten …«

»Wollen wir rübergehen und es uns anschauen?«

Sie schlossen sich Shaka und Torben an. Die Königin auf der Schwelle aber schwebte über dem wuselnden Basar und lächelte zufrieden in sich hinein.

Auf neuen Pfaden

»Ich bin dann mal weg!«, rief Elias und zog den Reißverschluss seiner Winterjacke zu.

»Ist gut.« Seine Mutter streckte den Kopf aus dem Wohnzimmer in den Flur. »Weißt du schon, wann du wieder da bist?«

»Wir wollen nach dem Kino noch etwas essen«, erwiderte Elias. »Papa bringt mich dann aber direkt nach Hause.«

»Meldest du dich, wenn du länger unterwegs bist?«

»Natürlich.«

Mama schaute kurz auf die Uhr und runzelte verwirrt die Stirn. »Du bist ja viel zu früh dran …«

»Ich weiß. Ich habe vor dem Kino noch etwas zu erledigen. Treffe mich noch mit Shaka und den anderen.«

»Alles klar. Hab dich lieb.«

Elias machte einen Schritt in Richtung Wohnungstür. Dann drehte er sich noch einmal um, lief rüber zu seiner Mutter und nahm sie zum Abschied einmal kurz in den Arm. Mit einem zufriedenen Lächeln trat er hinaus ins Treppenhaus.

Elias ignorierte den Aufzug, wie sonst auch, und eilte die Stufen hinunter, vorbei an Topfpflanzen und Schuhschränkchen. Als er schließlich auf der Straße stand, tanzten Schneeflocken durch die Luft, dick und bauschig. Die ersten in diesem Winter.

Elias legte den Kopf in den Nacken und schaute in das Flockengewimmel hinauf. Sie würden wohl nicht liegen bleiben. Aber ihr Tanz machte die Welt dennoch zu einem seltsam unwirklichen Ort. Ein Schwellenort, begriff Elias plötzlich. Es überraschte ihn nicht, dass es hinter seiner Stirn kribbelte. Das Zwischen war überall, wenn man erst einen Blick dafür hatte.

Mit raschen Schritten lief er die Straße entlang, quer durch das Wohngebiet mit den niedrigen Wohnblöcken, wo er aufgewachsen war. Er freute sich darauf, mit seinem Vater ins Kino zu gehen. Papa wohnte jetzt schon seit einigen Wochen nicht mehr zu Hause, und das fühlte sich immer noch seltsam an. Aber Elias war auch erleichtert, dass dieses Hin und Her und die ständig angespannte Stimmung jetzt vorbei waren.

Zu Hause hatte er nun mit Mama seine Ruhe, und ab und zu traf er sich mit Papa, der inzwischen in seiner kleinen Wohnung in einem anderen Viertel lebte. Auf dem Weg dorthin konnte er durch die Stadt streifen, wie es seine Gewohnheit war. Alles veränderte sich. Und Elias kam damit klar.

Der Schneefall wurde zunehmend dichter. So langsam bildete sich doch eine dünne, weiße Schicht auf dem Asphalt. Elias schlug den Kragen hoch und beeilte sich. Dort drüben standen einige runde Altglas-Container, deren Kuppeln jetzt ein wenig wie weiße Iglus aussahen, und gleich daneben kauerte ein Kiosk an der Ecke. Dinge, die er jeden Tag sah und die der Schnee doch seltsam verwandelte.

Elias wunderte sich nicht wirklich, als er das Rattern eines alten Einkaufswagens hörte. Dann bog auch schon die Schnabelnärrin um die Ecke. Sie hatte sich einen langen, rot-weiß gestreiften Schal um den Hals geschlungen, aus dessen Lagen der Schnabel vorwitzig herausschaute. Ansonsten trug sie noch nicht einmal eine Jacke über ihren bunten Federn und schien sich an der Kälte nicht weiter zu stören. Schnee lag wie weißer Staub auf den prächtigen Eiern in ihrem Wagen.

»Ah, das Eliaskarpinski!«, strahlte sie. »Ich habe etwas für dich, ein Wintergeschenk, ein Schneegeschenk. Tja, ja, ja …«

»Das dachte ich mir schon fast«, erwiderte Elias. Dann runzelte er die Stirn. »Der Schnee kommt aber nicht von dir, oder?«

Verwirrt legte die Schnabelnärrin den Kopf schief und musterte ihn aus ihren kleinen, glänzenden Vogelaugen. »Wie sollte ich es wohl schneien lassen? Bin doch kein Winterweber. Tja, ja, ja …«

»Verstehe«, murmelte Elias und nahm sich vor, Niniane zu fragen, was ein Winterweber war.

»Dein Geschenk!«, drängelte die Schnabelnärrin. »Nimm es schnell. Es schlüpft gleich!«

Sie griff in ihren Einkaufswagen, zog mit beiden Händen ein besonders großes Ei hervor und streckte es Elias entgegen. Dieser betrachtete das Ei mit großen Augen, ohne danach zu greifen. Seine Oberfläche glänzte, denn sie war komplett verspiegelt. Elias konnte sein lang gestrecktes Bild darin erkennen, das ihm beklommen entgegenschaute. Unwillkürlich musste er an den Herrn der Spiegel denken.

»Nimm es schon«, drängte die Schnabelnärrin. »Nimm! Tja, ja, ja …«

Zögerlich griff Elias nach dem Ei. Es pulsierte leicht unter seinen Händen, als schlüge ein Herz in der Eierschale. Dann lief plötzlich ein Riss über die Spiegeloberfläche, und das Ei zersprang. Von einer Sekunde auf die andere hielt Elias nicht länger das Ei in der Hand, sondern eine runde Metallscheibe. Sie glänzte in sanftem Weiß. Der Spiegel des Zagreus.

Elias hätte ihn fast fallen gelassen, als wäre das Metall glühend heiß. Das Ding hatte schon mehr als genug Unheil angerichtet!

»Was soll ich damit?«, fragte Elias halb überrumpelt und halb vorwurfsvoll.

»Es stammt von der Königin«, sagte die Schnabelnärrin leichthin, als wäre damit alles gesagt.

»Okay … Aber warum für mich?«

Die Schnabelnärrin klapperte belustigt mit ihrem Schnabel. »Das Geschenk ist nicht *nur* für das Eliaskarpinski«, sagte sie. »Es ist für niemanden allein. Man kann es benutzen, aber nicht besitzen. Tja, ja, ja …«

»Aha«, machte Elias. »Danke … nehme ich an.«

Die Schnabelnärrin verbeugte sich und warf ihren Schal zurück. »Ich muss weiter«, verkündete sie. »Wir sehen uns wieder, ganz gewiss. Ich sehe sie alle wieder. Tja, ja, ja …«

Und sie ratterte mit ihrem Einkaufswagen davon, um schließlich beim Kiosk um die Ecke zu verschwinden. Ratlos betrachtete Elias den Spiegel des Zagreus. Aus dem hellen Weiß seiner Oberfläche schaute er selbst zurück – mit stolzen Spiegelpirscher-Hörnern. Seufzend packte er das Ding schließlich in seinen Rucksack.

Er wollte gerade weitergehen, als er eine Bewegung bei den Glascontainern bemerkte. Mit festen Schritten ging er direkt darauf zu.

»Komm schon raus! Ich habe dich gesehen.«

Aus der Öffnung des Grünglas-Containers quetschte sich eine kleine, graue Gestalt. Der Lästerspeier trug Ohrenschützer und hatte sich Söckchen über die Hörner gezogen, einen roten und einen grün-orange gestreiften. Durch einen seiner Flügel lief ein Riss, der notdürftig vernäht war.

»Ich nehme an, du hast alles mitbekommen«, sagte Elias, »und wirst gleich deinem Boss mitteilen, wo der Spiegel des Zagreus geblieben ist?«

»Ich habe keinen Boss«, erwiderte der Lästerspeier beleidigt. »Und falls du den Herrn der Spiegel meinst: Der ist immer noch nicht wiederaufgetaucht. Hockt wohl irgendwo hinter dem Glas und schmollt.«

»Und warum beobachtest du mich dann?«

Der Lästerspeier ließ die krummen Beine vom Container baumeln. »Tue ich ja gar nicht, du selbstverliebter Schlaukopf! Denk mal nicht, dass du der Mittelpunkt des Zwischen bist. Ich habe die *Schnabelnärrin* beobachtet … Na gut, und dich auch.«

Elias räusperte sich. »Warum?«, wiederholte er nachdrücklich.

»Kann doch nicht schaden, informiert zu sein! Vielleicht zahlt einer dafür. Der Vertauscher zum Beispiel, der braucht das für seine Marktforschung. Oder wer auch immer. Wir Lästerspeier sind freischaffende Gerüchtehändler, das solltest du eigentlich wissen, wenn dein Gedächtnis weniger siebartig wäre.«

Elias musste über das Gezeter fast grinsen. Er unterdrückte es und verschränkte stattdessen streng die Arme.

»Damals auf dem Dach hatte ich den Eindruck, dass ihr nach der Pfeife des Spiegelherrn tanzt. Ihr habt mir den Spiegel aus der Hand gerissen und ihm gegeben!«

Verlegen zupfte sich der Lästerspeier die Hörner-Socken zurecht. »Was tut man nicht alles für einen guten Kunden … Aber ja, das ging vielleicht ein bisschen zu weit. Tut mir leid, Kumpel.« Das Letzte presste er so leise zwischen den spitzen Zähnen hervor, dass Elias es kaum verstehen konnte. Rasch fuhr er fort: »Jedenfalls ist eine Welt, die nicht zu schwarzem Glas erstarrt ist, deutlich interessanter für einen Gerüchtehändler.« Er stand auf und reckte seine Flügel. »Wie auch immer. Ich muss jetzt weiter. Frau Kieselbeck füttert gleich die Tauben.«

»Dann guten Appetit«, sagte Elias. »Ach, übrigens: Die Spiegelpirscher mögen es nicht, wenn man sie heimlich beobachtet. Manche sagen, ich gehöre dazu.«

»Njaa, habe schon verstanden«, brummte der Lästerspeier. »Gerade macht die Gerüchte-Branche eh ein bisschen Winterpause.«

Er erhob sich auf seinen Lederschwingen in die Luft und verschwand zwischen den Wohnblöcken im Schneetreiben. Elias vergewisserte sich mit einem raschen Blick in den Rucksack, dass der Spiegel noch dort war.

Warme Luft schlug ihm entgegen, als er eine halbe Stunde später das Ulmen-Center betrat. Elias durchquerte die hell gekachelte Passage, ohne auf die Geschäfte ringsum zu achten. Die anderen warteten schon auf ihn. Sie saßen am Mini-Dschungel neben dem Brunnen beieinander. Torben hatte sich ein Eis geholt und starrte auf Shakas Handy. Sie schienen über irgendetwas zu streiten. Niniane hielt sich ein wenig abseits und beobachtete die beiden amüsiert. Als sie Elias bemerkte, winkte sie ihm zu.

Die Eltern der Schleier-Rusalka waren inzwischen wieder in ihren Heimat-See im Zwischen zurückgekehrt. Auch Niniane lebte wieder dort, doch sie hatte sich entschieden, trotzdem weiterhin die Menschenschule in der Festwelt zu besuchen – ein Umstand, für den Elias sehr dankbar war.

»Na, da bist du ja endlich«, begrüßte ihn Shaka. »Wir dachten schon, du bist eingeschneit. Hat dich irgendein Yeti aus dem Zwischen aufgehalten?« Sie rutschte ein Stück zur Seite, damit Elias sich setzen konnte.

»Ich habe unterwegs noch ein Geschenk bekommen«, sagte Elias und nahm seinen Rucksack auf den Schoß. Er öffnete den Reißverschluss, sodass alle einen Blick auf den Spiegel des Zagreus werfen konnten.

»Wow«, machte Torben unsicher. »Wo hast du den denn her?«

»Von der Schnabelnärrin, mit Grüßen von der Königin auf der Schwelle.«

»Und was sollst du damit?«, fragte Shaka.

»Sollen *wir* damit«, korrigierte Elias. »Er gehört niemandem, hat die Schnabelnärrin gesagt.«

»Die Königin tut jedenfalls nichts ohne Grund«, meinte Niniane.

»Hmmh«, überlegte Shaka. »Das ist ja quasi der zentrale Kontenpunkt des weißen Spiegel-Netzes, den du da bekommen hast! Lass mich mal etwas probieren … Mal schauen, ob ich zum Beispiel den Dämmerbasar kriege …«

Shaka berührte die Spiegeloberfläche mit den Fingerspitzen und tippte darauf herum. Für einen Moment erschienen die mit Lampions geschmückten Marktstände des Basars auf dem Glas. Dann wurde das Bild abrupt wieder weiß.

»He! Was soll das?«, schimpfte Shaka und klopfte ungnädig gegen den Spiegel.

Tatsächlich zeigte er nun wieder ein Bild. Doch es war nicht der Dämmerbasar, sondern ein verlassener Hinterhof zwischen Häusern mit toten Fenstern. Eine Tordurchfahrt führte zu einem weiteren Hof. Er war genauso leer wie der erste. Weitere Durchgänge zweigten von hier ab, doch sie schienen nur in noch mehr trostlose Höfe zu führen. Auf dem Pflaster sammelte sich der Abfall, in den Ecken die Schatten.

»Was ist das?«, fragte Torben.

»Das sind die Hinteren Hinterhöfe«, erklärte Niniane. »Man kann dort immer weitergehen und trifft doch nur auf einen Hof hinter dem anderen.«

Nun tat sich etwas auf dem Bild. Eine Gruppe Menschen lief über die Höfe. Sie trugen Sonnenhüte und Handys mit Selfie-Sticks. Verwundert schauten sie sich um. Der Typ, der mit einem bunten Regenschirm vorneweg lief, sah genauso planlos aus wie der Rest von ihnen.

»Sind das Touristen? Also Festweltler?«, wunderte sich Elias.

»Sie müssen irgendwie falsch abgebogen sein«, erwiderte Niniane. »Jetzt stecken sie auf den Höfen fest. Festweltler können ewig dort herumirren.«

»Dann sollte ihnen wohl jemand den Weg zeigen«, fand Elias.

»Wartet mal …« Shaka probierte eifrig mit dem Spiegel des Zagreus herum. »Ich glaube, ich könnte über das weiße Spiegel-Netzwerk ein Portal zu diesen Hinterhöfen öffnen und uns hinbringen.«

»Gut.« Niniane nickte ernst. »Solange der Herr der Spiegel verschwunden ist, wacht er nicht über die Schwellen. Da ist jede Hilfe sinnvoll. Jetzt hast du wohl eine Aufgabe, Elias.«

»Haben *wir* wohl eine Aufgabe«, korrigierte Elias noch einmal. »Ihr kommt doch mit, oder?«

»Irgendwer muss ja schauen, dass du keinen Unsinn machst«, erwiderte Shaka grinsend. Dann brachen sie auf.